鬼女の顔

蓮生あまね

双葉文庫

目次

所千代までおはしませ
われ等も千秋さむらはう
鶴と亀の齢にて
幸ひ心にまかせたり

『翁』より

鬼女の顔

朝露に濡れて、しんなりとたわむ枯れ藪を押し開くと、痩せた犬の骸があらわになった。藪の奥に鼻先から倒れこんだ恰好で、喉のあたりの毛に黒く乾いた血がこびりついて強くなっているのは、何者かに喉を噛みちぎられ、この草むらまで来て息絶えたものか。禽獣ではあるが、そっと手を合わせてから、元どおりに藪を閉ざした。

菅笠の縁についた水滴を払って、僧は顔をあげた。

涼しい風に波立つ一面の葦原は、まだ青い影の底に沈んでいるが、白々と明けそめていく空には、遠く東寺の五重塔がくっきりと浮かびあがっている。

この地に平安京がいとなまれて、六百七十年余、膨大な人口を抱えた大都市は、それに見合うだけの死者を吐きだしてきた。京郊には古くから埋葬の用にあてられた土地が点在しているが、埋葬地といっても墓所というほどのものはなく、土饅頭でもあればましなほうで、たいがいは野晒し雨晒しの死体を漁る野犬も多い。

生きた人間が好んで足を踏み入れる場所でもなく、確かな道も標もないところで、人の背丈より高い草を漕ぎ分けながら進むと、しばらくして急に目の前が開けた。

ここまで来て、また引き返していった者たちが踏み荒らした跡か、周囲の草はなぎ倒され、野のただ中にぽっかりと円（まる）く空いた地面に、菰（こも）をかけた戸板がうち捨てられている。菰は大きくずれて、その下に包んでいたものをさらけ出していた。

戸板の上には、小袖姿の女が仰向けに横たわっている。

草を絡ませてもつれた黒髪が額や目元にふりかかって、顔だちはよくわからないが、つんと尖った鼻や、ふくよかな頬から頤（おとがい）にかけての線が若々しい。口のまわりがべっとりと血にまみれているのが異様だが、棄てられたばかりの若い娘の骸と見て、僧は数珠（じゅず）を手にかけた。その指には墨の染みがある。

低い声で数篇念仏すると、数珠を懐に放りこみ、首からさげた頭陀袋（ずだぶくろ）から画帳をとりだして広げた。ついで帯に挟んだ矢立（やたて）をさぐって筆を抜こうとして、ふと手を止め、足元の骸を見なおした。

娘の額や頬に乱れかかる黒髪の毛筋が、かすかにそよいだ。

――気のせいか。いや、風のせいか。

屈（かが）みこんで、娘の首筋にあてて脈をさぐった指を次に鼻先に近づけて、かすかに吐息の湿りをおぼえた僧は、顔の半ばを隠している髪を払いのけて、息を呑んだ。

半ば閉ざされ、半ば開いているような焦点の曖昧な半眼。菩薩（ぼさつ）にも似た温雅な容顔の、左半分は若い娘にあるべきなめらかさを留めているが、右の額から頬にかけては無惨に焼け潰れ、皮膚が破れて赤い肉が剝き出しになっている。

ちょうど、その時、燃えるような曙光に縁どられた稜線から日の光が射して、朝靄漂う葦原を金色に染めかえた。眩さを覚えたか、虚ろな目がすっと細くなった。

長月はじめの昼下がり、京は五条界隈の細い路地裏を、さらにひとつ奥へ入った隘路のどんづまり、左右の家から押し込められたような日当たりの悪い陋屋の戸を、行李を担った若い男が叩いた。

「般若坊よ。観世座からの使いじゃ。留守か」

家の中は、しんと静まりかえっている。もう一度叩こうとして、客はわずかに眉をよせ、頭をめぐらした。どこかで水音がしている。

袋小路を出て、少し行った先の辻の井戸端では、近所の女房たちが青菜や芋を洗いながら世間話に花を咲かせている。

朝夕の風は涼しくなってきたとはいえ、昼間の日差しはまだ強い。顔を火照らせ、着物の袖や裾をまくりあげ、腕や腿まで露わにして洗いものする女たちに交じって、というよりやや遠巻きにされて、般若坊は坊主頭をてらてらと汗に光らせ、すり切れた墨染衣の端を濡らしながら、女ものらしい小袖をせっせと洗っていた。

般若は、南都の僧で、能面打ち師である。

普段は奈良で申楽の舞台劇に用いる能面を作っているが、今は京都一の申楽座、観世座から依頼された仕事のために、一時、五条の裏店に仮住まいしている。

盥からひきあげた小袖を広げ、汚れが落ちたか見回して、ぱんと宙で叩いた般若が、きらめきながら飛び散る水滴ごしに客人の姿を見つけた。

「お、那智」

色褪せた紺染の袂をあげ、那智は無表情に顔に飛んだ雫を拭った。——井戸のまわりの女たちは、ぽかんと口を開けて背高の青年を見上げている。那智の袴の陰から、五つか六つくらいの小柄な稚児が、ひょこと顔をのぞかせた。

「なんじゃ、ちびも一緒か」

稚児は目をくりっとさせて、片手にさげてきた竹皮に包んだ弁当をさしあげた。

向かい合わせた家同士の庇と庇の影も重なりそうな裏通りには、間口二間ほどの町家が寄木細工のようにぴっちり隙間なく立ち並んでいる。住人は小商いの露天商や行商人、手間仕事の職人や通いの奉公人が多い。そうした連中とも似ず、どうもこの辺りでは浮いた顔触れだと言いたげに、手を口元にあてて、ひそひそと囁き交わす女たちの視線を背に受けながら、三人は袋小路の家へ戻った。

家の前で、小袖を通した竿竹を軒の出っ張りにひっかけようと爪先立って腕を伸ばしながら、般若はにやにやした。

「おとついも来たのに、そんなにわしの顔が拝みたいか」

「阿呆。俺が見たいのは新作の面と、うちの太夫の恵比須顔よ」

つけつけと応じた那智は、鼻先でひるがえる小袖を邪魔っ気に払い、

「それと、頼まれたものも持ってきた」

あがるぞ、と断って先に中へ入った。

狭い土間に板敷の間がついただけの家の中は、乾いた木の良い香りが漂っている。

上がりかまちに腰かけて、行李をそっと背からおろした那智は、なにげなく家の奥に目をやって、はっとした。

板間の仕切りに置かれた破れかけの衝立障子の端から、長い黒髪がうねって出ており、反対側からは白くほっそりとした足の先が突き出ている。つと手を伸ばして衝立を三寸ほどずらすと、戸口から細々とさしこんだ光が、奥の薄暗がりに横たわり固く目を瞑った女の、焼け爛れた横顔を白く照らした。

稚児から手渡された差し入れの弁当を、さっそく解きながら入ってきた般若が、味噌をつけて、ちょいと表面を焦がした握り飯をつけあわせの瓜漬けと一緒に摘みあげ、ぱくつこうとして、手を止めた。

「あ、それな、今朝早く写生に出かけたときに、生きたまま野辺送りにされておるのを

見つけてな。仔細はわからんが、そのまま棄てておくわけにもいかんし……」

「生きているのか」

「ほうよ――」

焼飯をくわえたまま口を動かし、般若は水瓶の陰から素焼きの焜炉を引っ張り出した。底に溜った灰を掻き回して顔を顰め、新しい炭を一摑み投じてから火種を落とす。しばらくして薄い煙の筋が立ち昇った。

「これも仏縁と背負って帰ってきたが、見つけた時は、こう顎から胸にかけて血だらけの有様での。近くに喉を嚙み破られた犬の死骸があったから、餌を漁りにきた野犬に逆に食らいついたのじゃろう」

「そいつは、凄まじい」

那智の呟きに驚きの響きはない。

「夜露にあたったせいで、ちと熱があるが、顔の火傷の他は大した怪我もない。流行り病というわけでもなさそうじゃ。病や怪我で体の利かなくなった奴婢を、路傍に放りだすというのは世間ではざらに聞く話ではあるが……、ほれ、手が空いとるんなら煽がんかい」

放ってよこされた扇子で熾火に風を送りながら、那智は奥の褥をうかがった。

珍しい話ではない。昔、貴族連中は死に接することを触穢と呼んで大仰に忌み嫌い、我が館で死人が出るなどもってのほか、それが長年仕えた家人だろうと我が乳母だろうと、瀕死の重病人は息のあるうちに他所へ棄てる、というのが普通だった。

今でも状況はあまり変わっていないが、理由は多少変わった。

近頃は由緒ある公家や武家であっても、たいてい台所事情は火の車、将軍家や大名家に目をかけられて旨みのある役職でも貰わなければ、内実は食うや食わず、というところが多い。中には世過ぎが下手なばかりに干死にした貴族もいるほどで、そういう倹約至上の家で、働けなくなった端女ひとり切り棄てることなどわけもない。

――要するに、使えるときだけの間柄、というわけだ。寝ついた上に薬代などかかるようになれば、それまでよ。

よく見れば、病人は女というより小娘といったほうがふさわしい。せいぜい十五、六、窶れているが、容貌は悪くない。白くなめらかな手をしているから、下働きの水仕女ではなく奥向きの女房で身寄りのないものかも知れない。だが重病でないとすれば……。

「察するに、顔の傷のせいで奉公する家の主人に愛想を尽かされ、お払い箱か」

「ま、なんにせよ無情のことじゃの……」

ため息を吐いて、般若は水を入れた鍋を火にかけた。

「しかし行き倒れなんぞ拾って面倒見てる余裕があるのか」

大小の刀や槌、鋸などの道具一式が、壁際に広げた革の道具袋の上に整然と並んでいるのを一瞥し、那智は肝心の点を質した。

「今春の暮れに注文を出してから、かれこれ半年あまり、面の手本にする女の顔を探したいからと、こちらに移ってから既に三月になる。そろそろ太夫も痺れを切らすわ」

「そうせっつかれたところで、面とは、ただ左手に鑿、右手に槌を持っただけで、一朝に打てるものではないわい」

「だが、おまえの腕なら、面ひとつ仕上げるのに三月もかかるまい。どれほど工夫を凝らしているか知らんが、職人気質もほどほどにせんと、いいかげん顎が干上がるぞ」

般若は腕組みして渋い顔をした。

「鬼女の面——それほど難しいか」

申楽の役者が舞台でかける面は、男が女に、老壮が少年に、あるいは人間が天女、鬼神、怨霊、妖精など、およそ人外のものへと変身するための道具である。

唐渡りの品玉や滑稽な物真似芸に源流を発する申楽は、時代が降るにつれて、他の芸能の要素をとりこんで、複雑な物語構成をもつ歌舞劇へと発達した。元来、能といえば芸能一般をさすが、近頃は能といえばこれ、というほどの大流行で、新作の脚本が次々と書かれ、演出にそった面が求められるようになって、その種類も増えた。

数多の申楽座が鎬を削る京中で、実力、規模とも随一と自他ともに認識し、将軍家にも愛顧される観世座も新しい演目に熱心だ。

その観世座が般若に出した注文は、執心が募って鬼と化した女の顔を、新しい造形で打ってほしい、ということであった。

依頼主は鷹揚（おうよう）と構えているようで、納期も切らず、進捗が果々（はかばか）しくなくても文句はつけてこないが、それでも最近は三日にあげず、こうして一座の若い役者を使いによこして様子を見がてら、それとなく尻を叩いてくる。

二人が話しているあいだに那智の連れてきた稚児は座敷にあがりこみ、衝立の後ろへまわって病人の枕もとに膝をついた。が、すぐに妙な感触に気づいて、膝小僧の下に敷いてしまった湿った手拭を引っ張り出した。

安らかな眠りではないらしく、娘の眉間には皺が刻まれ、苦しげな呼吸がもれている。爛れていないほうの頬は、熱のためにほんのりと上気している。

そっと病人の額に手をあてて首をかしげた稚児は、枕元にある盥の水に手拭を浸し、絞って額に載せなおしたが、小さな手では絞り足りずに、ほとんど雫をしたたらせたままの手拭が、べちゃりと額にはりついた。

頬から首筋へ流れた水の冷たさに、娘が、ふっと瞼（まぶた）をあけた。

ぼんやりとさまよう眼差しを、女童（めのわらわ）かと見紛うばかりの愛くるしい稚児が覗（のぞ）きこむ。目が合うと、にっこりと笑った。

「小次郎（こじろう）の意見では、嫉妬深い妻君を貰えば、鬼女の顔など直ぐに拝めるそうな」

「ふん、薬にもならぬ助言じゃ。この貧乏のどこに妻女の口まで養う余裕がある……おっ、こりゃ坊主。病人じゃぞ、悪戯するでない」

念入りに濯いだ手を、これまた念入りに拭っていた般若が気づいて土間から叱りつけた。

「坊主は、おまえだろうがよ。ほら、こっち来な、天鼓」

那智は稚児を呼びよせて傍に座らせると、

「さて、頼まれていたものじゃ」

持参した行李を開け、柔らかな布で厳重に包まれた品を幾つか取り出して般若に渡した。

「秘蔵とは言わんが、そこそこの品ぞ。しかも古い。大切に扱えよ」

「誰にむかってものを言うとる。それこそ、釈迦に説法じゃわい」

丁寧な手つきながら心なしかいそいそと梱包を解いていくと、鬼の顔が現れた。

「ほほう、これは顰か。いかにも迫力ある鬼じゃな」

きつく顰めた眉間に憤怒を漲らせ、牙を剥いて威嚇する、見るからに猛悪な相の鬼面である。朱をそそいだような顔色に、異形を強調するためか、眼や歯は金泥を混ぜて彩色してあるが、角などの細工はない。

「ん、こっちは鬼面でないな」

「あ、そりゃ蛙よ。氷見の作、の写しで、鬼じゃないが、水漬けにされて殺された怨み辛みは、たっぷり籠っておろう」那智は奥の褥を横目に見た。「俺はまた、いよいよ創作に行き詰って、氷見に倣って情夫への怨みで憤死した女の骸でも拾ってきたのかと思うたわ」

　氷見は越中の面打ちで、堕地獄の苦しみに痩せ衰えた亡者の顔や溺死者の霊など、怨霊の相貌を好んで造作した。彼の打つ面はあまりに生々しく不気味であるため、工房に死体を持ちこみ手本にしたという噂がある。

　蛙の面は、どろりと濁った肌色に虚ろな眼差し、水死人にふさわしく額には濡れてはりつく髪が丹念に描きこまれ、力なく口を開いた陰々滅々たる相貌は、権力によって理不尽に殺された鄙人の怨念を見事に形作っている。

　いずれの面も観世座の所有する良品で、般若の懇請によって特に貸しだされたものだ。

「で、これが、蛇か」

「この中では、この蛇だけが、一応、女性だな。もっとも、これが人の女と呼べるかと言えば、話は別だが」

「ふむ……」

　おもしろい、と呟いて食い入るように見つめる般若の前に、他にも二つ三つ造作の異なる面を並べて、那智は行李の蓋を閉じた。

「ま、こんなところだな。置いていくから、先人の手を見て、せいぜい参考にしてくれ。他も見たけりゃ、直接北小路の屋敷に出向いて来いとさ。ただし、その場合は少々の吉報を携えてくるようにとの言伝だ」

「名座の太夫が、吝いことを言い腐る……ん、もう去ぬるんか」

「面を届けに寄っただけだ。これから四条河原の方に行かねばならん。天鼓、来い」

まだ奥の褥を気にして、ちらちらと目をやっている天鼓を促して、立ち上がった那智の袖を、ちょっと待てと般若は引き留めた。

病人で、しかも若い女人のこと、なにかと入用な品もあるだろうから、そちらのほうの算段を頼まれてくれと言う。那智は般若のところへ時々食べ物も運んでいる。口が二つになれば、それも倍になるわけで、座の賄方をどう丸めこむか考えこんでいる那智の横で、般若はかんかんに沸き立った鍋を火から下ろした。手をつけずにおいた焼飯を汁椀に入れ、湯を注ぎかけると、米粒がほぐれて味噌の匂いがふうわりと広がった。

香の物をまぶした湯漬けを病人の枕もとへ運ぶ般若を見やり、那智は舌打ちした。

「しゃあないな。じゃ、また来るわ」

家を出たところで、先ほど井戸端にいた女たちと出くわした。袋小路の入口からこちらを窺っている。背後の戸口から般若がひょいと首を突きだして手をふった。

「おい、酒じゃ、酒も見繕うてきてくれい」

「あのな、俺は、おまえの使いっ走りじゃねえぞ」

肩越しに言い返した那智が女たちに目を戻すと、彼女たちは飛びあがり、そそくさと逃げ去った。那智は低く唸(うな)った。

「それと、坊主のおまえが若い女連れ込んでると、もう近所中で噂のようだな」

二人が帰った後、湯漬け一杯を病人に食わせ、また寝かしておいて、般若は那智が置いていった能面の前に座りなおした。

異相の面たちが、興味をこめて般若を見上げている。

面というのは役者にとっては大切なものだが、掛物や壺(つぼ)のように飾っておくものではなく、あくまで舞台で使う道具だから消耗は免れない。そこで先達の作品のうち秀逸なものをひとつの型として同型の面を模作する「写し」も面打ち師には重要な仕事になる。写しではなく新しい造形で面を打つというのは、新しい人格を創造するということだ。

これこれの話の筋にあわせた面を彫ってほしい、という依頼のされ方もあるが、今回は、ただ鬼女という要望のみが伝えられ、後は全て任された。

——謎かけのようなものじゃ。

依頼を請けてから半年余、怠けていたわけではない。

鬼女、という言葉から浮かびあがる造形は朧(おぼろ)にあるものの、これと思う顔かたちを下描きし、いくつか試作もしたが、納得いくものができない。鬼らしさを出そうと牙を強調して恐ろしさを加えてみたり、女らしく線を柔らかくしてみたり、あれこれ工夫を凝らしたが、うまくいかなかった。

なにが、どう、とは言えないが、どうしても腑に落ちないまま、試行錯誤をくりかえして、いたずらに時ばかりすぎた。

般若は蛇の面をとりあげ、少し傾けながら熟と眺めた。

古来、愛着や憎悪、物欲でも、人の執心の極まった形を蛇体として表す発想があり、能面における蛇の名は、そこからきている。

那智の持ってきた蛇面は、血色をのぼらせつつも色白の肌や、乱れてはいるが女面に特有の毛描きや眉の刷き方で、女とわかる。

だが、これが人間の女だろうか。

牙のある口から、ぬらりと覗いた真っ赤な舌も、太い血管の浮く額から歪に突き出た角も、どことなく獣の臭いがする。金銅の環を嵌めこんだ眼球には瞼がない。瞬きもせず執心の対象を一心に見つめ、その他の雑念は全て失せてしまったかのような表情は、かつては人の女であったかも知れないが、すでに人の皮をするりと脱ぎ捨てた、それこそ蛇のように冷ややかな生臭さがある。

誰の手かはわからないが、よくできている。

しかし、これは鬼女ではない。鎌首をもたげ、迷うことなく獲物に飛びかかる蛇の顔だ。

――では、鬼女とはなにか。どういう性格をもち、どんな表情を見せるのか。半年のあいだくりかえした問いを余人にむければ、なんという答えが返るだろう。蛇を手にしたまま他の面を見回す。どの面も、それぞれに表情を持っている。喉の奥で唸りをもらした般若は、部屋の隅に片してある自分の荷物をさぐった。とり出したのは、奈良から連れてきた女面たちだ。

年ふる順に並べてみる。明るく澄んだ微笑を浮かべる少女の顔。臈たけた美女の顔。慈愛をたたえた母の顔。歳月をへて人生の重みを知り、深い悲哀を沈めた女の顔。やがて重みそのものから抜け出たような姥の顔……。

鬼女の顔は、このどこに入る。

那智の顔を思い浮かべる。二十歳ばかりの、眉のきりっと締まった涼しげな顔立ちは、女たちが水仕事の手を留守にしてぽうっとなるほどだが、生憎、毛の末ほども愛想なし。人によってはふてぶてしいと評しそうな面構えだ。

男なら男、女なら女、鬼なら鬼、そのものを形作っている宙をただよう気のようなものをとらえ、それを両の腕を通じて、精魂無き一片の木に打ちこむ。

だが、それが、つかまえられない。

怒り、怨み、妬み。鬼女と結びつく言葉はいくらもあるが、形にするには、なにが足りないのか。

妥協するのは矜持が許さないが、近頃は写しの仕事もしていないから、懐具合は侘びしいの一語に尽きる。那智に指摘されるまでもない。確かに、このままでは顎が干上がる。

四条町の市場に近づくにつれて道が混みはじめた。

商売物の干魚を詰めた籠を頭にのせた販女たちが、売り声をあげながら行き交っている。呉服商は色とりどりの反物を広げて道行く人々を呼び込み、その隣では茄子や芋を盛った籠を前に、客が今晩の菜を選んでいる。天秤籠を担いだ鳥売りが雁や野鴨を売り歩き、丸々と太った狸を片手にぶらさげた猟夫は、買い手の男と売値で揉めているようだ。

先を急ぐ那智は足を止めない。行李は般若の家で下ろしてきたので、いまは小さな連れを負ぶっている。天鼓は、いつもより高いところから眺める景色が楽しいらしく、きょろきょろしっぱなしだ。蒸籠にぎっしり詰まった白い饅頭が、ほかほかと湯気をあげる饅頭屋の前を通ったときは、あまりにそちらへ乗り出すので、那智は落っことしやしないかとひやひやした。

市場を抜けた先に、鴨川にかかる四条大橋があり、橋の袂に広がる河原には芝居小屋が立ち並んでいる。今日はそこへ行く予定なのだが、少々時間を食ってしまった。

急に人の流れが速くなった。

「後妻打じゃ。この先の飲屋に女たちが集まっておる。打ち壊しをやるぞ」

そう叫びながら走っていく男の行く方、市の一角に人垣ができて、それが刻々と厚みを増している。近道になるかと市場を通る道を選択したことを多少悔やみながら、人だかりの後ろをすり抜けようとして、人垣の中に知った顔を見つけ、那智は立ち止まった。

「小次郎——」

幾度か呼んで、ようやくふりむいた顔を見て、那智は口をあけた。

「その顔、どうした」

「どうしたもこうしたもないわい。肝心の時に、どこへ行っておったのじゃ、そなた」

左目の周りに痣をつくった小次郎が、憤然と食ってかかった。

観世小次郎信光は、先代太夫の七男で、当代の弟にあたる。

大鼓の名手で、太鼓や謡や舞にも堪能で、劇作もする、多芸多才が服を着て歩いているような男だが、まだ二十代半ばの若さだ。

棟梁たる太夫をはじめ、観世座の重鎮は貴人を観客として演能することが多く、一般客から木戸銭をとっての小屋掛けなどはあまりしないのだが、小次郎は若い役者を使って自作の新しい脚本を上演しようとしている。那智もぜひ舞台に立てと声をかけられ、今日は芝居小屋の設置のため四条河原に集まる予定だった。ところが、隣で観世座に営業されては客を奪われる、という危機感を抱いた他座の血の気の多い連中が直接的な妨害行為に出て、小次郎も一発お見舞いされたらしい。

「おかげで、これじゃ」

と、顔の痣を指差した。しかし、へこんだり怯んだりというのは小次郎の性分ではない。

「ま、そなたが居てくれれば、次は大事あるまい。ちと態勢を整えて出なおしゃ」

役者の腕を買われているのか、それとも腕っ節の強さを期待されているのかと首をひねる那智にお構いなしに、勝手に機嫌を直した小次郎は並ぶ店の一つを指した。

「で、そこの飲屋で、ちょいと気分直しをしようとしたところに、今度は、あれよ」

その飲屋の前には、今、五、六人の女たちがずらりと並んでいる。

二十歳くらいの若い女から白髪頭の老女まで、きりりと額に鬘帯を締めて小袖に襷がけし、家事で鍛えたたくましい腕を剝き出しにして、木槌や杵や竹箒を携えている。

先頭の千切木をどんと地面に突っ立てた中年の女が、将軍であった。女と店の間で、中年の男が顔を引き攣らせている。

「おい、おまえ、こんなみっともないことして、どういうつもりじゃ」

「そっちこそ、どういう料簡じゃ。散々苦労させた女房を、少し暮らしが落ちついた途端放りだすとは、この人でなしめが。大体いい年して小娘に鼻の下伸ばして、我が子まで棄てるとは、みっともないのはどっちじゃ」

小次郎が那智の耳元に囁いた。

「ここの亭主、あそこのしょぼくれた男だが、ひと月ほど前に二十年近くつれそった、あの古女房を離縁して、店にいた酌婦を後妻にしたそうじゃ。これがまた夫婦の上の子とさほど年も違わん小娘でのう」

「それで、この騒ぎかよ」

男も女も唾を飛ばして怒鳴りあうが、男のほうが、どうにも腰がひけていて分が悪い。

「な、なんじゃ、その程度のことで、鬼の首でも獲ったように威張りやがって」

「鬼、鬼か。それが、どういう顔をしているか、今ここで、とっくり拝ませてやるわ」

せせら笑った前妻の、いざ、という号令に女たちが鬨の声をあげ、慌てて腕をひろげて押し止めようとした亭主をつきとばし、得物をふりかざして一斉に店へなだれこんだ。

打ち壊しがはじまった。

ぼこり、と槌が安普請の壁を突き破る。小次郎が大仰に身をすくませた。

「おう、怖や怖や。鬼女の集団じゃ。これだから近頃は、うっかり嫁ももらえん。わしらは気楽な独り身で良かったのう、那智。あっ、もっともそなたは、こぶつきか」

そのこぶは那智の背で、袋に詰められた子猫みたいに暴れはじめたところだった。節度を知らない群衆に後ろから押しまくられて苦しいのだ。天鼓を前に抱えなおして、那智はうんざりと左右を見渡した。いいかげん退散したいが、増える一方の見物人に退路をふさがれて、どうにも身動きがとれない。

甲高い悲鳴が響き、店の奥から若い女が引きずりだされてきた。これが例の後妻らしい。

妻子捨てて仕返しに店ぶち壊されて釣りあうほどの玉じゃねえや、と誰かが嘲弄した。竹箒で尻を叩かれ、若い妻はまた悲鳴をあげた。殺されるわけではないと踏んでいるから誰も止めないし、逆に悪乗りして囃したてるものもある。

店の中でひとしきり陶物の割れる音がして、戸口から白っぽくて丸みをおびたものが次々と放りだされ、見物人の足元ではじけた。投げすてられたのは酒の入った瓶子で、破片が散らばり、酒が地面にこぼれた。

「やや、もったいない、もったいない……」

飲兵衛な輩が、割れ残った瓶子から振舞い酒とばかり手ですくって飲みはじめる。

亭主は茫然自失、後妻と抱きあうようにして地面にへたりこんでいたが、その時、見物人の後ろで大きなざわめきがおこり、人垣の一方が割れて、人相風体のよくない男たちがあらわれた。みすぼらしい数打ち刀を腰へ差し、薄汚れた着物に派手な端切れを随所にあしらった男たちが六、七人、飲屋へ押し入り、金切声をあげて抵抗する女たちを引きずりだしにかかる。

見物人の間から、女に手を出すな、と叫びがあがり、ばらばらっと礫が飛んだが、ほとんどは野次馬にあたった。たちまち喧嘩がはじまり、そこここで殴りあい、逃げようと慌てて転び、踏んづけられる者もいて、ひどい騒ぎになった。

那智は天鼓を庇いながら、むかってくる人の波を肩で押しのけ、二、三人蹴飛ばして道を拓いた。這う這うの体で小次郎がついてくる。近くの建物の陰に体を押しこみ、難を逃れたところで街路を見やれば、もはや火元の連中も見分けがつかない大乱闘になっている。

「なんなんだ、あいつら」

「多分、柏屋の手下だろうて、あてて」

誰かに引っかかれたらしい手の甲の傷を舐めながら、小次郎が答えた。

「柏屋？」

「四条の酒屋よ。ここの亭主、以前は柏屋の奉公人で、店の酒は全て、そこから卸してるんだそうな。元の女房とは柏屋にいた時分に添うたらしいが……。あの柄の悪い連中は、柏屋が雇っている牢人どもよ」

酒屋とは、要するに造り酒屋のことだが、近年、酒を売った儲けを元手に高利貸しを営むところが多い。客には貴族も多く、その倉には質草として預けられた家宝がうなっている。こうした金貸しの常で、柏屋もとりたてや自衛のために牢人や博徒の類を飼っているという。

「手勢くりだして、元奉公人夫婦の痴話喧嘩の面倒まで見てやるのか。御苦労だな」

「そりゃどうかね。柏屋っていうのは、柳の酒こそすぐれたれ……の、柳屋ほどじゃあないが、あちこち売りこんで、ここしばらくのうちに身上を大きくして、金貸しの方でも稼ぎまくってたんだが、最近いけないらしい」

「なんだ、貸し倒れにでもあったか」

「いんや、商売のほうは問題ない。跡取り息子が死んだせいさ」

「跡継ぎが？」

「おうよ、主人が大厄すぎてからこさえた一粒種でね。年は、ちょうど、この天鼓と同じくらいかな。大事、大事と育ててたが、死なれて余程がっくりきたらしい。商売の方はたたむのか人に譲るのか知らんが、とにかく今の主人は頭丸めてどっかへ引っ込むんだと」

土器らしきものが飛んできて、近くの壁で、がっ、と弾け、小次郎が首をすくめた。

「……が、無一文の捨聖ならともかく坊主でも食ってかなきゃならんのは同じだかんな、隠居資金のために、ああして手下が貸金や売掛をとりたてに走り回ってるのさ」

つまり心配しているのは商売物のほうと、地面に散らばる陶物の欠片に顎をしゃくる。飲屋の亭主は土に吸わせた酒の代金分も、酒屋からきっちり絞りとられるだろう。

「しかし、よくもまあ、そうべらべらと……、他人の家のことを詳しく知っているな」

「ここいらじゃ有名な話でな、ちっと耳を澄ましていれば筒抜けに入ってくる、……と、そなたの遅刻の言い訳はなんだっけか？」

そこで那智は手短に事情を話した。

「そらまた般若坊も妙なもん背負いこんだなあ」

聞き終えて小次郎は嘆声をあげたが、目がきらきらしているのは興味を引かれた証拠だ。単なる野次馬根性というよりは、劇的な話には文字通り劇作家根性を刺激されるらしい。

「まあ、さっき話したようなわけで今日は四条河原のほうは、まだいいから、急ぎ入用なもんがあったら届けてやったらええわ。けど最近は景気悪いからなあ、うちの会計も余分な出費には渋うなっとるし……」

通りの騒ぎは、ようやく沈静化しつつある。刃物を抜くほど無分別な者はいなかったようで、ひとまず人死には出なかったようだ。

他座との悶着は数日で片付いた。小次郎はもうひとつ痣をこしらえたが、上機嫌で準備を仕切っている。その活気が他の座員にも伝わって、初秋の風も爽やかな四条河原には弾むように軽快な槌音が響き、屋根つきの舞台や桟敷が着々と組み上がりつつある。

舞台裏手に竹矢来で囲って筵を張り巡らしただけの楽屋の中で、ひとり静かに黙想していた那智は、ふっと息を吐き、腰に帯びた刀の鞘を払った。

前方をひたと見据え、垂直に立てた白刃を右脇へひきよせた八双の構えから打ちかかり、素早く前進して切り抜け、身を翻して振り返る。切っ先を下へ傾け、弧を描いて滑るように歩を進め、鋭く突きいれ挑んでは退き、腰を低く落として斜め上へと薙ぎ払う。

楽屋内の地面はならしてあって、衣装の櫃や道具類もまだ運びこんでいないから、一連の動きを妨げるものはない。

今回、上演予定の小次郎の新作『綱』は、渡辺綱という武勇の誉れ高き熱血の武士が、酒の席での口論から、鬼が出ると噂される羅生門に肝試しに出かけ、鬼に遭遇、激闘の末に退治するという筋書きだ。那智は、前半部の酒宴の場で綱と論争する平井保昌の役をふられていたが、本番を目前に配役が変わった。

今の那智には、新しい役に慣れるという以外、どういう気持ちも持つゆとりがない。

この窮地に陥れてくれた張本人が、楽屋入口の筵をめくってぶらぶらと入ってきた。

「よ、やっとるな。順調か？」

「おまえ正気か。大事な初の舞台、俺に投げてよこすなんてどうかしてるぞ」

両目の周りを黒くして、まるっきり狸みたいな小次郎にむかって、那智は腹立たしげに竹光をふった。初演では小次郎自ら綱を演じることになっていた。綱の役は面を使わない。しかし狸顔の綱では笑いをとるだけなので、那智にお鉢が回ってきたのだ。

「いーや、向う見ずの猪（いのしし）武者役、そなたがうってつけよ。『綱』全編頭に入ってるし、とにかく勢いで、立ち回りはうんと派手に行け。本番では、ちゃんと後見してやるから心配するな」

――この、狸。

腹の中で毒づく那智に、残り数日稽古に励めよ、と、からから笑って小次郎は急に真顔になり、楽屋口をふり返った。

「忘れとった、そなたに客じゃ」

どこかの貴家に仕える若党らしい簡素な直垂（ひたたれ）姿の男と、その背に隠れるように上品な朱華（はねず）色の被衣（かずき）を深くかずいた女が入ってきた。男の方は、那智と同じくらいの年頃だ。

「中楽役者にしては、なかなか堂に入った立ち回りだな」

筵の隙間から盗み見でもしたのか、小馬鹿にした口ぶりで褒めた男に、那智は竹光を鞘に収めて向き直った。引き締まった体つきだから大男には見えないのだが、那智はたいていの男より頭一つ分高い。その身長差を有効に使って見下ろすと、相手は、う、と怯んだように後ずさった。

「それで、なにか?」

「姫君から、お話がある」

苦々しい面持ちで男は横へ退いた。

姫と呼ばれた女は、目深に引き下ろした被衣を少し持ち上げ、上目遣いに那智を見た。十六、七ほどか、念入りに化粧した顔から素顔などわかるわけないが、まず知らぬ顔だ。観客の中には、人気役者に懸想して追っかけ回し、艶書をよこして逢瀬を求めてくる手合いもいるが、那智は己の知名度については、そこまで自惚れてはいない。

眉を落として眉墨で眉を描き、歯を染めるという化粧法は、かなり廃れてきているが、この姫は額に置いた青黛も鮮やかに、躊躇いがちに朱唇を開くと鉄漿の色がこぼれた。

「そなたの友人が、野辺に棄てられていた若い女人を拾うたとか、まことですか」

「確かに、俺の知人が若い女を拾ったが」

那智が答えると、姫は、年の頃は、右の頰に火傷は、と矢継ぎ早に特徴を尋ねた。

「あの、それで……彼女は自分の素性について、なんと言いましたか……」

「いや、素性はおろか名も明かさぬ。だんまりじゃ」

あれから那智は二度ほど般若を訪ねた。病人は日ましに快復し、今では起きられるようになっているが、一向に口を開こうとしない。

姫は、わずかに眉間を曇らせた。

「なにも言わぬと……」

「心あたりでも?」

「たぶん、それは私の侍女で乳母子(めのとご)の、雛衣(ひなぎぬ)です」

那智は傍らの小次郎と顔を見合わせた。

「失礼だが……」

「では、野に棄てさせたのは、あなたか?」

小次郎が婉曲に確かめようとしたところを、那智が直截(ちょくさい)に言い放った。姫は狼狽(ろうばい)し、いきり立った若党が腰の刀に手をかける。その手を押さえ、いいえ、と姫は激しく頭(かぶり)をふった。

「いいえ、違います。あれは半月ほど前……」

葉月も末の、まだ蒸し暑い日のことでした……、と姫は痛ましげに目を潤ませた。

姫は終日離れの自室で針仕事に勤しみながら、日の傾くにつれて細っていく蟬(せみ)の声を聞いていた。殺風景な部屋の中で、膝の上に置いた縫いかけの韓紅(からくれない)の袿(うちき)ばかりが鮮やかだ。

秋口にむけての衣装は頼まれもので、届ける約束の期日も迫っているし、もう少しだから縫いあげてしまいたいが、部屋にさしこむ西日は薄れて、そろそろ針目も覚束ない。

明るい場所を求めて広縁に出ようとした姫は、鉄漿壺を持って入ってきた侍女の雛衣と鉢合わせになった。鉄片を酢に浸してある鉄漿壺からは悪臭漂い、姫は袖で鼻を覆って心もち体を遠ざけた。

長い髪は邪魔にならないよう括りあげ、着ているものといえば童(わらわ)の時分から着馴れた汗衫(かざみ)をあちこち繕(つくろ)い直したもの、という姫の恰好に、雛衣は眉を跳ねあげた。

「あれ、まだそのように素っぴんで。早うお支度すませてしまいなされ、これ姫さま」

雛衣は、逃げ腰になっている姫の肩をつかんで鏡台の前へ押していき、未練げに袿の方をふり返る頭を、両の手で挟んで、くいっと鏡へむけさせた。

「いけません。お昼に、宵の口に見えると先触れがあったのに、姫さまが内職に励んでいるところへ婿殿が来たりしたら、興醒めでございましょ?」

薄暗い鏡面には、眉こそ落としているものの、まだ先年に髪上げしたばかりの幼さが残る娘の、青白い顔が映っている。

渋々化粧を終えた姫を、雛衣はてきぱきと着替えさせた。

雛衣は乳母の娘で年も一つ違い、姫とは姉妹のように育った仲であり、背恰好も姉妹のように似かよっている。姫の身の回りの世話をしていた乳母が亡くなってからは、彼女が万端取り仕切って、いささかの疎漏もない。

肌も透けるような紫の薄物を着せかけ、絵扇を手渡し、髪を梳(と)かしあげて、ちょっと退いて全体を確認した雛衣は満足げに頷いた。

「まあ、まるで物語に出てくる紫の上の姫君のようでございますよ」

その褒め言葉が気に入らず、姫は頰をふくらませた。

長い貧乏暮らしですっかり所帯じみた娘を、少しはゆかしく雅やかに、淑やかな貴族の姫にふさわしく感化しようと、姫の母親は貴族華やかなりし昔の物語草子を与えてみた。が『源氏物語』夕顔の巻を一読し、とったのとられたの嫉妬したの呪われたのと、そんなことばかり書き連ねてあるのに、なんとまあ長閑な古き良き時代よ、と姫は呆れかえり、その悠長さが多少忌々しくなって、

——源氏の君が今時分に生きていて、あのような色好みの三昧暮らしをしようとしたら、御自慢の口説を女たちに使う前に、まず金貸したちに使わねばなりませんね。

と皮肉って母を嘆かせ、それは夫君の前では仰いませんように、と雛衣には窘められた。なんとなれば、姫の夫は金貸しであるから。

夫とは、数カ月前に世話する人があって引き合わされたのだが、会ってみると気に入られたとみえ、通ってくるようになった。

そして雛衣は、今宵、と先触れのある度、几帳に脇息、紫檀の琵琶に梧桐の琴、青磁の香炉、姫にしろ夫にしろ歌心などないから何に使うかはわからないが、蒔絵の文箱など、普段は納戸にしまってある調度を出して飾りつけ、それこそ絵巻物にあるような

部屋に仕立て上げて婿殿をむかえる。

雛衣が、白の生絹(すずし)に、とりどりの色糸で花鳥を縫い刺した几帳を立てるのを見ながら、こんな鍍金(めっき)になんの意味があるのかしら、と姫は首を傾げた。

お帝の親族でも、お后の実家でも、どこの貴族も借金漬けのこの御時世、そういう貴族連中を客として金を貸す夫が、姫の家の内情を知らないわけがない。だから汗衫姿で内職に励んでいるのを見られたところで、幻滅されるはずもなし、そもそも部屋を飾る品々は夫の持ってきたものなのだ。贈物の趣味が見事にばらばらなのは、自宅の質倉から適当に選んできたものだから、と睨(にら)む姫は、手元の絵扇をはらりと開いた。

――これとて、どこの誰から、とりあげてきたものやら。

それなのに一体なにが気に入って通ってくるのか、という姫の疑問に対して雛衣は、

「もちろん、お血筋でございますよ」

と事もなげに言う。姫の血筋は、ざっと五百年ほど遡(さかのぼ)れば天皇家にまで行きつくが、だいたい貴族など皆どこかで血がつながっているものだから珍しくもなんともない。

しかし尊貴な血をもたない成りあがり者には、それこそが重要だ、と雛衣は力説する。

「貴いお血筋、こればっかりは、どれほどお金を積んでも買えませんもの」

けれど、それを買ったのだわ、と姫はため息を吐いた。

収入源であるはずの荘園を、半ばは土地の武士に横領され、残りは借銭の形に酒屋に

とられ、重代の家宝も質流れに出尽くして、当主はもう長いこと官職にありついていない。残っているのはだだっ広いだけで手入れの行き届かぬ毀ち家(こぼちや)と、腹を空かせた家族だけ。

そんな家の姫に、成りあがりの金貸しが求めるものが貴い血筋なら、結局のところ姫の身は、酒屋の質倉に腐るほど詰まっている某家伝来の重宝の数々と、そう変わらないものなのだ。換金価値はないが、所有者に箔(はく)をつけることはできる……。

だから、もっと立派な箔があらわれたら、そっちに乗りかえるのでは、という姫の懸念について、雛衣の見解は身も蓋もない。

「それはそれで、鼻の下伸ばして此方(こちら)の河岸(かし)へ寄りついている間に、毟(むし)れるだけ毟ってやればよいのです。よもや贈ってよこした品々全て返せなどと、みみっちいことは言いますまい。後は、それを元手に新しいカモを探すだけのことです」

「でも、金貸しのことじゃもの、それこそ貸しただけ、と言いたてるかも知れぬ」

「なんなら、お気に召したものだけ残して、残りは婿殿のところとは他所(よそ)へ質入れして、早々に換金してまいりましょうか。銭になってしまえば出所などわかりませんよ」

と雛衣は再々問うが、夫は案外細かいところがあり、贈ったばかりの品が姫の身辺に見えなければ、あれはどうしたのかと聞いてくるのは必至だ。

幾度も蒸しかえされた話題を、手をふって打ちきり、姫は脇息にもたれかかった。

夫のお陰で、逼迫していた家計は随分と潤った。

父は、自分とさして年も違わない娘婿からの出資で猟官運動をはじめ、この家の跡取りである姫の幼い弟には良い学問の師がついたが、いずれも姫と、姫の母の仕立て物の内職で糊口をしのいでいた時には、とても考えられなかったことだ。

「まあ、とにかく今年の冬は、手荒れに悩まされずにすみそうですものね」

雛衣が嬉しげなのは、新たに端女を雇い入れたので、それまで一切引き受けていた水仕事から解放されたせいだ。

玄関口の方が少し騒がしくなり、迎えに出ていく雛衣を、姫は目で追った。

おそらく夫は吝嗇な人間だ。築地塀の破れ目を繕いたい、と姫の父がそろりと出した頼みさえ咄嗟に渋い顔をした。それでも、若い妻には気前の良いところを見せたいらしく、通ってくるたび何か必ず手土産をもってくるし、家人にもおこぼれがくる。雛衣も新しい小袖の一枚も期待しているのだろうか。それも、どこの女から借銭の形に剝ぎとってきたものか、知れたものではないが。

さて、久方ぶりの訪いの場合、ここは一つ無沙汰を責めて拗ねてみせるか、にこやかに迎えるか、どちらが効果的かと不慣れな手管を算段していると、雛衣が戻ってきた。

「本宅のほうで何か急なことがあって、今日はおいでになれないとのことです」

ふっと姫の気が抜けた。ゆったりと脇息にもたれかかり、袴の中で足をのばす。そんな姫を見て、今度は雛衣がこっそりため息をついた。

夫には、本宅に妻がいる。まだ幼い子どももいるそうだが、姫はよく知らない。姫におもねるつもりなのか、夫は時々本妻の悪口を言うが、聞かされるほうは退屈で、姫は微笑を顔に貼りつけて右から左へ聞き流すだけだ。

どれほど時が経ったか、脇息にもたれかかり、うとうととまどろんでいた姫は、みしり、と脳裏に響いた音に、はっと覚めた。

外は既に日暮れて、室内は一つだけ雛衣がともしていったらしい灯火が細々と揺れている。その侘びしい明かりに照らされて、夜になっておろした御簾のむこうに人影が浮かんだ。

「……雛衣？」

みしり、みしりと広縁を歩きまわる影に、怪しみつつ呼びかけると、みし……、と足元を軋らせて影は立ち止まった。姫も影もしばらく無言を続けたが、やがて御簾の中程がぐっとたわみ、力尽くに引き落とされた。喉も破れよとばかり姫は絶叫した。

悲鳴を聞いて、駆けこんできた雛衣が見たものは、姫の髪を摑んで引きずりまわす、鬼の形相をした女。馬乗りになって首を絞める女を、雛衣は姫からひきはがそうとするが、凄まじい力で振り払われる。三者の影が重なり、揉み合って、灯明が蹴倒された。

ぱっと火の粉が散って一瞬天井まで明るくなり、またすぐに暗くなったが、それもつかの間、赤い炎の舌が闇を舐めあげるようにして縦に走った。

「……そのとき、雛衣の髪に火が燃え移り、あのようなことになってしまって」

直後に母屋から家人が駆けつけてきて、火は消し止められたが、騒ぎに紛れて女は逃げてしまった、と姫は結んだ。

「で、我が身を庇うてくれた恩人を、生きたまま野に棄てたと？」

「私、知らなかったのです。あの日以来、ずっと臥せっておりましたから。雛衣は怪我がもとで儚くなり、野辺送りもすませたと両親から聞かされて……。でも、本当は、まだ息があったのだと家人が話しているのを聞いて、急ぎ人をやって捜させましたが、見つからず、途方に暮れておりました……」

「それで御自ら、お捜しですか。やんごとない家で死に瀕した家人を放りだす話は、あちこちで聞きますが、それをわざわざ捜して歩くとは、なんとも奇特のことですな」

姫は恥じいるように深く俯いた。

「雛衣は、私にとっては妹のようなものです……」

濡れた目許をそっと拭うのに、那智は幾分、気色を和らげた。

「連れて帰りますか」

「いえ、そうしたいのはやまやまなれど……」

まだ……、と姫は口ごもった。小次郎が那智にむかって、ちらりと眉を顰めてみせた。先ほどから周囲の槌音が途絶えている。

「でも数日のうちに必ず迎えをやりますので、面倒をかけますが、どうか、それまで雛衣をお願いいたします。ああ、薬なり、着替えなり必要なものがあれば……これを」

金子を包んだ袱紗を出そうとする姫の手を那智が押し止めると、姫はしばらく黙りこみ、

「では、くれぐれもお頼み申します。それと、このことはなるべく他言なさらぬように……」

深々と頭をさげて背をむける。若党が那智を一睨みし、女主人の後を追って出ていった。

小次郎が首を傾げた。

「なんというか、他言無用と言いながら、よく喋る姫さんじゃ」

那智は無言で、先ほど姫の手に触れた自分の手を、じっと見下ろしている。

良い手触りだったか、と冷やかす小次郎をきっぱり無視し、那智は竹矢来の裏に回った。筵の陰に藁束のように重なって息を潜め、聞き耳を立てていた一座の連中が、どっと崩れた。那智は適当に一人を捕まえ、河原から土手のほうへ上がっていく主従へ目交ぜする。

「行って、どこの姫か確かめてこい」

なんで俺が、と文句を垂れながらも好奇心に釣られて飛びだしていった若い座員は、一時ほどで戻ってきて、二人は六条西洞院の久我通季邸へ入っていった、と報告した。

「ほう、それで？」

「久我殿には鈴子という姫があり、確かに半月ばかり前、怪しい女に襲われたと、屋敷に出入りの者が話していたそうだ」

夕餉の支度時とあって方々の家から炊煙があがっている。五条袋小路の自宅の前で鯵の干物を載っけた焜炉を煽いでいた般若は、那智から昨日の珍事を一通り聞いて、異議をさしはさんだ。

「しかしなあ、那智よ、その鈴子とかいう姫の話はどうかと、わしは思うぞ。聞いた限りでは姫の指図でないとはいえ、これまで身を寄せあい、支えあって暮らしてきた身内にも等しい相手から棄てられたこと、あの娘、雛衣、か？　雛衣には胸にたたむだけでも時間がかかろう。それを今度は拾うという。そんなものみたいに棄てたり拾ったり、する方はよくても、される方はどう呑み込む」

「じゃあ、おまえが引きとるのか？　妻女まで養う余裕はないと聞いた気がするが」

「こやつ、揚げ足とりおって」

小憎らしげに睨む般若に、言いたいことはわかるが、と那智は肩をすくめてみせた。

「俺も、舞台で忙しい。おまえのお節介のせいで雑用が増えるのは正直、困る。おまえの仕事がはかどらんのは、おまえが困るだけだから一向にかまわんが。ともかく、あの娘が棄てられたことには同情するが、鈴子の方で引きとるというなら任せたがいい」

「うーん、気に入らんなあ……」

戸口を開け放した家の中では、天鼓が本日の土産の粟餅（あわもち）を雛衣の前に広げて、にこにこしている。雛衣の顔に笑みはないが、稚児の屈託ない笑顔につられて餅をひとつ摘んだ。般若は扇子の柄で、かりかりと頭を掻いた。

「それにしても鈴子姫を襲った女というのは、やはり姫の夫の本妻、なのだろうな」

「柏屋の妻よ」

「なにっ」

あまりにあっさりと那智が断言したので、般若はさっきから燻（くすぶ）ってばかりいる鯵の上で目を剝いた。那智は話を続けた。

久我、の名を聞いて、そりゃ例の柏屋の愛人ではないか、と、ぺろりと口をすべらせたのは小次郎であった。

噂話は京雀の好餌（こうじ）、中でも芸人は、接待や祝事に呼ばれて興を添えるのも重要な仕事で、大概は酒の席とあって人の口も軽くなるのか、内輪の話を耳にすることも多い。そうした場で、内証の苦しいさる貴族が分限者の懐目当てに娘をあてがった、という話もたまに出るが、当の貴族にとっては吹聴したいことではないから、小次郎もあくまで噂として耳にしただけだ。が、筵の裏に鈴なりになって立ち聞きしていた者たちは、この話題に飛びつき、わけても物見高いのが二、三人、わざわざ柏屋まで出かけていった。

柏屋は表戸を閉めきって、しんとしていた。固く閉ざされた扉の中の様子を探ることはできなかったが、近隣住民は口の堅さにかけては鮑並で、阿漕な金貸し夫婦——彼らの表現を借りれば、そうなる——について喜んで教えてくれた。

それによると、柏屋夫婦の仲は夫が若い愛人を作ってから世間体も繕いようがないほどの壊れっぷりで、五歳になる息子が唯一のかすがい、という有様であったらしい。隣人たちは、金があってもなかなか幸せになれぬものよと秘かに嘲笑っていたが、その日もまた、愛人の家へ出かけようとする夫を妻が詰り、とばっちりを嫌った奉公人らが他の部屋へ逃げだしたところで、夫婦は派手な喧嘩をはじめた。

ところが、喧嘩の最中、幼い息子が、なんのはずみか部屋の前の濡縁から落ち、庭石かなにかに頭を打ちつけてしまった。

奉公人が駆けつけた時、両親ともぐったりした我が子にとりすがっていたが、奥に運んで医師よ薬師よと大騒ぎするうちに、幼子は息も細くなって絶え入り、いくら呼んでも揺すぶっても、その魂を呼び返す術はなかった。

妻は死んだ子の枕もとで気も狂わんばかりだったが、いつの間にか姿が見えなくなった。

「それが、鈴子姫が襲われたのと同じ日の、未の刻（午後二時前後）頃のことよ」

「や、では本妻は、その足で愛人宅へ？」

たぶんな、と那智は頷いた。

夫の愛人こそ災いの源、と妻は信じたのだろうか。鈴子を亡きものにしたところで、既に起きてしまったことをなかったこと、にはできないが、理屈の通らぬことでも、そこに全てをぶつけずにはおられぬ哀しさよ、と般若は頭をふった。

近所では、子どもが死んだのは、妻が夫への面当てに我が子を投げ落としたから、という者もいて、いくら憎い男の子でも子どもに罪はなかろうに、それを殺すとは、ほんに鬼のように酷い母親よ、彼女は己の仕様に狂乱してさまよい出たのだろう、と実しやかに語るのを、いちいち聞きとってきた一座の朋輩らが、この話を肴に盛りあがる傍で、那智は小次郎に倣って耳を澄ましていた。

鈴子は他言無用と釘を刺したが、柏屋の主人が閉じこもっているのは、子を失った落胆の他に、妻が愛人を襲ったと聞いて次は我が身かと恐怖するあまり臥せっているのだとか、喋り放題の彼らの口をふさぐのは不可能だ。

「もっとも母親が子どもを殺した云々は眉唾っぽいがな。……おい、焦げてないか？」

慌てて般若は扇子を放り、菜箸をつかんだ。黒煙をあげる鯵のむこう、袋小路の入口から、近所の女たちが彼らを窺っている。

「まだ注目の的か？」

「なんの、それはおぬしのほうじゃ」

般若は含み笑いした。

「この界隈の最近の噂によれば、どこぞの御曹司が裏屋に女を住まわせて、お忍びで足繁く通うているらしい。しかも子連れで」

さても人の口の奇々怪々なることよ、あることないこと扱き混ぜて虚像の錦を織りあげる、と笑う坊主頭に、ぽつんと雨粒が跳ねた。

たちまち篠突く雨となった。真っ直ぐに落ちる雨粒の筋も黒々と見える大降りに、家々はしっかりと戸を立て、袖をかざして走っていく人の姿もすぐに途絶えた路地に、早々と夜の帳が落ちかかってくる。

那智は戸口によりかかり、雨水の垂れる軒先を忌々しげに見あげた。

「明日は通し稽古だってのに」

「はは、遣らずの雨じゃのう」

そうくさくさするな、と宥めつつ暗くなった室内に火をともした般若は、ちょっと焦げた鯵の皿に何品か菜をつけたしておいて、大ぶりの瓶子と土器三つを持ちだしてきた。

静かな宵だった。雨の音が他の全ての音を吸いとっているかのように、薄い壁の反対側にある隣家からは、しわぶき一つ聞こえない。屋根板を打つ雨音に、話す言葉も口に出した傍から吸われていくようで、なんとなく室内の会話も途切れがちになる。

般若は土器の酒を舐めながら、京中を歩き回って描き蒐めた素描の帳面をめくった。

氷見のように死体を持ちこみこそしないが、般若もまた折にふれ、面に打ちこむ表情を求めて辻の行き倒れや野辺の骸を描きとめ、たまに葬式の手伝いに出て念仏唱えて小遣い稼ぎする時も、仏の顔や、通夜の席で摑みあう妻と愛人、遺産の分け前で揉める兄弟の顔などを、こっそり写しとっている。

人の心の内になにがあるか、など、余人が外から眺めてわかるはずもない。

だが、心密かに憎みつづけた相手の死に思わずこぼれた笑み、そうしたふと垣間見た素の表情を、拾いあつめて描き出した人の業の様々が、紙上に躍っている。

こうした業の様々に魅せられ、面に打ちこまずにおれぬ我が身のそれもまた業というべきか、と今さらながらに嘆息して、般若は雛衣に目を転じた。

彼女は前髪をおろして右頬を隠し、自分の土器に注がれた酒を苦い水でも飲みくだすように一口二口と含んでいる。酒が苦いわけではない。年頃の少女にも似合わぬ虚ろな暗さと疲れ切ったような横顔が、生きていること自体が苦く重いと語っている。

雛衣の横では、那智が魚の美味いところをむしって天鼓の口に入れてやっている。他人にはほぼ例外なく冷淡で辛辣（しんらつ）な男だが、表情の端々を見れば、この稚児だけは心から愛（いつく）しんでいるのがわかる。既に夜も更けつつあり、そのうち天鼓はことりと寝てしまった。

那智が顔をあげ、じっと見られていることに気づいて、居心地悪げに身じろぎした。

「なんだ？」

「汝（なんじ）も役者のはしくれであろう。鬼女を演じるときの心もちとは、どんなものじゃ」

「生憎、俺は、舞台では鬼を討つ役回りでな」

だが、と那智は暗い笑みを浮かべた。

「心に鬼を飼う者が皆、鬼の顔になるならば巷（ちまた）は鬼だらけ、宮中や将軍御所は、さしずめ鬼の窟（いわや）だな。が、そうはなるまい。……それと舞台の鬼は、武士か坊主の法力に追われて何方（いずかた）ともなく消えるのが大概の末路だ」

その語尾にかぶせるように、扉が外から押されて軋んだ。こんな遅く誰じゃ、と般若が立ちあがった時、薄い板戸が蹴破られた。

「わわっ、な、な、なんじゃ」

般若はひっくり返った。天鼓もびっくりして飛び起きる。

戸口には、全身から雫をしたたらせた女が、四角に切りとられた夜の闇を背にして立っている。泥まみれの小袖は胸まではだけ、白い筋の目立つ髪が、おどろにほどけて体に絡みついている。死人のように真っ青な顔の中で血走った眼球だけが左右に動き、雛衣を正面に捉えて、女は顔中に皺を作るように、にんまりと笑った。

――あな嬉しや。

掠（かす）れ声で呟いて、土間に蹴倒した戸板を血の滲んだ素足で無造作に踏みしだく。雨の匂いに混ざって饐（す）えたような汗の臭いが鼻をついた。

那智は女の袂を摑もうとした手を、はっと引っこめた。指先すれすれを鋭い風が薙いで、女の背後に潜んでいた男が、刃をかざして飛びだしてきた。闇に融（と）けこむような黒衣をまとい、風流の踊り流しの仮装に用いるような、ちゃちな鬼面で顔を隠している。

「や、や、危ない」

頭の天辺を削がれそうになり、般若は蛙のように床に這いつくばる。ふりまわされる刀を巧みに避けて、那智が鬼面の男の腕を摑んだ。般若が目を瞑ったまま男の腰に体当たりし、三人もつれあうように外に転がり出る。起きあがろうともがく男を突き倒し、那智は鬼面の上から二度、三度、手加減なしに殴りつけた。面を結（ゆ）わえる紐が耳の上あたりで切れ、鼻血を散らした素顔が露わになった。

「汝（うぬ）は――」

那智が怒鳴った時、家の中で凄（すご）い音がした。

雛衣は呆けたように、歪(ゆが)んだ笑みを浮かべて自分に近づいてくる女を見上げていた。赤い色が混じった泥の足跡をつけながら、座敷の端を踏んだ女の視線が、すっと斜め下へ動き、はずみで散らばった道具類の中の大ぶりの鑿(のみ)に留まった。身を屈めて拾いあげ、雛衣にむきなおると、左手で彼女の喉をつかみ、右手に鑿をふりかぶる。

鑿の刃先が近づいても、雛衣は瞬きもしない。

いきなり天鼓が飛びあがり、女の左手に噛みついた。反射的に女は手を横ざまに振り払い、天鼓は毬(まり)のように吹っ飛んで、壁に激突し、そのままずり落ちた。

時が凍りついた。

女の顔から笑みが消えた。鑿をもった手がだらりと垂れる。くたりと倒れこんだきりの稚児を見つめ、震える手をそちらへ伸べて、ふらつきながら足を踏み出したとき、天鼓、と悲痛な叫びをあげた那智が女を押しのけ一足跳びに駆けよった。

「ちょいと、こんな夜更けに騒いでどういうつもりだい。子どもが起き……、ひええっ」

苦情を言いながら出てきた隣家の女房が、そこへ腰を抜かした。素っ頓狂な悲鳴に近所の家の戸という戸がばたばたと開き、夜の路地はたちまち目撃者でいっぱいになった。

女の体は、ゆっくりと左右に揺れているようだった。途方に暮れたように宙をさまよった視線が、雛衣の上に留まる。唇の両端が頬の半ばまで吊りあがったかに見えた。

「なんという様じゃ。その面相では我が夫ばかりか、この先いかなる男も誑かせまい」

好い気味じゃ、と焼け爛れた顔を指して、げらげらと哄笑をほとばしらせ、また天鼓に目をむけて泣きそうに眉根を歪める。その顔のまま女はふり返った。

いつの間にか集まってきた人々の、驚きに満ちた顔、顔、顔。恐怖、忌避、好奇の視線が集中し、気狂れ女か、いや鬼女じゃ、という囁きがあたりを風のようにめぐった。

那智は女を見ていない。もはや露ほどの関心も払わず、天鼓だけ見ている。

般若ひとりが恐怖でも好奇でもなく、熱狂の眼差しで女の顔を凝視している。

激しく荒立つ波のように浮かんでは沈む表情は、あらゆる感情が女の中で葛藤し、体内におさまりきらずに顔の皮膚を押しあげて一気に溢れだしてしまったかのようだった。

憎しみと妬みをこめて雛衣を睨みつけ、それが徐々に嘲笑と狂喜に移り変わり、ひるがえって天鼓を見て狼狽し、泣き顔になる。憤しさに歯噛みし髪をひきむしり、己の有様を見つめる人々の目に出会って、ふっと我に返り羞恥に身を縮めた女の顔に、最後にじわじわとあらわれてきたのは恐怖の色であった。

不意に女は鬘をとり落としてふらふらと後ずさり、両手で顔を覆って、笛のように高い奇妙な声をあげた。そのままいきなり身を翻し、わっと左右に割れた人垣の隙間に躍りこむ。人々の騒ぐ声にまぎれて、泣くような歌うような笑い声が遠ざかっていく。

と、天鼓がううんと唸って、ぱちっと目を開けた。那智はなおも念入りに調べて、どうやらこぶを一つこしらえた以外怪我もないと確認すると、安堵(あんど)のため息をもらした。

「危うい事をしてくれるな……」

しかと天鼓を抱き締めた那智は、大きくなる一方の周囲のざわめきに、む、と眉をよせ、ふり返って仁王立ちになった。

「見せもんじゃねえぞ」

散れ、と一喝されて見物人たちは飛びあがり、鬼より怖いものを見た、という顔で、めいめいの家に逃げこんでしっかり戸を立てた。街路はまた静かになった。

女はいない。男も逃げたようで、影も形もない。どういうわけか般若もいない。倒れた板戸の傍に、男がつけていた鬼面が落ちている。

那智は鬼面を拾いあげ、袋小路から出た。いつの間にか雨は止んでいる。

水音がした。般若は辻の井戸の傍に立ち、桶にくみあげた水を自分の頭にぶちまけていた。それを幾度かくりかえしてから水気をふるい、家に入ると、散らかされた座敷を大雑把に片しはじめる。道具類をかき集め、戸板の残骸は隅に押しやって作業する場所を確保する。灯明をかきたて、帳面に筆を走らせることしばし、やがて腰を据えると、縦八寸横五寸ばかりの木のかたまりを前に息を整え、おもむろに最初の鑿をあてた。

木端が飛び散る。ようやく呑み込んだ何かを、今度は一気に吐き出すような勢いで、生命なき木から形を抉りだしていく。

上がりかまちに腰かけ、高い鑿音を聞くともなしに背で聞きながら、那智は腕組みして夜の闇を睨みつけていた。同じように虚ろな眼差しを闇にむけている雛衣を横目に見、しばらくして、彼奴ら、と吐き捨てて立ちあがる。

那智が姫の後をつけさせ身元を確かめたのは、単純にもう少し事情を把握しておきたかったからにすぎない。どこで誰と誰が殺しあおうが、およそ関知するところではない。

——ただし、我と我が養い子に火の粉がふりかかってくるなら、話は別だ。

水に絞った手拭でこぶを冷やしながら、問いかけるように見上げる天鼓の頭を撫でて、

「ここにいろ。すぐに戻る」

そう言って出ていった。その背を見送って、

「大事にされているのね……」

雛衣の呟きに、かすかな嫉妬が滲んだ。

雨はあがったが月さえ朧にも浮かばない射干玉の夜に、忍びやかに響く虫の音が、生い茂った草の上の白露を震わせ、はじけさせる。

人も皆寝静まった久我邸の離れで、一人濡縁に座り、姫は暗い空を見上げてため息をついた。傍らの灯明は姫の膝もとを照らすだけ、庭は濃い闇に塗りつぶされている。

どことなく、そわそわとして落ちつきがない姫の様子を、手入れの行き届かない庭の

片隅、枝のこみあった楓の陰から見澄ました那智は、唐突に、

「雛衣――」

と呼ばわった。はっと立ち上がり声の主を捜す姫に、那智は木陰を出て、庭先の灯火の明かりが辛うじて届く縁まで進み出た。姫は灯火をかざし、彼の姿を見極めてたじろいだ。

「なぜ……そなたは」

その声の戦慄きに、証を得たり、と那智は立ち尽くす姫を見上げた。

「本職を前に、下手な芝居をしてくれたものだな、雛衣。汝は自分をこの家の姫、鈴子と名乗り、あの娘は侍女の雛衣と言ったが、本当は逆であの娘が鈴子だった。……柏屋の女房が、憎んであまりある夫の愛妾の家人とはいえ、ただの侍女を襲うはずもないのでな」

ただいまの狼狽に仮面をかぶせるように、姫がすっと唇の端をつりあげた。

「いきなり押し掛けてきて、なにを言いだすかと思えば……、あの女が雛衣を襲ったと?」

坊主憎ければ袈裟まで憎いとか世間では申しますからなあと、おっとり笑ってみせる。

「そもそも狂女のやることに道理が通るはずもありませぬ」

「さ、それよ。市中で騒ぎがあって素性のはっきりしない娘が殺されても、それが狂女

の仕業とあれば誰しも深くは追及すまいな」

そこで那智は冷笑を浮かべた。

「万に一つ此方の侍女と知れても、情の無さを非難されるのは久我の当主で、行方知れずの侍女を捜し歩いていた汝のことを聞けば、なんとお優しき姫君、と人々は噂するだろう。わざわざ四条河原に訪ねてきて、誰の耳があるかもわからん場所で、我が身の恥ともなりかねん話をぺらぺら喋ってみせたのも、一座の者たちがいるのを承知の上で、はなから彼らに聞かせるつもりで……」

「その程度のことで私たちが入れ替わっているなどとは言いがかりも甚だしい」

厳しい声でさえぎった相手の怒りをかわすように、那智は館を見回した。造りは大きく立派だが、梁（はり）や柱、広縁の板など庭と同じで手入れが行き届かず、傷みが目立つ。

「貴族というのも不便なものだな。路頭に迷うのも難しいが、背に腹はかえられぬというのは庶人と同じ」

「なにが言いたいのじゃ」

「姫を柏屋の主人にあてがって、ようやく安楽な暮らしを得たと思った矢先、復讐鬼と化した本妻に襲われ、姫は顔に傷を負わされた。鈴子の他に、この家には幼い嫡男が一人だけ。柏屋とは、この件で縁が切れそうだが、娘婿の金に頼りきっていたからには、すぐにでも新しい金蔓（かねづる）――汝に言わせればカモだが――婿が必要になる。だが、さすがに顔に傷ある姫では下賤（げせん）の男さえよりつかん」

　金持ちの男をひきよせる餌にもならぬ娘は、ただの無駄飯食い、窮迫している家計にとっては厄介者でしかない。尼にして寺に入れるにも相応の金がいる。

　幸い御簾内で育った姫の素顔をよく知る者は、家人以外では少ない。おまけに姫と侍女は年もひとつ違い、幼い頃から姉妹のように育ち、背恰好も似ているとあれば、家人がこぞって、これぞ鈴子姫、あちらは侍女と言い張れば、入れ替わりは難しくない。

　誰が最初に言いだし、誰が受け入れたかはわからない。

「久我殿は汝を姫として館に隠しておき、本物は死者として葬（ほうむ）ることにしたものの、さすがに我が娘を手にかけるのは忍びなく、生きたまま戸板に乗せて郊外に棄てさせた」

　そのまま野辺の露となるのを期待したか、あるいは万が一にでも生き延びる幸運を拾うことになればと心の隅では祈ったか。

「しかし、鈴子になりかわった汝にとっては、どこかで本物が生きているというのは都合が、というより気分が悪い」

　消息が気になって、野に人をやったというのは事実だろう。だが棄てたはずの場所に鈴子はおらず、野犬に食われたということもありうるが、血の染みや骨の欠片ひとつないのはおかしい。誰かが見つけて、連れ去ったと考えるべきである。

「不安の募った汝は、気脈を通じている家人に、鈴子の行方を捜させた——」

このような残酷な仕打ちを何故、とは問わない。できる者にはできる、それだけだ。

相手はしばらく黙っていたが、やがてくつくつと喉から笑いをもらした。

「面白や。さように上手にお話をつくるのは、申楽役者ならでは、でございましょうか」

その嘲りを那智は無視して、娘の顔から手元に視線を落とした。

「前に触れた時に思ったが、随分と荒れた手をしているものだな、姫君？　だが、あちらの雛衣はなめらかな手をしていたぞ。端女まがいに水仕事までしていたという割には」

はっと雛衣が我が手を庇う。

「それと、犬は帰ってきたか」

那智が手をひらめかせた。雛衣がとっさに上げた袖にあたり、濡縁に落ちてからからと転がったのは、風流の鬼面。

「それは、柏屋の妻女について踏み込んできた男の、置き土産よ」

頬を強張(こわば)らせ、雛衣が鬼面を拾いあげる。

「柏屋の妻は、またここへ来たのではないか」

災いの源を断てば、まだなんとかなるのではないか、とあるはずもない望みにかけて、妻は館に忍びこみ、雛衣に襲いかかったが、背恰好が似ているとはいえよく見れば別人だ。鈴子でない娘が鈴子の衣装を着て、その部屋にいるのを見て混乱した女を、雛衣は宥めるか、すかすかして、どこかへ閉じこめておき、やがて手下が本物の鈴子を捜しだしてきた。

「本妻に鈴子の居場所を教えたのは、汝だな。仇はいると女をけしかけ、さらに手下につけさせたのは、今度こそ仕損じられては困ると思ったからだろう。違うか？」

その瞬間の雛衣の形相に、さしもの那智も気を呑まれた。

おのれ、と歯ぎしりし、髪をふりたて、

「誰かある――」

曲者じゃ、という叫びに若党が庭に走りこんできた。すでに抜刀している。黒っぽい装束はさっきと同じだが、鬼面はなく、那智に殴られた顔は腫れあがっている。

やはり此奴が犬か、と思う間もなく正面に構えて突っ込んできた白刃を、わずかに身をひねっただけで避けた那智は、そのまま背後の暗がりに退いた。追ってきた相手が暗さに目が慣れずに、あてずっぽうに刀をふりかざすところを、すかさず手首をつかみと り鳩尾へ鋭く拳を叩きこむ。うっと唸って男は昏倒した。

雛衣は濡縁から身を乗り出し、暗闘の気配が途絶えた庭の隅の暗がりに、眉をつりあげ目をこらしていたが、とうとう我慢しきれなくなって庭へおりた。

手探りに進む雛衣の腕を、那智は易々と捕まえた。両者はしばし揉みあった。

「なんなのじゃ、そなた、ただの申楽役者ではないのか」

「ただの役者よ」

さらりと答えて、もがく娘を難なく押さえこみ、

「慈顔の下に、その鬼面を隠せる汝なら、生涯、鈴子の仮面をかぶり続けることなど、容易いことだろうな、……だが」

耳元に口をよせ、冷たい囁きを吹きこむ。

「人の口は恐ろしいぞ。誰かが、そなたを指して、姉妹のように育った姫を殺してなりかわった鬼のような女よと言い出せば、噂は、たちまち京中に広がる」

「そんなこと誰が信じるものですか」

「信じる信じないは大したことではない。皆、面白がって口にするだけだ。そして風評が広まりきった頃には飽きて、また端から忘れていく。それでも、一度身に染みついた悪評は拭い難いぞ」

零落した貴族の姫を愛妾にしようなどと考える成金男は、その血筋を珍重するものだから、血統に疑いありと噂がたった女の値は、限りなく低いものになる。

暴れるのをやめて、雛衣はぎりぎりと歯噛みした。

「なにが望みなの」

金か、それとも、と引き攣れた雛衣の声を、那智のため息がさえぎった。

「鈴子のことは、もう放っておけ」

不意に拘束する力がなくなり、宙に放りだされた雛衣は、ぬかるんだ地面に膝をつく。

「そうすれば黙っておいてやる。だが、また、いらぬことをすれば……」

容赦せぬ、とそれだけ言い残して那智の気配は失せ、雛衣は闇の底にとり残された。


新しくつけ直した扉をからりと開けると、傍らに箱を置いて座っていた娘が顔をあげ、澄明な秋の光に眩しげに目を細めた。

一歩足を踏み入れて、那智は眉を寄せた。狭い家の中は妙にがらんとしている。面打ちの道具類がない。般若が自分の荷を入れていた行李もない。焜炉さえない。

那智は娘に目を戻した。

「あれは、どうした」

「今朝がた早く発たれました」

細い声だが、しっかりした答えが返る。

「奈良へ戻ったのか」

「いえ。しばらく方々の雲水を訪ねて歩きたいと」

「報酬も受け取らずにか……」

なにを考えているのやら、と首を傾げる那智を前に、娘は軽く瞼を伏せた。

あれから一月あまり経った。長月はとうに移り、神無月も終わりに近づいて、深まる秋の中に冬の足音が忍びこみつつある。

久我邸からは何も言ってこない。柏屋のことは夫のことも妻の消息も絶えて聞かない。四条の後妻打や五条裏通りの騒ぎの噂は、しばらく世間を賑わしていたが、それも今は別の話題にとって変わった。四条河原では観世座の新作が大いに当たりをとっている。

そんな噂の何ひとつとして耳に入らず、般若は一心に鬼女面を打ち続け、できあがった面を箱に収めると、

――報酬は、そなたが受けとってくれ。

そう言い残して足早に出ていったという。

彼女は黙って箱を押し出した。那智は静かに蓋をとり、布に包まれた面をもちあげ、そっと布を剝がした。

造形的には蛇に似る。

こめかみの辺りから生えた二本の角を見れば、鬼の面であることは容易にわかる。額に上品にひかれた眉墨と、狂乱する心そのままに額に乱れかかる毛描き。口はほとんど耳まで裂け、牙はさほど目立たないが、剝き出しにされた不揃いな歯は、恐ろしい威嚇の相を見せている。

執心に狂った鬼女の顔――だが、眉間の顰に、蛇にはない苦悩の陰がある。全体の造作から見れば、ごくさりげない表現であるが、その一点を見てしまうと、ひたすら恐ろしいはずの形相が、なぜか哀しいものに見えてきて、威嚇と思ったものが、実は泣いているのではないかとさえ思われてくる。

裏を返して、黒々と漆をほどこした面の内側を眺めてから、そっと顔にあててみる。

鬼は、もとより追われるべきものだが、石や法力や弓矢持て鬼を追う者たちは誰も鬼の心中を思いはせぬ。彼らの心にも鬼は棲まぬか。

鬼となった女とて、鬼になどなりたかったわけではなく、哀しみや苦しみに身をよじって、どこにも抜け道のない葛藤の果てに、とうとう姿も心もふるまいも鬼となりはてて、それでもなお、どこかに残る人の心に苦しむ。

夫への憎しみと愛人への嫉妬から、我が子を殺したと責められ、鬼のような母親と呼ばれた女、その顔から、般若はこの鬼女の面を引き出した。

――だが、責められるべきは誰なのか。

般若が逃げるように去ったのは、人の業の深さを見てしまったせいか、それとも人の業に魅せられる己の業を恐れたか。

いやいや、単に仕事の遅れた言いわけをするのが嫌なだけかも知れぬ、と思いつつ面を箱に戻して蓋を閉じ、小脇に抱えて、那智は改めて娘を見た。

もとの名を盗られ、偽りの名も失くし、未だ名もなき娘は、ひっそりと座っている。

「なあ、鬼だろうと人だろうと、浮かぶ瀬も、ない世ではないぞ」

その気になりさえすれば……、そう声をかけて誘うと、しばらくして娘は顔をあげ、戸口から射しこむ日の光に、醜い傷痕をさらして、そろりと立ちあがった。


――後世、般若という名で知られることになる鬼女の面は、一説に室町中期、奈良の般若坊の手による創作とされる。

桜供養

――春のあかつき、桜の花咲く山里の夢を見た。

やわらかな陽射しにほどよく暖められた座敷に、ため息がこぼれる。謡曲『羽衣』の手本を謡っていた小次郎は、謡を中断した。

「主どの、いかがされました。先ほどからため息ばかりつかれて」

どこかお加減でも、と気づかう孫ほども若い師に、六十の坂をこえて頭の白くなった館の主は力なく笑ってみせた。

近年、能楽を鑑賞するばかりでなく習いごとにしたいという愛好家が増えてきた。大勢の能役者をかかえ、京随一と聞こえ高い観世座も、裾野を広げる上でも好ましいという方針から、一座の中でも芸達者をあてて、素人相手に舞や謡の指南をひきうけている。

観世太夫の末弟である小次郎も、ここ今小路久長邸に月三度ほど足を運んでいるが、腹の深いところから声を出して謡うと五臓六腑が奮い、寿命も延びるようだと言って、いつもは熱心な今小路公が今日は元気がない。

またため息をついて老公は立ち上がり、日当たりのよい広縁に出て庭を眺めやった。

「ここへ来る道すがら、都の花のようすはどうであったかな」

「え？　ああ、はい、ここ数日の陽気で一斉に開いたようで、あなたこなたの土塀ごしに白い花がこんもりと……、花見の人出もなかなかのようでしたが」

「我が家の庭には春の色が足りぬな」

さほど広い庭ではないが、小さな池をはさんで向こう岸に一本の糸桜が植わっている。

「ああ、あの池端の……、まだ花がありませんが、遅桜ですか」

「いや、いつもならとうに咲いている頃だが、今年はどうしたものか花が遅くて」

花が咲けば真下の水鏡にも映えて見事だろうが、灰色の水面に垂れる枝には固い蕾ばかりが見え、日に日に春めいてきているというのに庭はまだ冬枯れの中にあるようだ。

花がいつ咲くかは花次第。だが花の主のため息には、そればかりではない重さがある。

おじいさま、と若い女の声がして、この家の孫娘の清子が白湯を運んできた。

「すこし喉を潤して御休息なさいませ」

二十歳をすぎていささか薹の立った年頃だが、化粧っけのない瓜実顔は色艶よく、動きやすそうな切袴姿で手ずから湯呑を並べ、小次郎にも気さくに枯露柿をすすめる。

「すぐそこの厨で聞いておりましたが、近くで聞くお師匠さんの御謡は、さすが、舞台で聞くのとはまた違った味わいがありますなあ。いつもながら眼福ならぬ耳福の心地じゃ」

「あまり持ち上げてくださいますな。いい気になるなと太夫に蹴っ飛ばされまする」

小次郎が照れると、まあ厳しい、と清子は袖で口元を隠して笑い、祖父の背を目でさして、おじいさまの一本調子はいただけませぬな、と、ひそひそ囁（ささや）いた。

「いえいえ、お習いになって一年にもなられませぬのに、ようお声が出ておられますよ。随分とお励みになったようで、こつも呑みこまれてきておいでですし」

「あら、あれ胴間声（どうまごえ）ってだけではないの」

清子は朗らかに戯れたが、ふと庭に目をやって顔をしかめた。

「あ、また」

そのまま憤然と立って、草履（ぞうり）をつっかけ庭へ飛び出ていく。庭にはいつの間に現れたのか三人の男たちが桜の木をとりかこみ、手にした縄を桜の根方にあてて、なにやら計測している。清子は池をまわりこみ、つかつかと彼らに歩みよった。

「誰の許しを得て入ったのです」

叱声にふりむいた顔は、いずれも黒々と日に焼け、たくましい体を包む粗末だが頑丈そうな衣は土の色が染みたようにくすんでいる。三人のうち三十前後の男が、清子の剣幕に対して、静かに進み出た。

「姫君、去年の冬こちらに推参して、もはや半年、そろそろ御承知願えないでしょうか」

「くどい。この桜は譲らないと言ったはずじゃ。帰って雇い主にそう伝えるがよい。大体、権勢を笠にきて他人のものを脅しとろうなんて、なんたる横暴——」

「強情張らず、とっとと桜を渡したほうが身のためだぜ、姫さんよ」

まだ二十歳にもならない、全身に無手っ法さをみなぎらせた若者がつっかかった。

「無礼な、脅す気かえ」

「こっちは礼儀上お頼みしてるだけなんだ。別にあんたが〝うん〟と言わなくたって、雇い主は気にしゃしないぜ」

「やめろ、吉三」最初に口をきいた男が制止した。

「けど、又四郎——」

不服そうに口を尖らせる吉三を、又四郎は手のひと振りで黙らせる。彼が他の二人の頭であるのはあきらかだった。清子が裏門のほうを鋭く指さした。

「わきまえもない河原者が礼儀などと口にするでない。とっとと出ておいき」

座敷で腰を浮かせたまま、小次郎は首を傾げた。

河原者——とは庭番か？　庭に凝る家では往々にして彼らを雇い入れ、庭の造作や手入れをまかせる。確かに、ここの主も花木を好むが……。

吉三はまだなにか言いたげだったが、又四郎は縄を束ねてしまいこむと、今小路公に目礼し、仲間を連れて姿を消した。老公の深いため息が聞こえた。

「つまり、そういうことじゃ」

「はあ。何やら大変そうなことで……、それにしても又四郎とは、はて?」

聞いたような名だと訝る小次郎に、頼みがある、と老公が言った。


小次郎が館を辞して、裏手の小さな門から出ようとした時、被衣姿になった清子が小走りに追いついてきた。

「途中まで一緒に頼みます」

理由を問う暇もなく、清子は妙に硬い顔つきで、驚いている小次郎の手をとった。門を出て、隣家との境になる築地塀にはさまれた細い路地を歩く間、からめた腕にふくよかな感触があたって小次郎はどうにも困ったが、表通りに抜けたところで、どぎまぎはすとんと治まった。

先に出たはずの吉三と、館の庭では終始無言だった四十手前くらいの男が、近くの塀によりかかり、こちらを見ている。頭である又四郎の姿はない。前を通りかかった時、吉三が仲間に顔をむけた。

「たかが桜の木一本、なんなら明日にでも仲間を集めて、とっとと掘りかえしちまえばいいんだよ。どうせ館にいるのは、くたばりぞこないの当主にいきおくれの孫娘、召使も爺と婆だけ。楽勝だ」

聞えよがしの挑発に思わず小次郎は足を止めたが、清子に腕をひかれた。小次郎をつかむ手に力がこもっている。館の中では勝ち気にふるまっていたが、今は顔を強張らせ、ずんずんと歩いていく。仲間の男はなおも沈黙しているが、顔をあげた時、左の頬をよぎる刀傷が目立った。小次郎たちをやりすごし、仲間を残して吉三が壁からはなれた。

「ついて、きますよ」

「しっ、無視して」清子は歩をゆるめずに囁きかえした。「私が政所に駆けこんで、この一件を訴え出るような面倒事を起こさないか、見張っているのです。毎日というわけではないけれど、この春以来ずっとね」

近年、京中で河原者による庭木の強奪が相次いでいる。原因は上流階級で過熱する作庭趣味で、我が庭を飾る名木、名石を手に入れようと躍起になるあまり、他人の庭の名木、名石を奪いとって我が庭に移しかえるという暴挙が横行しているのだ。

「それで訴えるのですか」

「訴えてどうなるのです。手続きは煩雑だし、費用も馬鹿にならないし、そもそも勝てるわけがない。訴えたことを逆恨みされて、ますますこじれるだけじゃ」

由緒ある名刹さえ、いったん目をつけられれば略奪をまぬかれない。河原者たちが勝手に木を掘りあげ、石を運びだして庭を荒らしまわるので、たまりかねた寺が訴訟に持ちこんだ例もある。が、連中を指図しているのは天皇や皇族、将軍、大名といった面々なので、裁定の行方は端(はな)から決まっていて、結局とられるほうが泣き寝入りになる。

「ましてや地位も財もない落ちぶれ貴族が、吠えたところでどうともならぬ」

そう言って唇を引き結んだ清子の手は、水仕事のせいか少し荒れている。

吉三はまだついてくる。

「あれの雇い主は誰です」

「細川所縁(ほそかわゆかり)の御仁じゃ」

「細川……、よもや典厩頭(てんきゅうのかみ)ではありますまいな」

細川家は代々の当主が幕府管領の要職につく名門で、一族の重鎮、典厩頭は桜好きで知られる。典厩邸には桜の木立があり、花の季節、観桜の宴では、庭下の白桜千樹の雪、という詩句がつくほどの絶景だという。

細川と桜を結びつけて思いついた名をあげた小次郎に、清子は苦笑して頭をふった。

「まさか。さすがに、それほど大物ではないわ。でなければ、こうして突っぱねてはおれぬ。ところが、そやつときたら細川の名をひけらかして、ゆすりたかりもいいところじゃ。ただ、騒ぎになるのは嫌なようで今のところ腕ずくでは来ぬ。だから、粘って粘っておれば、じきに諦めてくれないかと思っているのじゃが、なかなか」

「根くらべですな」しかし祖父どのはどうお考えやら、と続けそうになったのを、小次郎は舌の根あたりで呑みこんだ。

人の心も足どりも漂いだしそうな、うららかな日和である。桜のある寺社の門前には茶店なども出て、とりわけ賑わっている。大きな茶釜が綿のような湯気をあげるのを横目に通りすぎ、なんの憂いもなく花見を楽しみ、そぞろ歩く人々を複雑な眼差しで眺めやった清子が、でも、それだけではね、とため息をついた時だった。

目と鼻の先の門からどっと人があふれ出てきて、二人は人の波に呑まれた。手に手に白い花のついた枝を持ち、赤い顔をした酔っ払いたちが声高に歌い、笑い、彼らを追いたてる寺僧たちが、枝を折るのと門内での飲酒は禁止です、と声をはりあげる。ふりかえっても吉三の姿は人に紛れて見えない。花と酒に酔い痴れた群れは、小次郎と清子をまきこんで、千鳥足で舞いながら街路を流れていった。

清子は途中、千本通を南へ折れた。しばらく行って商店が軒を連ねるあたりまで来ると、間口は広いが地味なしつらえの一軒の戸口をくぐり、案内を請うた。二人はすぐ中に通されたが、奥の敷居をまたいだ途端、再び屋根がなくなった。

ようやく清子が小次郎の手をはなした。

日当たりのよい中庭は、新緑というにも少し若い木々の匂いが空気にとけている。入ってすぐのところに、これから花の時季を迎える躑躅や山吹が動かしやすいように根をくくってずらりと並べてあり、他にも松や青々と芽吹きはじめた楓など、庭木として人気のあるものはひと通りそろっている。桜も数本ある。どれも若木で幹も細いが、花びらがほんのり紅色だったり、花の形や大きさが違ったり、あまり他では見ないような珍しい品種が目につく。糸桜も一本あった。

植木屋だったのか、と驚く小次郎を他所に、清子は額に手をかざして左右を見、誰かを探している。作庭が金持ちの道楽である以上、植木屋の客種は基本的に上等の部類が多い。小次郎のような芸人身分では、とんと縁のない店である。ろくろく召使も雇えないような貧乏ぶりでも貴族は貴族か、と鉢植えを見るふりをして横目にうかがうと、それに気づいて、なぜか清子は赤くなった。

「以前、我が家の庭の珍しい椿を株わけしたことがあったりして、この店の者とは少しつきあいがあるのです。あ、国見」

妙に弁解がましい説明が末尾ではねあがり、おや、と目を丸くした小次郎の前で、清子は上気した顔で手をふった。庭の反対側から現れた男が、苗木の間を抜けてこちらへ近づいてくる。こざっぱりした身なりは植木屋の奉公人のようだ。三十ほどの平凡な顔立ちの男だが、体にあたる細枝の一本も折らず、すいすいと歩く身のこなしに隙がない。二人の前まで来て清子に頭をさげ、小次郎にも挨拶した国見は、浮かない顔をした。

「不首尾ですか」

「お申しつけの通り、先方の家人を招いて株をいくつか見せたのですが、かように姿形の貧弱な桜では用をなさぬと断られまして。これなど遅桜ですが、八重で色は薄紅、植えつけて二、三年もすれば枝ぶりも良くなり、見事な花をつけると説明したのですが」

よほど貶(けな)されたのか、国見の口ぶりは悔しげだ。清子の顔にも落胆が浮かぶ。

「そうですか。迷惑をかけました」

「いえ、こうなったら先方が納得するような隠れた名木を探しだしてみせましょう」

実はもういくつか見当をつけてあるのです、と意気込んだところで、店の者が呼びに来て国見ははなれていった。冴えない表情のまま、清子は手近な桜の若木に手をついた。

「それよりも、この桜の苗木をどれか買って、桜の抜かれた後に植える方がよいのかも知れぬ……」気弱な呟きを漏らす。

だが、植木屋も商売、まけてくれるとしてもただとは言うまいな、と思いながら、小次郎は所狭しと並ぶ苗木を見回した。

帰りは国見が送るというので清子とは植木屋で別れ、小次郎は北小路(きたこうじ)の観世の館へ戻った。

開け放した扉から、午後の光が書庫の奥まで射しこんでいる。茅根(かやね)が謡曲の草紙を数冊、書棚から抜いて、明るい戸口に陣取っている小次郎のもとへ持ってきた。

「春の曲で桜がお題になっているのは、こんなところのようですわ」

「ううん、もうちょっとあると思ったんだが、意外と少ないな」

あぐらをかいた小次郎の膝の周りには、読み散らした謡本が山と重なっている。

「どの曲にするか、まだ迷っておいでですの」

「季節柄、桜を詠みこんだ曲なら、どれを選んでもはずすってことはないんだろうが、どうもしっくりこなくて」

茅根が二、三冊とりあげて、右目を隠すように長く垂れた前髪を掻きあげた。こめかみから頬にかけての火傷の痕がちらりとのぞく。茅根は草紙の表書きを読みあげた。

「熊野、三山、桜川……、観桜の席にあわせての桜尽し、はわかりますけれど、桜子と桂子が男をめぐって殴りあう三山は、ちょっとはずしてません？」

庭の桜をかこんでささやかな宴を、そこでひとさし舞って華を添えてほしい、というのが今小路公から小次郎への頼みごとで、大した実入りもなさそうなのにその場でひきうけてしまったのは、老公の気落ちした顔を見たせいもあるが、もう少しなりゆきを見ていたいという気持ちがあってのことだ。

「それにしても咲かぬ桜をかこんで花見の宴とは。それも、その桜が持っていかれそうな時に。その御老体、酔狂というか、木との別れを惜しむ水杯のつもりでしょうか」

「そのあたりの心は答えてもらえなかったからなあ。だから、どんな曲がふさわしいか悩んでるとも言えるが、まあ憂さ晴らしにどんちゃん騒ぎって感じじゃあないわな」

小次郎の目が一冊の草紙にとまった。表書きは『西行桜』とある。小次郎が腰をすえて謡本を読みはじめると、茅根は他の草紙をそろえて書棚に戻した。館に住みこむようになって日の浅い下働きの娘だが、蔵書を整理する手つきは慣れたものだ。ただし厨仕事の途中で手伝いにひっぱりだされたせいか、ややおかんむりの様子である。

「それで、太夫からはお許しが出てるんですか」

「ああ。自分で手空きの者を集めて、持ちだしになる分は自腹を切れとさ」

兄者の渋ちん、と小次郎は悪態をついた。

「いつやるんですか」

今の時季、芸人は忙しい。観世の役者たちも連日、方々で催される大小の観桜の宴に呼ばれて京中を走りまわっている。館の中も慌ただしく、厨は出入りにあわせて大所帯の食事をさばかねばならないが、そのために厨の人間はおおむね全ての予定を把握している。

「二、三日中に花が咲けばよし、咲かないなら咲かないままやる、という話だったが」

「そんな急な上にいい加減な話じゃ、どなたも予定が立ちませんわよ」

「ま、皆に聞いてみてから明日また先方と話を詰めて、それから直談判するさ。とりあえず今日は誰がいるんだ。与四郎は？　芳介は？」

一座の中で手を貸してくれそうな役者を順々にあげるが、茅根は首を横にふった。

「皆さん今日は出てらっしゃいます」

書庫の扉の外を、五、六歳くらいの稚児が黒髪をなびかせて横切った。

「あれがいるってことは、あれの親父は残ってるんだな」

「いいえ、那智なら出てますよ」

「それじゃ天鼓一人で留守番か。珍しや、明日は雪かも。あいつ、どこ行ったんだ」

「さ、存じませぬ」つん、と茅根はこたえた。「今朝早くに、どこかの尼寺のお使いという方が急に見えて、一緒に出ておいででしたよ。どこのお寺かは知りませんが」

遅くとも明後日には帰るが、留守のあいだ茅根が天鼓の面倒を頼まれているという。

「へえ、春だねえ」尼寺の使いなら十中八九女だろう、と推量してにやついた小次郎は、しかし、と腕組みした。「こうなりゃ誰に手伝わせたもんかな。……あ、そうだ」

書庫を出て縁側で遊んでいる稚児をつかまえ、帯から抜いた扇を手渡す。

「天鼓は、もう舞は習いはじめてるよな」

天鼓は小首を傾げたが、小次郎が手で拍子をとると習い覚えた手つきで扇を開いた。拍子にあわせて扇をかかげ足をあげ、くるりと回る。その舞は、ひとつひとつの所作を頭の中でなぞっているようにたどたどしいが、一生懸命のようすがかえって可愛らしい。

この年頃の子なら、きれいな桜襲の水干を着せて、髪に桜の小枝でも挿して、宴席に飾っておくだけでも場が華やぐ。露払いに稚児の舞を入れるのは良い思いつき、と小次郎が悦に入っていると、茅根が水をさした。

「いいんですか、勝手に宴席なんかに連れだして。後で那智の雷が落ちますよ」

「な、なにを言うか。わしはあいつに怒られる筋合い、じゃなくて、あいつにとっては一応、主筋だぞ」

「一応ね」たいそう正直に虚勢をはる小次郎に茅根は呆れた顔をした。「目を離さぬよう頼まれましたのに。どうしても連れ出すなら、雷にはお一人で打たれてくださいまし」

　翌日、小次郎は今小路邸を再び訪ねた。場馴れさせようと連れてきた天鼓は、打ちあわせの間中、庭に出て桜のまわりをぐるぐる回っていた。あいかわらず花はない。清子は姿を見せず、帰りがけ見送りに出た女房の松野にたずねると留守ということだった。

「昨日別れた時は一緒に行く、行かないで押し問答していたようでしたが、結局、国見どのと一緒に桜探しに出かけたんですか」

「そのようですわね」朝、店のほうから言伝があって、と清子にとっては祖母のようなものだという白髪頭の古女房は、蒸したての饅頭のようにふっくらした頬をほころばせた。

「まあ、そう都合よくいくかはわかりませんし、世の中にはままならないことの方が多うございますけど、こんな良い日和に一緒に都の桜めぐりもよろしいじゃありませんの」

「え、あの二人って――」

「ほほ……、それ以上は無粋でございましょう」

笑顔で小次郎の穿鑿(せんさく)をさえぎった松野は、ほうっと息を吐いた。

「しかし国見どのも、この家の桜とは少なからず御縁がございますから、他人事とは思えぬのでしょうね。五、六年ほど前、とりわけ見事に咲いた年の、ちょうど今時分、あの根方に倒れていたのですよ、彼は」松野は糸桜を指さした。

倒れていた時こそぼろぼろの恰好だったが、ただの浮浪人というには教養があり、立ち居ふるまいもどことなく洗練された彼に、館の者は好感を抱いたらしい。ひどく弱っていた国見を、少し前に両親を亡くしたばかりの清子は熱心に看病した。その後、今小路公の口利きで例の植木屋に働き口を得、家移りしたが、国見は恩義を感じて、まめに館の雑事を手伝ったり、今度のような相談事に乗ったり、つきあいは続いているという。

情も湧こうというものでございましょうよ、と松野が言い添えるのを聞いて、小次郎は館を出た。馬鹿に人が好(よ)くて、あからさまに怪しい話だと思う。無断で門内に侵入してくる者がいれば十中八九が強盗、という常識がまかり通る世の中だ。

「後の一、二は庭木をひっこ抜きに来る連中で……、と。ま、昨日会った感じでは悪い男には見えなかったけどな。天鼓はどう思う、と言っても、わかるわけないか」

「おなかすいた」

近くの門前茶屋で炙麩か興米でも買ってやることにして、稚児の手をひいて角を曲がったところで、国見と鉢合わせした。たった今ここまで駆け通してきたように、荒い息をつき汗をかいている。連れはない。

「清子どのは家におられるか」

「一緒に出かけたのでは――」

みなまで聞かず身をひるがえした国見は、片手に白い文のようなものを握りしめている。ちょっと待て、どういうことだ、という小次郎の叫びをふりきって走り去る男を、追いかけるか、変を報せに今出てきた館に戻るか迷った挙句、天鼓を抱えあげて小次郎は後を追った。

土埃にまみれ、汗みずくの男たちが息をあわせて荒縄を引くと、ゆうに大人の身丈よりも大きな岩が、ず、ず、と地面を這い進む。

「あ、あ、そこ、もそっと気をつけてひっぱれ。角が欠けるではないかっ」

縦横に縄をかけられた岩の横で、立烏帽子（たてえぼし）に狩衣（かりぎぬ）姿の貴人が甲高い叫びをあげた。丸い体つきに反して貧相なまでに細い首のせいか、下唇を尖らして地団太（じだんだ）踏むさまは、どう見ても鶏冠（とさか）にきて蹴爪で土を掻く鶏だった。彼が鳴くたび皆の顔に疲労の色が濃くなる。

「これっ、もっとゆっくり、丁寧に丁寧に、慎重な上にも手早くやるのじゃっ」

ゆっくりか早くか、せめてどっちかにしろよ、と築地塀に両手をついて背中で喘ぎながら小次郎はうめいた。そうすれば脳天に突き刺さるきんきん声も半分になる。数町をひと息に突っ切って走ったので、舌は干上がって喉にはりつき、口から心臓が飛び出しそうだ。数町分ふりまわされて、天鼓は半分目を回している。

大きな屋敷が立ち並ぶこの界隈（かいわい）に入って、国見を見失った。近くの屋敷では大掛かりな土木工事が行われていて、塀の一部を壊して庭石を運びこんでいるが、やたら突っつきまわす鶏どのの乱入でひどく手間取っているようだ。ろくでもないことに屋敷の主らしい。家人の侍になだめられ、気忙（きぜわ）しく扇で手のひらを叩いた鶏どのは、いったん作業を止めさせ、ひとしきり愚にもつかぬ説教をたれた。

「まったく下衆（げす）は愚図（ぐず）で気が利かぬ。工期を引き延ばして日銭を余分に稼ごうと欲張っても、そうはゆかぬぞよ。よいなっ」

みみっちい捨て台詞（ぜりふ）でしめくくり、鶏どのと侍は館のほうに消えた。

再びゆっくりと流れだした景色の中で、作業を監督していた男が倦怠感漂う肩をそびやかし、ふりむいた。うんざりした顔を手で拭い、それから塀の陰でへたばっている小次郎に気づいて眉をよせた。互いに少しだけ見知った顔だ。

「又四郎、だったよな」

「なんだ、糸桜の館に来てた散所者か。妙なところで死にかけてるな」

「……随分な挨拶だの、河原者」

又四郎は不審そうな顔をしたが、帯に吊っていた竹の水筒を投げてよこした。

庭の隅の楡の木陰に、足高の台に板を数枚渡した仮ごしらえの机が置かれている。天鼓に水を飲ませて自分も一服しながら、小次郎は机の上に広げられた図面をのぞきこんだ。建物を含めた敷地全体の平面図や、新しく引きこむ遣り水と池の石組みについて細かい指示を書きこんだもの、他、素人にはわからないような図面が何枚もある。小次郎は岩を組みあげて造る滝の設計図をとりあげた。

「こりゃ、おぬしのひいた図面か」

「親父のだ。俺は、まだこのくらいの庭を任せてもらえるほど年功は積んでない。ま、今日は庭石の運びこみだけで石組みはしないから、その監督と、後は鶏どののお守だな」

帳面に何かを書きこみながら又四郎は目もあげずに答える。やっぱり鶏なのか、と水を噴きそうになった口を片手で押さえ、顔をそむけた小次郎の目に、植栽の配置図が飛びこんできた。

「ここの庭にも糸桜があるんだな」

「この奥の方にな。なかなか見栄えのする桜だぞ。昨日あたり満開になったが、今年は見る者が少なくて寂しそうだが」

桜の周囲には手を入れないが、庭が工事中では埃っぽくて仕方ないので、この館の人間は他所で花見をするという。

「昨日で満開ねえ。なあ、おぬしは仕事柄、木のことには詳しいのだろう。あの館の桜は、どうして咲かんのだと思う」

なにを聞かれているのか察して又四郎は少々嫌な顔をしたが、ちょっと考えて答えた。

「そうだな……、隣の木が無くなったことで、水の吸い上げかた、日の当たり具合、そんな条件がいくらか変わって花が遅れる、という理屈もあるが、桜っていうのは桜同士、咲き時を相談するものだともいうからな」

「え、隣の木って、なんだそれ」

「なんだ、知らんのか。今小路邸には二年前まで、あの桜と並ぶようにして、もう一本、糸桜が植わっていたんだ」

花の盛りは下の池を泳ぐ魚までも、みな花の色に染まり、散りはじめた頃に二本の木の間に座れば、薄紅のあたたかな雨の中に身を置いているようであったという。

「幕府の要職にある大名が噂を聞いて一本よこすよう命じ、今小路公が承知したんで俺たちで掘りあげた。一本失っても一本残るなら、と思ったんだろうな。だから今回、二度目を渋る気持ちもわからんではないが――」

「ちょっと待て。それがわかっていて今度の仕事も請けたのか？」

「役者だって、見手が気に入らんからと舞台を降りたりするか？」

仲間の誰かが大声で又四郎を呼び、今行くと叫びかえして彼は帳面を置いた。

「あ、そうだ。国見、見なかったか」

「国見？　誰だ」

「や、いいんだ、知らないなら」

小次郎は手をふって又四郎を行かせた。

楡の木の傍からは、おおよその作業風景が見渡せる。植栽をはぎとられ黒い土がむきだしになった広い庭を、三十人を下らない河原者たちが行き来して、池を掘りひらき、土を運び、築山の基礎を突き固め、めいめいの仕事に汗を流している。抜かれて庭の端に集められた庭木は、どことなく肩身が狭そうだ。

又四郎は仲間とともに、庭に運びこんだ大小の岩のうち、卵並に転がりの良さそうな岩に縄を巻き、杭を打ち、竹竿をつっかい棒にして、どうにか安定させようと苦心している。

あいつ、糸桜の件が流れればいいと思ってるんじゃないか。

ふと小次郎は、そう思った。その通りになればいいが。国見のことも、さっきは気になって追いかけたが、清子と喧嘩別れしただけかも知れない。だとすれば松野の言う通り穿鑿は無粋だ。そんな気がしてくる。

小次郎は又四郎の置いていった帳面を手にとって、ぱらぱらとめくった。小ぶりの草紙にびっしり書きこまれているのは作庭の作法について。技術的なことに加えて、陰陽五行説や、古典、仏典などに基づいた、庭の佳例、悪例の記述も多い。四神相応、吉相の庭を作るには敷地の四隅にこれこれの木を植えよとか、景勝地に似せて作れとか。禁忌事項も多くあって、もともと縦の石を横にするなとか、その逆も不可で、この法を犯せば霊石となって祟りをなすなど、全てが本当かはわからないが、注意を怠れば施主から苦情が出るのだろう。貴人は、とかく縁起を気にするものだ。

他にも、門を入った真正面に木を植えると〝閑〟の字になるとか、四角い庭に一本だけ木を植えると〝困〟の字になって障りが出る、ただし家主が女で植える木が桜なら、女主が陰、桜花が陽で、陰陽相応で良いなどと、ひたすら細かい。

ここまで庭の吉相凶相を気にしながら、他方で庭作りのために略奪やら恐喝やら、不徳を積むことはまったく気にならない貴人の頭も不思議だが、よくよく考えてみれば上にいくほど下の人間の上前をはねて生きているわけだから、気にしないのも当然だ。河原者たちとて恨みがましい視線をじっとりと背にそそがれながら、木や石を庭から引っこ抜き、縄をかけて引っぱっていくのは楽しい仕事ではないだろう。この庭に運びこまれた岩とて、どれだけが他所の庭から引かれてきたものか。そんなことを考えながら、つい読みふけっていると又四郎が戻ってきた。図面をまとめながら声をかける。

「おい、子どもが石に近づきすぎないよう、きっちり見てろよ。どこにいるんだ」

へ、と小次郎は左右を見た。いつの間にか天鼓の姿が消えている。

「ど、どこ行ったッ」小次郎が叫んだ時だった。

うわあ、という悲鳴とともに、めりめりと竹竿のへし折れる音がして、卵並に座りの悪い例の岩がごろんと転がり、隣の岩にぶつかった。ぶつかられた岩は大きく揺れ動き、縄を引きちぎって、地響きを立てて横倒しになった。舞いあがる土煙の中、影絵のようになった男たちが右往左往している。又四郎は近くに来た一人をつかまえ、余分の縄を持ってくるように指示し、もうもうたる土煙の中に飛び込んでいく。

無事か、何があった、という声が飛び交う中、そいつだ、という叫びがあがった。

「そいつが縄を切った――」

捕まえろ、という声に追われるように、土煙の中から国見が走り出てきた。啞然としている小次郎に気づいた国見は、身を屈め、落ちていた竹竿をつかむ。茶色い煙幕を突いて男が飛びかかってきた。国見は一人目を正面から打ち払い、むかってきた二人目の鳩尾に突きを入れ、三人目の足元を払う。鮮やかな立ち回りに呆気にとられる小次郎に、三人を叩きのめした国見は、なにか言いたげに口を開きかけたが、ためらうように唇を噛んだ。

何事じゃ、と喚きながら鶏どのが駆けてきた。

「いったい、なにをしておる。石が割れたらどうするつもり……ぅわぶっ？」

鶏どのを突き飛ばし、国見が逃げる。その後を数人が追った。

なにやってるんだ、あいつ、などと考えている場合ではない。小次郎は天鼓を呼びながら奥へ走った。

天鼓に怪我はなかった。先ほど小次郎が図面で見た糸桜の根方に、尻餅をついた恰好で座りこんでいたが、体の周りに垂れ下がる、薄紅色の花をいっぱいにつけた細い枝に守られたかのように、埃すらかぶっていない。頭にも膝の上に広げた手巾にも、たっぷりと花びらがふりつもり、半分花に埋もれるようにして目を瞬いている。

もしや、どこかで潰れているのではと、さんざん捜しまわって埃まみれになった小次郎が安堵半分こんこんと叱っていると、又四郎が駆けよってきた。

「いたのか。ここは危ないから子どもを連れて、ひとまず去ね」

そう言いおいて、混乱を収拾するために再び走っていく。その間に天鼓は頭の花びらを手巾の上に払い落とし、それをふんわりと巻いて袂に突っこんだ。

嫌な予感がぶりかえして、小次郎は今小路邸に戻った。正門の前でおろおろと落ちつかなげな松野を見つけて駆けよる。

「失礼、松野どの、姫さまは戻っておられるか」

「おお、小次郎どの、それが――」

ひっ、と続きを呑みこんですくみあがった松野の、自分の肩越しに投げられた視線の先を追って、げっ、と小次郎はのけぞった。

鍬や鋤、竹箒を肩に担ぎ、荒縄の束を手にした一団が、あたりを蹴散らすような勢いでこちらへ向かってくる。中には、先ほど鶏どのの屋敷の庭で見かけた顔ぶれも数人、交じっている。吉三の姿もある。

ただならぬ気配に松野と天鼓を門内に押し込み、小次郎は中から閂をかけた。何事かと縁側に出てきた今小路公に急を告げようとした時、どおんという音とともに閉じた門扉が内側へたわんだ。もっと体ごとぶちあたれ、という物騒な掛け声が門の外で上がり、静まりかえった門内には古い門がみしみしとしなう音だけが不気味に響く。

あっ、と松野が声をあげた。

「いけない、裏門が――」

そう気づいた時には既に遅し、正門よりはるかに手薄な勝手向きの門を破って侵入を果たした数人が、止める間もなく門をはずし、弾けるように開いた正門から十数人の男たちがなだれこんできた。彼らは糸桜をとりかこむと、鍬をふるって土を起こしはじめた。根方を覆う苔が無惨に切り裂かれて宙に舞う。館の者は誰も咎めだてできない。天鼓は抜かりなく縁の下に逃げこんで、怖がるでもなし、なりゆきをうかがっている。

こうなったら近隣の武家屋敷にでも助けを求めるしかないと、皆の注意が桜にむいている隙にそろりと正門から出ようとした小次郎だが、遅れて入ってきた又四郎にぶつかってしまった。万事休す、と硬直した小次郎の肩を、又四郎は無言で脇に押しのけた。

「なにをしている――」

低く鋭い一喝で、庭の中が水を打ったように静まりかえる。鍬をふりあげた者はふりあげた恰好のまま動きを止め、全員がぎこちなく彼のほうをむいた。

「これは一体、なんの真似だ」

なんとも要領を得ない話だな、と小次郎はこめかみをさすった。

又四郎も、これ以上ない渋面で腕組みしている。

おしかけてきた河原者たちの弁明は、次のようなものだった。

岩が倒れた時、そいつが縄を切ったと誰かが叫び、見慣れない男が逃げたので数人が追ったが見失った。混乱の中、あれは今小路邸に所縁の者だと誰かが言い、糸桜の件がこじれていることを知っている者たちの間で、これは嫌がらせだということになった。そっちがその気なら一気に片をつけてやろうと、鶏どののせいでたまっていた鬱憤を吐きだすように突っ走ってしまったという。

誰かが——では誰が言い出したのかと聞けば、互いに指さしあって首を傾げ、はっきりしない。第一、男が縄を切ったところを、この場にいる誰も見ていないのだ。

今はなだれこんできた時の勢いはどこへやら、憑きものが落ちたように、なんで自分がここにいるのかもわからぬという態で、皆、掃き集められた枯葉のように庭の隅に固まってもじもじしている。

仲間の乱暴狼藉（ろうぜき）を謝罪する又四郎を、今小路公は縁側に立ってしばらく見おろしていたが、やがて一通の文を懐から出して手渡した。

「すると、これも、そなたのあずかり知らぬことか、河原者の若長よ」

文を広げて一読した又四郎の顔色が、はっきりと変わる。脇から盗み見て、冗談だろ、と小次郎は額に手をやった。

吉三、と、又四郎の一声で枯葉が風に散るように人が左右に分かれて、真ん中にとり残された吉三が後ずさった。

文には、今小路公宛てで、孫娘を返してほしかったら桜を渡す旨、念書を書くよう云々と書かれてあった。露骨な脅し文句からは、相手は訴え出る力もなく、外聞を気にして内々に応じるだろうと足元を見ているのがありありとわかる。

もの凄い勢いで又四郎が庭を突っ切り、両手で吉三の胸倉をつかむ。又四郎が何か言う前に、吉三は真っ赤になって喚きだした。

「あんたが悪いんだ。あんたが、いつまでも煮え切らないから。あの別荘はもう完成してて、後は庭の真ん中にこの桜を植えるだけなのに、ここの館の連中に妙な同情しやがって。雇い主はやいのやいの言ってくるのに、返事を待つなんて、そんな悠長なこと――」

「それで、無理にでも奪うか承知させるかすれば、褒美をやるとでも言われたか」

又四郎の冷静な指摘に、ぐっと詰まったところをみると図星らしい。が、ややあって、それの何が悪い、と開き直る。

「あんたの祖父どのは数百人を束ねる長で、作庭の名手、おまけに公方さまのお気に入りだ。あんたはその孫で、いずれは跡継ぎだもんな。仕事のひとつくらい流れても構わんと余裕してられるのも当たり前さ。けど、そっちが好き勝手するなら、日銭稼ぎで日暮らしの俺らがちょっとぐらい小遣い稼ぎしたからって、どうだって言うんだよ」

さあ文句があるなら言えよとばかり又四郎を睨みつけるが、額には汗が流れ、握りしめた拳が小刻みに震えている。又四郎は何も言わない。気まずい沈黙が流れた。

はた、と小次郎は手を打った。

「あ、そうか。又四郎って、おぬし寅菊どのの孫か」

「……別に、いま思い出さなくても良いだろう、観世の末弟」

寅菊、今は法名の善阿弥陀仏を名乗っている又四郎の祖父は、身分出自を問わず一芸をもって将軍に仕える同朋衆の一人であり、政治より庭作りに情熱を注ぐ将軍にひとかたならず重用されている。彼自身の扱う木石に劣らず寡黙でとっつきにくい爺さんだと、やはり同朋衆である小次郎の父が話していたが、その時に孫のことも聞いた覚えがある。

ため息で仕切り直し、又四郎は清子の居場所を明かせと吉三に命じた。

「し、知らん」

「この期に及んで、まだ隠す気か」

「本当に知らねえんだよ。計画立てたのも、文書いたのも、偽の言伝で姫を呼びだす手配も、全部、高尾の奴がやった。俺は爺さんが念書を書いたら、それを受けとりに行けって言われただけだ。姫の隠し場所もあいつが決めた。だから知らねえ」

「なら高尾は、どこにいる」

「あいつも岩が倒れるまではいたが、今どこにいるかわからん。本当だよ」

簡単な役目だったはずが一人で泥をかぶるはめになって、吉三は半分涙目で鼻をすすった。そうしていると、案外まだ子どもっぽい顔だというのがばれてしまっている。

吉三を放して、埒が明かんな、と呟く又四郎に、高尾って誰だ、と小次郎は聞いた。

「昨日会ったろう。左頰に傷のある——」

ああ、あの男か、と合点した小次郎は、なんか変だな、と首を傾げた。

「姫を人質にとって桜と交換しようって無茶な計画はわかったが、それで、なんだって植木屋までがからんでくるんだ」

「植木屋？」

「高尾とやらが清子姫へあてた偽の言伝で名を騙った、千本通の植木屋の奉公人じゃ。この館とは昵懇の男で、国見という」

「さっき、おまえが捜していた男か」

彼と今小路邸との関わりについて、小次郎は知っていることを手短に話した。

どうも国見も清子を捜して走りまわっているようなのだが、松野に聞いても、脅し文のことは屋敷外には漏らしていないという。そもそも、一緒に桜探しを、という言伝が清子を呼びだすための嘘ならば、国見は清子の身に変事があったのを知りようがないはずだ。それなのに彼はいち早く手がかりをたどったように、鶏どのの屋敷に現れた。

「そういや、今日、この屋敷の前で会った時、国見の奴、曰くありげな文を手にしていたっけな。それが同じ脅し文だとしたら」

「だが、なぜ植木屋に文が行くんだ」

又四郎は吉三に目をやるが、知らないと必死に首をふるだけだ。どうもすっきりしないなあと悩んでいると、やっと縁の下から出てきた天鼓が小次郎の袖をひっぱった。

「うえきやって」閉じたままの扇を構え、ひゅんひゅんとふりまわし、見得を切って、もとへ直る。「……の人？」

「ありゃりゃ、天鼓は舞より立ち回りのほうが得意か。親の影響かなあ。あのな、植木屋っていうのは武芸者じゃなくて——」

「石のお庭で喧嘩してた」

「は、喧嘩って誰と」

「ええと、ここに」自分の左頬を指さす。「傷がある人」

「高尾だな」又四郎が断定する。「二人はなにを話してた」

「わかんない、けど」天鼓は懐に手を入れ、くしゃくしゃになった文を引き出した。はじめ物陰で声を殺して口論していた二人がつかみあいになった時、はずみで近くの岩にかかる縄が切れ、岩が倒れて騒ぎになる寸前、国見が駆けよってきて、ねじこんでいったのだという。

小次郎と又四郎は縁側で二つの文をつきあわせた。横から今小路公ものぞきこむ。

「やっぱり、こっちも脅し文だな。手跡も同じだ。しかし、これは」

どういうことだ、と小次郎は首をひねる。国見あての文のほうが字が多い。同じ脅し文句の後に、

――いかにしておいのこころをなぐさめんたえてさくらのさかぬよならば――

と書き添えてある。字面からして和歌のようである。

「いかにして老いの心を慰めん絶えて桜の咲かぬ世ならば、とでも字をあてるのかな、これは。読んだそのままの意味しかないような気がするが、なんだろうなあ、この歌は」

「この歌は――」ずっと黙っていた今小路公が、ぽつんと呟いた。

「主どの、なにか心あたりがおありか」

「いや……」老公は横をむいたが、眉間に当惑をあつめて深く考えこんでいる。

小次郎は文を裏返し、くまなく調べた。

「清子姫の手掛かりは書いてないな。なんで、わざわざ天鼓に持たせたんだ」

「いや、そうでもない。これを見ろ」又四郎の指さす先、さかぬ、の〝さか〟の二文字が汚れているが、偶然というより、わざと土を強くなすりつけたような汚れ方だ。

「歌の意味はわからんが、行き先は見当がついた」

あんたも来てくれ、と小次郎に言って立ち上がった又四郎を老公が呼びとめた。

「又四郎よ、此度のことは、そなたらの咎とばかりは言えぬ。この歌で、それがわかっ

た。これで国見を呼びだした男は、おそらく——」そこで再び考えこんで、老公は頭をふった。「いや、とにかく清子たちを無事に連れ戻してくれたら、桜はやろう」

老公がつぐんだ言葉が気になって、おそらく、の先をたずねようとした小次郎を又四郎が制した。かすかに首を横にふってから、土に膝をついて深く頭をさげる。

「御承知いただけるならば、ありがたい。しかし、それとこれとは話が別です。一門の者の不始末は私の不徳のいたすところ、孫君方はなにがあっても無事にお帰しいたします」

又四郎は残っていた配下の者たちにひきとるように促した。仲間がぞろぞろと出ていく中、吉三は、庭の隅でつくねんとうつむいている。又四郎は吉三に近づき、肩に手を置いた。

「皆していることだから、小遣い稼ぎをするなとは言わん。だが、もう少し考えてやれ。しゃにむに上に取り入ろうとしても、都合よく使い捨てられるだけだ」

さらに二言三言かけて、その肩を押すようにして門の外へ向かう。

「しばし、お預かりくだされ」天鼓を松野の手におしつけて、小次郎は後を追った。

門の外に出ると、すでに夕暮れが迫り、傾く日に人の影が長く道に伸びている。

「鶏どのはいいのか。突っつかれるぞ」

「一日二日放っといたって、どうってことない。どうせ庭中歩きまわって、目についたもの片っ端から突っついてるんだ。工期が遅れてるのも、そのせいなんだからな」

「それで、どこへ行くんだ」

ゆるく吹きはじめた風にほつれた結髪をなぶらせながら、又四郎は、嵯峨、と短く答えた。


置いてきぼりにされた天鼓は、しばらく庭でふくれていた。

松野が箒をとってきて庭を掃きはじめる。踏み荒らされた跡が気になるというより、なにかせずにはいられないといったふうで、その目は地面の上をさまよっている。

老いた当主は広縁の端に腰をおろして、ぼんやりと薄暮の庭を眺めている。

いつまでもふくれていても仕方ないので、天鼓は踵をめぐらして花のない桜に近づいた。袖の奥から、ふんわりとくるんだ手巾を引っぱりだす。そっと包みを開くと、ほんのり薄紅がかった花びらの山があらわれた。

桜は桜同士で咲く時を相談するもの、というのを聞いての思案だ。

片手で苦労して扇を開き、下から上へ、すくいあげるように慎重にあおぐ。はじめ花びらは手巾の上でさらさらと動くばかりだったが、根気よくあおぐと一片がひらりと扇の風に乗り、ついで一斉に舞いあがった。手巾を投げ捨て、なお高く上がれとあおぐ。

花びらは風に揉まれ、桜の枝をからめとって渦を巻き、一瞬にして庭に花の気が満ちた。

「おお、これは風雅なことをするものかな」

老公が感嘆の声をあげて立ち上がり、松野も掃除の手を止め、小さな花嵐に見入った。

十六夜の月が東の山の上に昇った。空には薄い雲の帯が流れはじめている。

滔々と流れる保津川を隔てて、対岸の嵐山には、水際に並ぶ山桜が月の光にほの白く浮かびあがっている。この桜は二百年の昔、後嵯峨上皇の命により、桜の名所として名高い大和国、吉野の山に咲く千本の桜から種を採り、育てた苗を植えたものだ。

こんな時でなきゃ絶好の夜桜なんだがな。小さな松明をかかげた又四郎について川沿いの道を上流へさかのぼりながら、小次郎は内心ため息を漏らした。

高尾に気取られず忍びよって取り押さえるには人数は少ないほうが良い、と言って又四郎は他の者たちを帰してしまった。身内の不始末をごく内密に片付けたい、という心づもりかも知れない。お陰で二人だけの心細い道行きである。松明の赤い火は足まわりを照らすにも心もとない。小次郎は先を行く背に声をかけた。

「さか、が、嵯峨ってのはわかったが、どこまで行くんだ」

「この先に別荘がある。そこの庭作りを請けたが、高尾もかかわっている仕事だ。普段は無人だから、こそこそまずいことをするには向きだろう」おそらく、と又四郎は苦い口調で続けた。「俺と俺の配下が糸桜の件にたずさわっていることを、国見とやらは清子姫から聞いていたはずだ。今日の仕事場くらい、すぐわかる。脅し文をうけとり、泡をくって鶏屋敷におしかけてきた国見に、高尾は場所を変えようと行き先を告げ、その上で騒ぎをおこしたんだ」

「糸桜を奪いにきた連中をけしかけたのは、高尾か」

混乱に乗じて姿を消し、国見が急を報せようにも今小路邸に近づけなくするために。

「切羽詰まった国見は咄嗟に文に土をなすりつけ、たまたま近くにいたあんたの子に一か八か押しつけた——そんなところだろう」

「わしの子じゃないけどな。それで高尾というのはどういう男だ」

「よくは知らん。うちに来て半年ほどで、仕事はまじめにやるが、あまり打ち解けないし、自分のことも話さないからな。本人が喋りたがらないのを、こちらからあれこれ質すのも筋じゃなし、ただ、身ごなしから武家の出ではないかと思ったことがある」

武家か、と小次郎は考えこんだ。国見の動きも武芸の心得のある者のそれだった。実は二人は盗人仲間で、なにか過去に含みがあり、最初から高尾は国見を呼びだす目的で桜騒ぎを利用したとか、そういうことがあるだろうか。ないとは言い切れない。

「高尾の正体が何であれ驚くことじゃないさ」ふりむきもせず又四郎が言った。「うちにはいろんな奴が流れこんでくる。公卿衆や幕閣連中の奥庭をうろついていれば、秘密の二つ三つ聞く気がなくても耳に入るからな。俺は、自分からは他人の事情に首は突っこまんし、見聞きしたことについては、なるべく口を閉じておく。だが、それで小遣い稼ぎする吉三のような奴もいるし、どこかの密偵みたいな奴も紛れこんでくる。単に落ちぶれて、この掃き溜めに流れつくのもいるが、いつの間にか現れて、そのうちまた姿を消す奴も多い」

川筋をそれて木立へ入る分かれ道まで来て立ち止まり、又四郎がふり返る。

「あんたのところも似たようなものじゃないのか」

「そりゃま、釣書つきの役者なんていないし、お偉方のもとに出入りしてれば嫌でも事情通にはなるがね。さすがに、そこまで怪しい奴は——」いない、と笑い飛ばそうとして小次郎は黙りこんだ。まさかね、と浮かんだ疑惑を追い払う。

又四郎は松明の先を土に埋めて火を消すと、道を折れた。嵯峨、嵐山は景勝地で、寺や貴族の別荘も多いが、このあたりは人家の灯もない。それでも月明りを頼りに寂しい道を奥へ進むと、やがて林間にひっそりと隠れるように小さな門が見えてきた。大きな館ではない。人が住んでいる様子はないが、うち棄てられて久しい廃墟というわけでもない。開けっぱなしの門扉からは新しい木の匂いがする。

中から人の声が聞こえた。

竹竿や縄束、籠盛りの砂利(じゃり)、敷石などの資材が雑然と放置された玄関先を通って、二人は庭に出た。茂みの陰にひそんでそっとのぞくと、庭の真ん中で二つの人影が言い争っている。どういうつもりだ、と片方が食ってかかった。間違いない。国見の声だ。

「私を誘きだすために清子どのをさらったのか。脅し文なんて回りくどい真似をせずとも、直に会いに来ればすむ話ではないか」

「女を餌にした文で、おまえがどう動くか、どこへつなぎをとるか、確かめたかった。おまえが真実、寝返っていたらことだからな。念には念を入れたまでよ」

又四郎に目で問うと、そうだと頷く。高尾の声のようだ。ばかな、と腹立たしげに国見が吐き捨てると、冷ややかな笑いが応じた。

「女はどうでもいい。この別荘なら、いずれ又四郎あたりが見つけるだろうよ。ついでに糸桜のこともどうでもいいが、河原者連中も今小路の爺も、騒ぎの根っこは桜と思ってるさ。だが、館の前で張っていて、女を送ってきたおまえと顔をあわせた時は心底驚いたぞ。里を出て六年あまり、ここ数年は音沙汰もなく、どこかで野たれ死んだかと案じていたからな」

「いつ京へ?」国見の声は苦しげだ。

「一年ほど前だ。今は下衆らに交じって土まみれの毎日だが、政そっちのけで作庭狂いの将軍と追従屋の大名どものお陰で、どこの庭先にも易々と入りこめる。すぐにでも連中の首を掻き切ってやりたいところだが……」

どこかの密偵、あるいは盗人の下見、引きこみ役か。それにしては何かおかしいと小次郎が見つめる先で、高尾は手にした抜き身の太刀の切っ先をゆっくりと国見に向けた。

「北朝転覆のため、幕府の動きを探る、それが使命ぞ。先に吉野を出たおまえが、なぜ、かくも安閑と暮らしている」

小次郎は、はっとして又四郎と顔をあわせた。二人とも同じ結論に達したらしい。かつての仲間同士という推測はあたっている。だが盗人ではない。もっと厄介だ。

この二人、南朝の残党——。

花びらのほとんどは土の上か池の水に落ちたが、まだ数片が夜風に舞って、ゆるやかな螺旋を宙に描いている。天鼓は老公と並んで座り、それを眺めている。

「この庭の桜はの、わしの曾祖父さまが植えたものじゃ」

天鼓の頭に手をおいた老公は、稚児の髪から花びらを摘みあげ、手のひらに載せた。

「そなたのような幼子は知らぬことじゃが、今から百年ほど昔、この国に二人の帝がお立ちになったことがある。お一人はこの京に、いまお一人は南に下って吉野の山里に身を寄せられ、お互いに相手を偽り者と非難しあった。公家も武家もどちらにつけば利があるかと、皆鵜の目鷹の目で潮目を読んで、その時々で京と吉野を忙しなく行き来した」

一天両帝、南北京。北でうだつが上がらずとも南でなら出世できるかも知れぬ。南を討って功があれば北で日の目を見られるかも。北と南にわかれた二つの朝廷の間で人々の思惑が渦巻き、打算に裏打ちされた忠誠と、生き残りをかけた裏切りがくりかえされた。

「曾祖父さまも京都ではうだつが上がらず、大勢の公家が南朝へなびいた折、尻馬に乗って吉野へ走ったそうじゃ。もっとも吉野でも昇進はままならなかったようで、早々に京へ帰ってきたという話じゃがの。以後も我が家のうだつはまったく上がらぬままよ」

老公は笑って手のひらの花びらを吹いた。

うだつってなんだろう、と思いながら、天鼓は漂いゆく花びらを目で追った。

「曾祖父さまが、どんな野心を抱いて南朝へ走ったかは知る由もないが、吉野の山に咲く桜の美しさだけは胸に染みたようじゃ。あの桜は、その夢の名残よ」

昔語りの声が夜気にとけていく。老人は天鼓にではなく自分に、あるいは庭の桜に語りかけているようだ。それでも天鼓は黙って耳を澄ましている。

曾祖父の夢はすぐに終わったが、南朝と北朝の争いは泥沼と化した。

南朝は、初代の後醍醐帝から後村上、長慶と代を数えたが、次第に先細り、四代目の後亀山帝の時、北朝と和議をおこない、以後、南北双方の血統から交互に天皇を立てる、ということを主な条件として講和に合意した。六十年近く続いた分裂の時代は、両朝の合体という形で幕引きとなった。ところが和議を主導した幕府は、帰京した南帝とその一族を政治から締めだし、世間からも隔離して、皇位にかかわる約束もすべて反故(ほご)にした。

この違約に強く反発した後亀山は、再び吉野に出奔したが、やがて帰京、失意の内に出家し、呪わしい偽りの講和から三十年以上たった雷鳴轟(とどろ)く夜、嵯峨の大覚寺(だいかくじ)に没した。

後亀山の生前から一部の南朝皇族が京都を逃れ、各地で反幕府勢力に担がれて蜂起する事態が頻発していた。幕府は討伐の兵をさしむけて南朝の血を断とうとしたが、彼らは最後の砦とも言うべき吉野に立てこもり、南朝の血が流れるほどに怨念を深めていった。

「吉野山の桜は、もうどれほど彼らの怨(うら)みの血をその根から吸いあげたことか。今や南朝の名は、幕府や朝廷にとって、つきまとって離れない亡霊のようなものじゃ」

中天の月には黒い千切れ雲が吹きつけ、庭は明るくなったり陰ったりしている。

天鼓はあくびをして目をこすった。もはや夜も更けた。いつもなら寝ている時刻なので少し眠たい。なんとなく桜に目をやると、どうしたことか、ひとひらだけ、いつまでも梢にとどまって落ちてこない花びらがある。

「おお、咲いたか」

老公が立ち上がり、桜に駆けよった。中ほどの高さの枝に、透きとおりそうに淡い色合いの花がひとつだけ開いている。花を見上げ、いかにして老いの心を慰めん絶えて桜の咲かぬ世ならば、と老公が口ずさんだ。

天鼓は眉をよせた。それはさっき聞いた歌だ。意味はわからないが音は覚えている。最近、天鼓は舞の他に謡も習いはじめているが、まだ難しい字は読めないので、どんな謡もまず耳で聞いて、師匠の口真似で覚える。そんな短い歌なら簡単だ。

「おかしな歌じゃ。そうは思わぬか。桜の咲かぬ世などあるものか」

絶えたのは桜ではなく南帝の命であり、南朝の御世（みよ）、と老公は呟いた。

「この歌は、志半ばで御隠れになった南の帝を悼み、その臣下が詠んだ歌よ。南帝の遺志をひきつぎ、南朝再興をはかる者にとっても道はなお半ば。なのに、なぜ、おまえ一人負うべき使命を放りだし、吉野に残した同胞（はらから）のことも忘れているかと、……文の送り手は歌にかけて、そう国見を責めているのじゃよ」

吉野の山里に生まれ育った者にとって、桜の咲く春景色は懐かしいものか、忌まわしいものなのか、という老公の深いため息に、咲き初めたばかりの花が揺れた。

言い訳を聞かせてもらおうか、と刃とともに突きつけられた問いに、国見はしばらく地面に目を落としていた。寝返ったのか、と高尾が声を低くする。

「誤解するな。私は、ただ……」言葉を探して言い淀んだ国見は、顔をあげて静かに言いきった。「ただ、戦いを棄てただけだ」

「そんな勝手が許されると思うのか」

「許されぬと思いこんだばかりに、皆、あたら命を落としたのではないか。吉野の外へ出てわかった。南朝の復興など、夢のまた夢だ」

「おのれ、臆したか」

怒りをにじませる高尾に、臆しているのはおまえのほうだ、と国見が言い返す。

「いただく君を二人ながら失ったのに、実らぬ妄念にいつまでもしがみついて、おまえこそ、その悪夢から覚める勇気はないのか」

激する一方のやりとりに、小次郎は物陰で耳をそばだてた。

七年ほど前、南朝へ帰順するふりをして吉野に侵入した牢人たちが、南帝の子孫で南主と呼ばれていた二人の若宮を惨殺した事件は、その騙し討ちに近い手口も含めて京都でも話題になった。牢人たちは幕府からたっぷりと恩賞にあずかったと聞く。

宮たちを守っていた吉野の人々にも犠牲が出たであろうことは想像に難くないが、高尾や国見も近しい者たちを失ったのかも知れない。だとすれば高尾が怨念を燃やすのもわかるが、国見は先の見えない戦いが嫌になって抜けたのだろう。彼が糸桜の下に倒れていたのも、惨殺事件の翌年あたりだ。これまで南朝の残党は朝廷と幕府の転覆を企て、たびたび叛乱(はんらん)をおこしてきたが、二宮が討たれて以来、目立った動きはない。薄暗い靄(もや)

に包まれた吉野に、まだ南帝の子孫がいるのか、どういう者たちが仕えているのかもわからないが、結束が固い分、離反は許し難いことなのかもしれない。

　それにしても今小路公は、どこまで知っているのか。全て呑みこんだ上で国見の出入りを許し、孫娘とのことも黙認しているのか。足抜きした身だとしても、そんな男とつきあいがあるとは、外にむかって言えることではないのは確かだが……。

鋭い刃交(はま)ぜの音が、小次郎の想念をやぶった。

　上段から打ちかかった高尾を、辛うじて太刀を抜きはなった国見が受けとめ、鋼と鋼が激しく嚙みあって火花が散る。ぎりぎりと押されながら、話を聞け、と国見が声をあげる。うるさい、と高尾が国見の刃を弾きあげた。

「やめろ。こんなことをしてなんになる」

「他にどうしろというのだ」

　太刀が閃(ひらめ)き、苦痛の音をもらして国見が右肩をおさえた。指の下から黒いしみが広がって、たちまち片袖を染めていく。

　こういう時に限って、なんであいつがいないんだ、と頭を抱えた小次郎が思い浮かべたのは、天鼓の若い父親のことだ。数年前、よちよち歩きの天鼓を連れて観世にきた那智は、能役者としてはかけだしだが、武芸の心得があり、こういう修羅場に滅法強い。

　又四郎も舌打ちした。

「まずいな。押されてるぞ」

「加勢に出るのか」

「加勢になるならな。高尾の奴、思ったより手練だ。あんた、武芸に自信はあるか」

「あるわけないだろう。役者っていうのは、普通そういうのは舞台の上だけで——」

「だろうな」

あっさり肯定されたのが面白くなくて、約一名そうじゃないのも知ってるが、とぶつぶつこぼしていた小次郎は、いきなり腕をつかまれ体を持ち上げられた。と思ったら尻を蹴飛ばされ、茂みを突き抜けて隠れ場所から転がり出る。なにすんだ、と抗議するより早く、何奴、と殺気だった声が飛んだ。その場に立ち上がった小次郎の顔かたちを見極め、高尾の目の中で疑惑が確信に変わる。

「汝(うぬ)は観世の——おのれ、幕府の犬かッ」

犬ではない、という無意味な反論が小次郎の頭をかけめぐるが、体のほうは蛇に睨(にら)まれた蛙、高尾の短絡を誤解と切り返すこともできない。痛みをこらえて脂汗を滴らせていた国見が、その通りだ、と叫んだ。

「見ろ。つなぎはついたぞ。すぐに討手がおしよせてきて、おまえなんか微塵切りだ」

でたらめだ、と絶叫したかったが、目は白刃に吸いよせられ、声は喉でつっかえる。

国見は不敵な笑みを浮かべて挑発をやめない。

「南朝の血統は断絶、刃向かう者は皇胤も雑魚も例外なく退治せよ、というのが先々代の将軍以来の方針だからな。ここは、尻尾を巻いて逃げだすのが賢明だぞ」

黙れ、と憎悪に顔を歪めて高尾が怒鳴る。

「薄汚い犬の一匹や二匹、始末する暇はあ……むごっ？」

いつ庭を回りこんで忍びよったものか、いきなり高尾の背後にのびあがった又四郎が、大きな籠を頭からかぶせ、かなり無様に語尾がこもった。その瞬間、飛び出した国見が刀の峰で高尾の手を打つ。叩き落とされた刀を又四郎が器用に蹴飛ばし、二人がかりで暴れる高尾をおさえつけ、荒縄で縛りあげにかかる。

打ちあわせ、顔あわせなしとも思えぬ連携を、小次郎は滂沱の冷汗とともに見守っていたが、木の枝でも束ねる要領でひっくくられた高尾を前に、どっと力が抜けた。

とんでもないはったりで心臓が止まりかけた。今日一日で相当寿命が縮んだ気がする。

力尽きて傍に膝をついた国見に、裏切り者が、と高尾が唾を吐く。違う、と国見は荒い息の下から否定した。

「戦いは棄てたが、裏切ったつもりはない。親きょうだいを殺した幕府は、間違いなく仇だ。誓って寝返ったりするものか」

高尾は疑わしげな目つきで真偽を吟味していたが、やがて横をむいた。

「そうだとしても、おまえが忘れたというのが信じられぬ」

忘れたわけではない、と国見が首をふった。

「忘れはせぬ。いまでも夢に見る。今時分、花の季節には必ず。傷の痛みも、我が腕の中で死んでいった同朋の体の重みも、なにひとつ忘れはせぬが……」

「忘れていないというならば、なぜ怨みを捨てられる」

「平安を求めることが、それほど許されないことか。もう同じ光景は見たくない」

黙りこんだ高尾と、顔を伏せている国見を、小次郎は見比べた。

高尾とて国見の思いがわからぬわけではないのかも知れない。が、清子らと出会い、植木屋に小さな居場所を得た国見にひきかえ、高尾は過去の怨みや南朝再興の使命より他に、すがるものがないのだろう。それが、生きるよるべとするには、どれほど脆(もろ)く儚(はかな)いものであったとしても。

「第一、守り伝えるべき南帝の血筋も二人の宮方で絶えてしまったというのに」

ため息のような国見の言葉に、しばらくうなだれていた高尾が顔をあげた。

「まだ絶えてはおらぬ」

「どういう意味だ」

「おまえは知らなかったのかもしれないが、吉野にはまだ南帝の血筋がいる。二宮が討ち取られた後、他へ落ちのびたが、今それを捜しだして――」

「喋りすぎだ――」

突然、少年のように高く澄んだ声が割りこんだ。

異形の顔が、一つ、二つ、六つ、闇の帳に浮かびあがる。吊りあがった大きな眼が金色に煌めき、大きく尖ったくちばしは、半ば人、半ば鳥のような妖異の相貌である。

違う、と小次郎は自分に言い聞かせた。妖魔の出現ではない。鳶の面だ。月光を吸いとって夜にとけこむような黒装束をまとっているせいで、鳶天狗の面だけが宙に浮かんで見えるのだ。だが背中には新たな冷汗がふきだしている。面の一つが傾き、高尾を見すえた。

「はぐれ者一人にかかずらって、不覚をとったものかな、高尾よ」

恐れ入るように高尾が顔を伏せる。頭目は又四郎と小次郎に検分の目をむけた。

「善阿の嫡孫に、観世太夫の末弟。ともに同朋衆の縁者で幕府出入りの身か」

淡々と素性を言いあてる声に感情はこもっていない。面倒な、という呟きも事実を指摘したままでだ。

「はぐれ者ともども、まとめて秘かに葬り去れ」

一片の迷いもなく速やかに命令が下され、鳶の面がすべるように横に動き、円陣を組んで取り囲んだ。六本の刃が鞘走って月光を弾く。

高尾の見せたような怒りも憎しみも感じられない、冷徹な殺気が四方から体に射しこんできて、冷えた汗が肌の上で凍りつく。小次郎は目だけ動かして左右を見た。逃げ場はない。国見は辛うじて太刀を握っているが、利き腕を切られて身動きがとれない。横目に高尾を見たが、人質にとってもあまり意味はなさそうだ。第一、その前に喉を掻っ切られるだろう。打つ手がない。

じわりと包囲が狭まった、その時だった。

がやがやと騒がしい気配が屋敷の正門に近づいてきて、無数の人声に、氷のようにはりつめていた殺気にひびが入った。吉三の声が又四郎を呼んだ。又四郎が口の端をねじあげて、片頬に笑みを浮かべた。

「どやどやと来てしまったな。まとめて秘かに葬るか？」

さざ波のような動揺が鳶天狗たちに広がる。ただし頭目は冷静なままだ。

「お互い欲しいものを持って引きあげて、今夜のことは忘れるのが良いと思うが」

という又四郎の提案を呑んだのか否か。頭目が手をひと振りしたのを合図に、手下の一人が高尾の縛めを切って立たせ、刃をおさめた鳶天狗たちは、現れた時と同じように音もなく夜の闇に浸みこんで消えた。捨て台詞もなかった。最後に残った高尾は、ちらりとかつての同朋に目を走らせたが、やはり無言で鳶たちを追い、見えなくなった。

「なんなんだ、あれは」

太い息を吐いた又四郎の額も冷汗に濡れている。

鳶たちと入れ違いに松明の火が次々と庭に流れこんできた。駆けよってきた吉三に又四郎はいくつか指示を与え、吉三は他の仲間に伝えるために走っていった。すでに大勢の河原者たちが庭中に散らばっている。思いもかけない応援に国見は茫然としていたが、よろめきながら立ち上がり、母屋へ向かった。と、小次郎の腰が完全に抜けた。悪かったな、と又四郎が謝る。

「高尾が自分でかどわかしの手配をしたと聞いて、うちの連中とは別に仲間がいるのかもしれんと、ふと思ってな。いきなり大勢で押しかけては、清子どのの身が危ういかもしれぬし、ひとまず様子を探ってから、念のため、少し遅れて皆を連れてくるよう吉三に言っておいたんだが……ちょっと危なかったな」

腰を落としたまま、小次郎は明るく照らしだされた庭をぼんやりと眺めていたが、しばらくしてにんまり笑った。

「ここが例の別荘なんだな。この庭に糸桜を植えるんだろう」

こぢんまりとした隠れ家のような別荘に四角形の庭。母屋は完成しているが、仕上げ半ばで放りだされたような庭に目立つ高木はなく、誰かが中央で斬りあいでもしていない限り、かなり間の抜けた空き地になっている。

四角の庭に木を一本植えるのは禁忌、ただし家主が女人で植える木が桜なら不祥の限りではない、と小次郎が作庭の作法を暗誦（あんしょう）すると、大した記憶力だな、と又四郎は頭痛持ちのような顔つきになった。役者には朝飯まえよ、と小次郎は無駄に威張った。

「清子姫は、おぬしらの雇い主を細川所縁の者と言ったが、細川一門とは言わなかった。要するに細川からもらった奥方に頭の上がらない男の息抜きなんだろ、この別荘は」

「それを俺の口から吹聴するわけにはいかんな」

「他から話が漏れて、浮気のばれたどこぞの亭主が奥方にのされる分にはかまわんのか」

又四郎は肩をすくめた。

「言ったはずだ。俺は自分の見聞きしたことについては、なるべく口を閉じる。だが、他人の口までふさぐ術は知らん」

母屋のほうで、納戸から助け出された娘が国見に抱きついて泣き崩れた。

――春のあかつき、桜の花咲く山里の夢を見た。吉野の里に、血の流れる夢だ。

太刀の柄を握りしめ、血濡れた直垂の袖を風になぶらせながら、国見は夜の底に立ち尽くしていた。星も月もない夜だ。

足元に倒れた松明から飛ぶ赤い火の粉に、惨劇の跡がぼんやりと浮かびあがる。

御座所に押し入った賊は、邪魔になるもの全て斬り捨てて奥へ進んだらしく、柱や蔀戸にはどす黒い血痕が縦横にしぶき、土足で踏み荒らされた広縁には、宿直の侍や女房、舎人の骸が奇妙にねじれて転がっている。骸と、骸の下に広がっていく血だまりに、前庭の桜がほろほろと白い花びらをこぼす。

恩賞という好餌を鼻先にぶらさげた賊にとっては、顔にふりかかる花びらを払うほどの躊躇もなかったに違いない。

年端もいかない少女が、まだ温もりも残っていそうな父親の体にとりすがり、欄干から青白い腕をだらりと下げて事切れている夜着姿の若い女房の傍には、抜き身の太刀片手に半身を返り血に染めた十五、六の若侍が、こちらに背を向けてうつむくように立っている。

苦痛のうめきと慟哭が満ちる闇に、血の臭いと甘い花気とが濃密に混じりあう。

蔀戸の陰から、左頬の傷から流れる血で顔を朱に染めた高尾が足を引きずりながら現れ、手を貸せと叫ぶ。国見の体と心は分かれ、体は呼ばれるままに走り去り、悪夢に捕らわれた心は、その場にとり残される。

折しも吉野山の桜は散りはじめ、山おろしの風に、闇に舞った花が激しく吹きつけた。

――夢は寝目。眠りの内で開く目なら、閉ざすこともできない。早く覚めよと、ただひたすら念じるばかりだ。

陽光きらめく池の水面に、滝のように落ちかかる薄紅の花を見上げながら、今小路公は莫蓙にくつろいで酒杯をかかげた。

「昔、愛でていた桜を差し出せと関白に命じられた男が、他人に奪われるよりはと自ら切り倒したという話を聞いたことがあるが……我もいっそ、と思うても、このように見事に咲いた姿を見れば、できぬなあ」

供養ではなくて別れの宴か、と、ほろ酔い加減の老公がしみじみと呟く横で、露払いの舞をしっかりつとめた天鼓は、ご褒美の甘味にあずかっている。

一晩で京を一周するほど走りまわって疲れきった小次郎は、今小路邸に天鼓を忘れて帰り、予定より一日早く戻っていた那智に特大の雷を落とされた。それでもめげずに三日後の今日、満開の糸桜をかこんで観桜の宴である。

広縁には柱によりかかる国見の姿があり、清子がよりそって、なにくれと世話を焼いている。それを眺めた老公は、天鼓用の小さな折敷に胡桃や干棗をとりわけて二人を指した。

「そなたなら邪魔にならぬじゃろうから、ちょっと持っていってやりなさい」

天鼓が折敷を持っていくと、清子が軽く顔をしかめた。おじいさまも怪我人がいる時に宴なぞ、と文句を言いかけて急に赤くなり、そそくさと厨へ立っていく。

天鼓、と呼ぶ声がして那智が追ってきた。片手に桜の小枝を持っている。天鼓は頭に手をやった。髪に挿しておいたはずの桜の枝がない。那智の手を借りて元結いに枝を押し込んでいると、鼓と笛の音が響き、池の向こう岸、かつてもう一本の桜があった場所で、小次郎が『西行桜』を舞いはじめた。

山中に庵を結んだ西行法師が、庵の傍の桜の名木目当てに花見客がおしかけるので、侘び住まいの風情が桜のために台無しだと愚痴る歌を詠むと、夜半、桜の精霊が現れて、なぜ我のせいにするのかと反論する。

本来は夜桜、桜は老木ゆえ桜の精は翁の面をかけるが、春爛漫の昼下がり、面を略した小次郎は、白い狩衣の袖に花をめぐらせ、若々しい桜の精を華やかに舞っている。

「あいつめ、芸事となると別人だな」

朝から機嫌の悪い那智が皮肉っぽく褒めた。国見がぼんやりと顔をあげて、丈高い後ろ姿をまじまじと見つめ、困惑気味に口を開く。

「那智王……?」

聞こえただろうに、那智は背を向けたまま、ふり返らない。

〽さて、桜の咎は何やらん。

〽いやそれは唯浮世を厭う山住みなるを、貴賤群衆の厭わしき、心を少し詠ずるなり。

〽いや浮世と見るも山と見るも、唯その人の心にあり。非情無心の草木の、花に浮世の咎はあらじ。

無心に咲くだけの花に人の心を波立たせる咎めはない。愛でるか厭うか、人が花にどんな思いをよせるかは、ただ人の心ひとつ。よせられる思いを花が知るはずもない。

だけど、と天鼓は傍らに立つ人を振り仰ぐ。那智は桜が嫌いだ。

去（い）にし時よりの訪人（とぶらいびと）

一

山の斜面を吹きあげた風が汗ばんだ背をあおり、急登の途中で実花（みか）はふり返った。四方をかこむ吉野の山々は日一日と夏の彩りに近づき、青くひるがえる風に、生い茂る木々が激しく波打っている。眼下に望む麓（ふもと）の谷間には、ひっそりと肩をよせあうように茅葺（かやぶ）きの屋根をつらねた山里が見える。

顔の汗を拭い、頭に手をやって実花は髪をほどいた。よく日焼けした腕や脚は棒切れみたいに細いが、それだけはそろそろ年頃の少女らしく、ゆたかな黒髪が生き物のように宙を泳ぐ。火照りが冷めるのを待って髪をくくりなおし、足もとをすくいあげるように吹く風に乗って、実花は山道を駆けあがった。

坂をのぼりきって傾斜のゆるやかな木立の中をしばらく進むと、少しひらけた草地に出た。草地の中央には、威風あたりを払うような樫（かし）の老木がそびえている。

その木陰で黒い人影が動いた。謡（うたい）の節回しが風にまぎれて耳に届く。

実花は大樹の後ろにまわりこみ、幹に飛びつくと、猿（ましら）のごとき身軽さで素早く梢（こずえ）までよじのぼり、横にはりだした太い枝の座りのよいところに落ちついて下をのぞきこんだ。

十四、五歳ほどの少年が、ひょろりとした手足をしなやかに動かして舞っている。

これ、なんという曲だったかしらん。実花は青葉の陰で首をひねった。

年に二度ほど山あいの里を訪れる、老いた能役者がいる。老優は京都の動静を吉野に伝える諜者（ちょうじゃ）だが、里へ来るたび、折々の都での流行（はや）りものを披露してくれるので、里人たちは彼の訪れを楽しみにしている。

樹下では扇を捧げもった少年が、宿敵との戦いを前に、我が宿命を司る本命星（ほんみょうしょう）に明日の勝利を祈る異国の皇帝の容（かたち）をなぞる。夏の訪れとともに里へやってきた老優が、実花たちの前で舞ってみせた新作能だ。そう確か『漢（かん）の高祖（こうそ）』とか言ったか。京随一の中楽（さるがく）座、観世座が先頃、舞台にかけたものだが、書いたのは観世太夫の末っ子で、やっと十六、七になったくらいの若造の初作だという。それを当代一の名手とうたわれる父親が初演して話題になったのだと、そう語った老優の口ぶりはほろ苦かった。

——日のあたる場所にいる者の晴れがましさよ。それを陰から羨（うらや）むあさましさよ。

かつて老優の師は名高き能楽師で、観世の棟梁でもあったが、将軍の意に染まず、その地位を追われて流刑の憂き目を見、あくまで師に味方した彼も日陰を歩く身となった。既に師は亡くなり、将軍も代替わりしたが、彼は将軍に敵対する実花たちに情報を流すことで、細々と怨みを晴らしている。だが、怨みにひかれてきた吉野で、老優は弟子を一人見つけたらしい。

老優は数日前に里を発ったが、件の弟子は飽きもせず、差手引手、習い覚えたいろはに忠実に、一人で稽古をくりかえしている。

実花は呆れて小さく鼻を鳴らした。ああも熱心に励んで、本職にでもするつもりかしら。許しなど出るはずもないが、好きこそものの上手と言うべきか、結構うまい。でも油断大敵。くすくす忍び笑う実花の気配を、頬のまわりでさやさやと鳴る葉擦れの音が隠してくれた。帯にさした二本の木刀の一本を抜き、的が実花のひそむ梢に背をむけるのを見澄まして、やっ、と勢いつけて枝を蹴った。

少年の片腕がまっすぐ上がった。閉じたままの扇の骨が、かん、と木刀の腹を打ち、標的を大きくそらす。少年が実花の手首をつかみ、投げた。実花の体が空中でくるんと回転した。と、少年が足をすべらせ、二人は団子になって短い距離を転げ落ちた。

「あいたた、不意打ちとは卑怯なり」

「こっちの台詞だ」

こぶのできた頭をおさえて喚(わめ)く実花に、すり傷だらけの少年が言いかえす。が、草まみれの互いの姿を見て、同時に吹きだした。笑い声が青空にはじけ、流れの速い雲の彼方(かなた)に吸いこまれていく。腹の皮がよじれるほど笑って、実花は伸びをした。

「あーあ、また気づかれてもうた」

「いくら気配をひそめても、飛びかかる先に気合を発すれば嫌でも気づくわ」

ちぇっと舌打ちして実花は飛びおきた。

「おい、この道楽者。お祖父(じじ)がかんかんになってるぞ。多少の気散じは結構、だが修練そっちのけで能役者の真似ごとに現(うつつ)を抜かすのはまかりならん、ってね」武芸師範の口調を真似て睨(にら)みつけるが、手は袴(はかま)の尻でつぶれた草を払うのに忙しい。「だいたい、稽古を怠けてばっかりのおまえから一本もとれないなんて、どういうことよ」

本気で悔しがると、少年は困ったように眉をよせた。

「俺が二年ほど早く生まれただけのこと、心配しなくても実花は充分強いぞ。少々護身を教えるはずが強くなりすぎたと、そなたの祖父殿がぼやいていたが」

実花は舌を突きだした。「ふん、鬼姫って陰口なら知ってますよ、だ。なによ、糞爺。私は姉上方みたいにお琴や和歌なんて性分じゃないもん。――よし、もう一勝負」

木刀の片方を投げ、相手が受けとめるや、初夏の空気をついて打ちかかった。

二

花の季節だったかも知れない。

それとも闇に舞っていたのは雪だったか、あるいは火の粉か。

篝火(かがりび)が崩れ、赤く砕けた燃えさしが地面に落ちて点々とはねた。とろりと細くなった炎が、館の庭先にぼんやりとした火影を投げかける。夜通し焚(た)いておかねばならない火である。火の番を兼ねた不寝番は薪(たきぎ)の山から数本とりあげ、二、三度手で折って、順々に常夜灯に投じた。炎の舌が投げこまれた薪を舐め、ねっとりと広がっていく。

大きくなった炎が暗がりに伏していた重方(しげかた)、藤兵衛(とうべえ)、芳里(よしさと)ら三人を照らしだした。

不寝番が驚愕(きょうがく)に目を見開く。ついで口が開いた。声をあげる寸前、重方の手元で槍が鋭くはねあがり、穂先がまっすぐに喉を貫いた。叫びのかわりに漏れたのは、血の混じった泡を吐き出す鈍い音だけ。不寝番は震える両手で喉から生えた槍の柄をつかんだが、震えは痙攣(けいれん)に変わり、やがて脱力した。静かに男を土に転がし、物陰に引きずりこむ仲間をよそに、芳里は館へのぼる短い階(きざはし)を踏んだ。

太刀をかまえ、そろりそろりと進む。息をひそめ足音を忍ばせて、奥の引き戸に手をかける。待ち伏せを警戒しつつ開けた先は無人。広いばかりでなんの調度もない、がらんとした空間を足早に横切る。昔はここを開けはなって歌会でも催したのだろうか。そんな余韻はかすかにも残っていない。

三つめの戸を開けたとき、左右に灯台をともし、祭壇のようにしつらえられた白木造りの台の前で、はっと女がふりむいた。台上には箱があり、蓋が開いている。

侵入を勘付かれたか。

女は二十歳ばかり、灯に照り映える端麗な顔の中で、色を失った唇が戦慄いた。白い寝間小袖の胸に箱の中からとったものをしっかり抱きしめ、後ずさる。女が灯台を払いのけた。飛び散る油に火がこぼれ、ぱっと燃えあがる。芳里が怯んだ瞬間、女は脇の戸から逃れ出た。火を踏み散らし、芳里は後を追った。続く二間を駆け抜ける。

広縁に出た。一足飛びに女に追いつき、太刀をふりかざす。

首筋に刃をたたきつけ、血煙のむこうに沈んでいく背を見ながら、芳里は荒い息をついた。喉にからむ息は疫病かと怪しむほど熱く、全身嫌な汗に濡れているのに手足はかじかみ思うように動かない。武門に生まれついたとて強いて気を奮いたたせねば戦に臨むことなどできないが、とうに高揚感は尽きていた。

女はまだ息がある。床板に爪をたて、ずるりと這った体の下から短い血の帯が伸びる。粘つく血を踏んで、芳里は太刀を持ち替えた。どのみち助からぬ。であれば苦痛を早く終わらせるのが慈悲というものだ。うなじに切っ先を突き立てると女は動かなくなった。

女人は戦に巻きこまぬが世の習い。だが現の戦場においては虚しい約定だ。

鉛を飲みこんだような疲労をおぼえながら、芳里は片膝をつき、こときれた女の体をひっくりかえした。胸元に手をさしいれる。乱れた髪が細い蛇のようにのたくり、指にからみつく。顔を顰め、なおも深く沈めた指先が、目当てのものをさぐりあてた。

引きずり出した錦の袋はずしりと重く、中に包んだ石そのままに冷たかった。

これか――。袋の布地に手の血が染みていく。汚すとは何事、と叱責されるかも知れないが……。たかが石ころひとつ、そのために流された血なのだ。汚れたとてかまうまい。中まで染みとおったところで、洗って外の袋をとりかえればすむ話だ。と、かすかな木霊が夜の静寂を揺らし、遠くで火の手があがった。あるかなしかの星明りの下、黒々とそびえる山影の根の、木の間にちらちらと金色の炎が瞬いている。燃えているのは谷川を挟んだ対岸だ。あちらはどうなっている。二手にわかれた夜襲で、陽動を兼ねた別働隊には弟が加わっている。うまくいっているといいが。しくじれないのはこちらも同じだ。不安をふり切って芳里は立ち上がった。

なけなしの銭で買った古物の腹巻は大ぶりで、体に合っていないのを幸い奪った袋を懐深く押しこみ、踵をかえしたとき、黒い疾風がぶつかってきた。目の端に白刃が閃き、とっさにかばった腕に灼熱が走る。拳を横ざまに払うと鈍い手ごたえがあって、襲撃者の軽い体が吹っ飛んだ。その手からはなれた太刀が高く弧を描き、どこかへ消えた。

「この、裏切り者――」

女の骸（むくろ）の上に倒れこんだ小兵（こひょう）が罵（ののし）った。いや、小兵ではなく、小娘か。枕元の太刀を手に寝巻のまま飛び出してきたという恰好の娘とは見知った仲だ。もっとも、この一年でおおよその里人とは顔なじみになっていた。

芳里自身は十も年がはなれているので、さほど親しくしていたわけではないが、年の近い弟とは仲が良かったはずだ。十代の若者同士うちとけて、腕試しをしたり、故郷の話をしたり、他の里の子ら数人と群れて歩いていたのをおぼえている。

が、芳里は相手を無名の敵と見なした。厚い氷を張りつめさせた心には、裏切りを責める呪詛（じゅそ）の叫びも刺さらない。相手にとっては裏切りでも、こちらは断じて裏切ってなどいない。欺（あざむ）いていただけだ。後は娘を片付けて立ち去ればすむ。後ろめたさなど無い。

汗の雫（しずく）がこめかみを伝う。右肘が火でも押しあてられたように熱い。辛うじて太刀の柄を握っているものの腕に力が入らない。相手は俊敏だ。それと察せば迷わず飛びかかり、太刀を奪って逆に芳里を斬るだろう。

時を稼げば稼ぐほどに、漏刻（ろうこく）の水は落ちていく。もとよりこの企て自体、拙速のみを頼りとした無謀な策だ。ここは敵地、敵に地の利があり数も味方に勝る。ただ人里は山間に散らばっていて、異変を察しても加勢が駆けつけるまでには時間がかかる。その隙を突いての急襲だった。だが、残りの水は落ち切ろうとしている。もはや時がない。

「どうだ、あったか。——おっ」

重方と藤兵衛が駆けよってきた。重方が黒々と濡れた槍の穂先を娘にむける。突こうとした腕を、芳里は反射的につかんだ。

「なぜ止める——」

ふりむいて唾を飛ばした男の喉から、ひゅっと奇妙な風音がもれた。切り裂かれた首筋から噴水のように血をほとばしらせ、痩せた体が反転する。倒れた男を飛びこえて、娘をかばった老人が太刀をふるった。

「じじ——」

「さがっておれ、実花子」

「じじ、姉上が——」

敵は頭も半ば白しといえども太刀筋鋭く、二合、三合と打ちあって、凄まじい剣風に後ずさった藤兵衛が、芳里を肩で押し、行け、と怒鳴った。

芳里は身をひるがえした。激しく嚙みあう鋼の響きを背に、庇（ひさし）の下を飛び出し、館を囲う高垣めがけて走る。藤兵衛がついてきているか、確かめる余裕もない。

高垣の外は闇に沈み、漆を注いだような山道は、どこまでも深く、ねじれながら急な傾斜で落ちこんでいく。太刀を放り出した手で腹巻の上から懐の石をしっかりおさえ、芳里はひた走った。

生きて帰らねば。ここで死ねば、他の誰かが石を拾って京へ届けたところで、幕府からくだされるはずの恩賞から我が取り分が遺された妻子へ届けられることは、まずない。

追手の気配に脅かされて谷底に滑り降り、水に足をとられて冷たい浅瀬に膝をつく。立ち上がろうとして再び転んだところへ、獣の遠吠えが高く長く尾をひいた。狼か。違う。犬だ。犬を放したのだ。鹿のように狩りたてる気だ。たちまち吠え声が迫ってくる。

腰に手をやるが得物はない。じくじくと鈍い熱を発し、うずく腕の傷から伝い落ちた血で手のひらがぬるつく。当座の武器をさがして川の中をさぐっても、指は動くが力が入らず、石ころひとつ摑めない。

目の前には黒々とした沢が飛沫(しぶき)をあげている。深さのほどは測れないが、溺れず渡り切れば流れる水が臭跡を断ち、助かるかも知れない。飢えた猟犬のなまぐさい息が風に混じってとどく。迷っている暇はない。意を決し、芳里は暗い淀みに足を踏み入れた。

そうして千尋の闇路を逃げて、逃げて——六年後に飛び起きる。

寝巻を濡らすほどびっしょりと冷汗をかき、芳里は悪夢の床から逃れた。

しばらくはまだ夢路の続きを駆けている心地で、胸は激しく轟(とどろ)いていたが、やがて妻の軽い鼾(いびき)と子どもたちの柔らかな寝息が耳についた。どうやら声は上げなかったようだ。

手さぐりで妻の髪を撫ぜる。娘時分はしっとりとなめらかだった髪は長年の労苦で潤いを失い、ぱさついている。今度、椿油を買ってやろうと思いながら、そうしていると落ち着きが戻ってきて、べっとりと背にはりついていた悪夢の残滓も薄れていった。

右腕は満足に動かない。斬られたとき、どこか筋をやられたのだろう。完全に不自由というわけではないが、太刀をふるい弓引く力は失われた。だが武士でなければ……日々店を切りまわす分には、さほど支障はないのだ。

閉めきった閨に息苦しさをおぼえて、芳里は床を抜け出した。庭に面した板戸をそっと開ける。雨の気配が入ってきた。

生温く湿った夜風に微妙に揺らぐ御簾を透かして、ぼんやりと釣り灯籠の明かりが浮かぶ広庇の回廊を、巡回の侍が通りすぎた。

襖をへだてた隣の座敷では、息を殺したような演奏が続いている。それを聞きながら、那智は火箸を使って火鉢の中の残り火を始末した。そろそろ終わる刻限だ。

夜更けてなお灯の消えることのない東洞院の花街で、京でも一、二と評判の傾城屋、笠月屋の奥座敷では、毎夜、大金を投じた宴が派手にくりひろげられている。今宵その宴の座興として観世座にお声がかりがあった。

がちゃん、と酒器をぶつけるような音が響き、笛の音が上ずった。旋律の乱れをかばうように鼓の音が速くなる。酒肴を運ぶ遊女たちが座敷のほうから小走りに逃れてきて、那智のいるひかえの間の前で、袖で口元を隠してひそひそと囁きかわす。

今宵の主賓は将軍の弟で義尋という高僧である。接待するのは管領の細川右京大夫。ただし当人は姿を見せず、細川家の重臣がその任にあたっている。坊主に傾城屋とは生臭いとりあわせだが、義尋は男子のない兄の後継者として近々還俗するとの噂がひそかに流れている。幼少の頃に東山山麓の浄土寺に入室し、俗世に距離をおいてきた若僧を、御忍びの夜遊に誘った右京大夫の真意は、浮世の水に慣れさせようという心遣いか、遊蕩に染めて抱きこもうという肚か。だが接待役は宴席のとりもちに冷汗をかいているようだ。

不慣れな酒と遊里の空気に悪酔いしたか、誰彼となくからんで顰蹙を買う主賓の酔態に、出番を終えた者は早々にさがらせたほうがよいとの接待役の判断で、本来は宴の終わりに当座で芸人たちにくだされるはずの祝儀も、ひかえの間に運びこまれている。

那智は予備の楽器の片づけにかかった。誰かの笛や鼓の具合が悪くなったときのために準備しておいたものを包みなおし、持ち運び用の唐櫃におさめる。横の行李は先ほど細川の家人が折紙つきで置いていった祝儀の品々だ。

暗い庭に目をやる。外は霧のような雨が降っている。水気が宙をただよって、部屋の中にいてもしっとりと衣が重くなっていくような雨である。折紙の記載によると祝儀の内容は主に巻絹(まきぎぬ)とあるが、この雨では行李の上から覆いをかけるなり、もう少し厳重に包んだほうがいいかも知れない。

隣室の演奏が止んだ。荒れた宴が果てたようだ。ややあって、ぞろぞろと退出する気配が続く。にぎやかしの役目は終わり、後は客と遊女らだけの完全な無礼講となる。

その時だった。誰か来てくれ、という叫びとともに、築山の陰の木戸から六尺棒を手にした夜警が庭に転がりこんできた。巡回の侍がひきかえしてくる。

「おい、ここに入ってきてはならん」

「ひ、人殺し、辻斬りじゃ、すぐそこで」

三人斬られている、と訴える夜警を侍が木戸へ押しかえそうとする。

警備の詰め所にあてられた曹司(ぞうし)から侍が二、三人飛び出し、他の外回りの夜警連中も集まってきて、数人が様子を見に木戸から駆けだしていった。観世座の者たちも縁側にとどまって、物々しい空気にざわつく庭を見ている。館のあちらこちらから登楼客や唐(から)輪髷(わまげ)に濃化粧の敵娼(あいかた)たちが顔をのぞかせた。

庭の騒ぎに気をとられながら動かした手がやわらかなものに触れて、那智は視線を戻した。見ると、行李と後ろの壁の隙間から袖のようなものがはみ出ている。つかんで引き出すとはらりと解(ほど)け、じっとりと手が濡れた。それが鮮血の染みた直垂(ひたたれ)だと認識するより早く、部屋に入ろうとした一座の朋輩が、なんじゃそりゃあ、と素っ頓狂な声をあげた。庭にむいていた人々の目が那智に集まった。

近くにいた遊女が金切り声とともに酒器をのせた盆を放りだす。それが呼び水となって次々と悲鳴が上がり、右往左往する女たちは華美な打掛（うちかけ）の裾を踏みあって転び、客をつきとばして、あたりは混乱に陥った。

「やい、やいやい、そこな奴、おとなしく縄を受けい」

池のほとりの杜若（かきつばた）を踏みしだき、革緘（かわおどし）の腹当姿の大男が濁声（だみごえ）を響かせた。用意の良いことに捕縄を手にしている。

なんだか芝居がかったやつだ。そんなことを思う暇に問答無用で縄をうたれ、裸足（はだし）のまま雨のふりしきる庭におろされた。宴を中断した座敷の明かりの中、人影が動く。いつ端近へ来たのか、この捕物をもの珍しげに眺めている義尋の、きらびやかな袈裟と遠目にも真っ赤な酔顔が御簾の陰にちらりと見えた。

三

どんよりと重い雲が甍（いらか）の天辺に垂れこめている。茅根が着替えの包みを抱いて、番所の前で所在なげにしていると、建物の奥から怒鳴り声が近づいてきた。

「だから大鼓の革は、かちかちになるまで火鉢で焙らんと使い物にならんのじゃ。昨夜みたいな湿っぽい日は何枚か革を用意して、高貴の方の前で粗相がないよう、いつでも換えが利くように——ええい、話を聞け」小者二人に押しだされながら小次郎が声を高くする。「長々と火鉢からはなれておれば革は焦げるし、うちの者が宴の裏方をつとめる合間に、こっそり抜けだして辻斬りを働いたなんて、そんなわけあるか、馬鹿ッ」

茅根は、踵で地面を蹴りつけている小次郎に駆けよった。

「聞き入れてはもらえませなんだか」

「あの真板とかいう目付の頭の中身は、おがくずだ」

憤然と決めつけ、小次郎は一息ついた。

笠月屋の宴に出ていた一座の者が、泡を食って北小路にある観世太夫の館に戻ってきたのは、日付も変わった深夜のことだった。よくわからない状況で仲間の一人が捕縛されたという。明けて早朝、仲間がひっぱられた番所に飛びこみ、なにかの手違いだと放免を訴えたが、捕縛をおこなった目付に、まだ調べがすんでいないと、けんもほろろに摘みだされた次第。ひとまず面会の許可はおりたので、二人は母屋裏手の獄舎へむかった。

獄舎は庇が傾き、敷地をかこむ土塀によりかかっているような潰れかけの長屋で、周囲には諸々のがらくたが雑然と積みあげられ、朽ちるままに放置されている。軸の折れた荷車の残骸に腰かけて骰子(さいころ)をふっていた牢番が、億劫(おっくう)そうに立ちあがった。茅根から包みをとりあげた牢番は、中の小袖や袴をぞんざいな手つきであらためた。その手を小次郎の前につきだしてちょいちょいと指先を動かす。

「なんじゃい、この手は」

「芝居小屋にも木戸銭ってもんがあるだろう。払わねえなら、差し入れはなしだ」

舌打ちした小次郎が、銅銭数枚を牢番の手にたたきつけた。

獄舎の中は暗く、床板も打っていない地面はひんやりと湿っぽい。三つ並んだ牢の手前二つは空だった。一番奥までいくと獄中の暗がりに長々と横たわる背が見える。小次郎が太い木組みの格子を力まかせにがたつかせると、こちらをむいた。

「さっき寝たばかりなのに、番所中に通る大声で怒鳴っていたのは、おまえか」

「大丈夫か。拷問などされてやせんだろうな」

「ああ――」と那智は起きあがってあくびをした。「大事ない」

「一体どうなっとるんだ」

「さあな。こっちが聞きたいわ」

端正な顔立ちをうんざりと渋面に作った那智は、くしゃみをした。昨夜は貴人の宴席ということで直垂、折烏帽子(おりえぼし)の正装が指示されたのだが、青い直垂の袖は雨に萎(しお)れて腕にまとわりつき、烏帽子はどこにも見あたらない。茅根は着替えを渡し、慎み深く後ろをむいた。那智は湿った衣を脱ぎながら、昨夜のことをかいつまんで話した。

雨の中、裏木戸からひったてられる時、死体の傍を通ったという。三人斬られていた。供の侍は背中から一太刀、下男はふりむいたところを袈裟がけにされ、黒々と血しぶきの飛んだ壁の下には消えた松明（たいまつ）が転がっていた。三十手前の主人は胸を刺され上着をはぎとられていたが、その血染めの直垂が、那智のいた部屋の行李の後ろから出てきて、これぞ動かぬ証拠、と目付は考えたらしい。

「あんな斬り方をすれば返り血を浴びるし、俺は店の者と段取りつけるのや楽器の交換で部屋を出入りしたから、その隙に上着を隠すのは簡単だと言ってやったのだがな」

「おがくず頭め。そもそも本当に同じ直垂なのか」

「でも直垂というのは普通、ともの布で上下を仕立てますわ。色柄を見れば同じ組ものかどうかわかります」

口を挟んだ茅根を、きっと小次郎が睨む。

「おい、こやつを打ち首にしたいのか」

「そんなんじゃありませんたら」

「で、殺されたのは大江千成（おおえのゆきなり）という公家らしい」着替えをすませた那智が、不毛な内輪揉めに割りこんだ。「徹夜の尋問からわかったのは、笠月屋の常連客ってことだけだ」

「そなたが目付を尋問したんかい」小次郎は呆れかえったが、よし、と膝を打った。

「なじみの女にあたれば、なにかわかるかも知れんな。場所柄、情火のからむ揉め事って線もありだろう。笠月屋の連中にも怪しいやつを見なかったか、よく聞いてこよう。安心せい。いざとなったら公方（くぼう）さまに放免を願い出るわい」

先代の観世太夫の秘蔵っ子で当代の末弟である小次郎は、若くして能役者としての才を認められ、申楽好みの将軍のお気に入りに名を連ねている。ならではの強気に、それは最後の手段ということで、と那智は気乗り薄だ。

「天鼓を頼む。すぐに帰ると伝えてくれ」

「ああ……、昨夜はなかなか寝なんだな」

また来ると約束して外へ出ようとした時、入ってきた男と戸口で行きあった。逆光を背に、ぼんやりとしか顔立ちのわからない武士は、まじまじと茅根の顔を見て当惑したように口を開いた。「――鈴？」

「え、まさか……万寿丸（まんじゅまる）？」

相手の幼名を口にしてしまってから茅根は慌てて下をむいた。蟻（あり）になりたい、と思った。蟻になって地面の穴にもぐりこみたい。

掘割の柳が青々と枝を垂らし、薄日の下、朦朧（もうろう）とした影を水に落としている。商家が軒をつらねる繁華な通りをゆっくり歩きながら、万寿丸あらため舟木朝直（ふなきともなお）は、二年ぶりか、と言った。一緒に獄舎の戸口からひきかえして、番所を出てきたところである。

「鈴子が婿をむかえるので、従兄とはいえ若い男に館の周りをうろうろされては困ると、以後出入りをひかえるよう、久我（こが）の叔母上に言い渡されて以来だな」

ええ、と茅根は曖昧にうなずいた。朝直とは母親同士が姉妹で、年も三つ違い、幼い頃からよく一緒に遊んだ仲だが、久しい再会にかわす言葉は苦いものを含んでいる。

「相手の男、柏屋っていったか。いくら久我家の台所が火の車だからって、二十以上年上で妻子持ちの金貸しが鈴の婿だなんて、とんでもないと思ったよ。でも、そう言ったら親父にこっ酷く叱られた。元服したてで世間の右左もわからんひよっこのくせに他家のことに黄色い嘴（くちばし）をつっこむなってさ。それで親父とは大喧嘩、俺は家を飛び出てしばらく浮き寝の身だ。けど親父が倒れて……」

「舟木の伯父さま、去年の夏に亡くなられたのでしたね」

「ああ。夏の終わり頃だ。葬儀だの家督のことだので年明けまではばたばたしてたんで、なにか騒ぎがあって、秋になって柏屋が店を閉めたと聞いて気にはしていたんだが、そんなことになっていたとは露知らず――」

左手から沈痛な眼差しをむけられ、茅根はうつむきがちに右頬をまさぐった。頬からこめかみにかけての歪（いびつ）な感触は、柏屋の本妻に負わされた火傷（やけど）の痕だ。これで全て変わった。この火傷のせいで鈴子は実家と切れたが、朝直が知らなかったのも無理はない。

久我家には今でも鈴子がいる。事件の後、年恰好の近い娘を養女にして実の娘と同じ名をあたえ、なにごともなかったように世間体をつくろったのだ。

朝直がふり返った。話す二人に遠慮して、小次郎が少しはなれて思案顔でついてくる。

「それにしても叔母上も変な方だな。尼寺というならまだわかるが、なんだって鈴を申楽座なんかにあずけたんだ。おまけにそのなり、被衣(かずき)もなしで出歩くなんて下女みたいじゃないか。どんな扱いをうけているのだ」

「それより、さっき、どうしてあそこにいらしたの」

茅根は強引に話題を変えた。観世太夫の館に住みこむようになった経緯についてはっまびらかに語りたくない。朝直は戸惑ったふうだったが、ややあってなぜか照れた。

「いや、実はこの春、番衆(ばんしゅう)に任じられた」

番衆とは将軍近衛(このえ)の精鋭軍のことだ。

「昨夜は公方さまの弟君の警護で笠月屋に行ってたんだ。このところ土倉(どそう)が立て続けに襲われたりして、いろいろ物騒なことが続いてるから。我々と細川家と近くの番所からも人を呼んで万全の警備を、というので――」

「では騒ぎがおきた時、そこに?」

「あれには驚いたが、鈴は殺した男と知りあいだったのか」

「ちょっと、彼はやっておりませんわ」

茅根がつっかかると朝直は面喰ったようだったが、やがて難しい顔で腕組みした。

「だとしても、すんなり放免とは限らんぞ。捕縛した目付の体面もあるし、そもそも強盗だろうが辻斬りだろうが、まともに探索する気があるのかどうか。なにしろ京中の治安をあずかる侍所、それ自体がならず者の巣窟みたいなものだからな」

「どういう意味ですの」

「近頃の目付は、ほとんど盗人あがりってことさ。侍所は市中の検察権をにぎってるが、全然人手が足りないってんで、何年か前から荒くれどもを雇い入れ——微罪をおかした者を放免して手先に使うのは昔の検非違使のお家芸だが、それにならって、今や博徒に牢人、元盗賊なんかが取締りだの夜警だのにあたってるって寸法だよ。確かに連中は盗みの手口や裏の事情にも通じてるし、荒事にも慣れっこだ。けど、元盗人が本気で盗賊を追いまわすと思うか。どうせ裏では昔の仲間とつるんでるに決まってる」得々と講釈をしめくくり、朝直は咳払いした。「ま、まあ、鈴が無実っていうなら、そうなんだろう。きっと点数稼ぎに犯人にしたてあげられたんだな。運が悪かったと思うしかない」

「那智は牢から出られましょうか」

「今の状況では難しいだろうから、いずれ裁判で無実を主張するしかあるまいよ。それにしても随分と気にするのだな」

拗ねたような物言いに茅根は困惑した。

「恩人のようなものですから」

ふぅん、と面白くもなさそうに低い雲をふりあおいだ朝直の額に、柳の葉をさわさわと鳴らして雨粒が落ちてきた。

「端午(たんご)の節句もまだなのによう降るな」

急に往来の流れが速くなった。近くの家から人が飛び出し、湿った風を巻いて駆け抜けていく。小次郎が追いついてきて横に並んだ。

「騒がしいな。なにかあったのか」

角をひとつ曲がった途端、混雑にぶつかった。小雨がぱらつく中、ある屋敷の前に黒山の人だかりができている。笠月屋は目と鼻の先、だが、道幅いっぱいにあふれかえった群衆が完全に往来を塞(せ)き止めて、人波の途切れる彼岸もさだかではない。

「祇園会(ぎおんえ)じゃあるまいに、なにごとだ——ん?」通れまいか、と額に手をかざした小次郎が眉を顰(ひそ)めた。「さっきの目付」

人々の視線の集まる先、黒鉄(くろがね)の鋲(びょう)を打った物々しい造りの門の前に、巌(いわお)のような巨軀(きょく)が広い背をむけて立っている。

でも、どうして中に入らないのかしら。そこの屋敷でなにかあったのなら管轄内だろうに、件の目付は人を追い払った門前に足をとめたまま。朱鞘(しゅざや)の太刀を地面におっ立て、肩を怒らせて無言を通すありさまは背中で睨みをきかしているようでもあり、締出しを食って立ち往生しているようでもある。手下の捕方たちはあたりをうろつき、見物人を威嚇しているが、やはり中に入ろうとしない。

門の左右には六尺棒をかまえた下司が立ち番をしている。目付らと大差ない身なりながら彼らを無視するようなそっけない態度は、同輩と呼ぶにはよそよそしい。

見物人は膨れあがる一方だ。物見高い連中は後から後からつめかけ、恐怖と好奇心をないまぜに門の奥をうかがう者たちの口から口へ、不吉な囁きが熱病のように伝染する。

中で何人か死んでるって。斬られたらしいよ。土倉なんてやってる家だものねえ。さっき帰ってきたの、あれ娘婿だよ。ひとりだけ出かけてて助かったんだってさ……。

「舟木、舟木ではないか」

雑踏の中から声がかかった。

「え、あ、岡崎どの――」

「やあ、奇遇。久しいな」

町場の景色にくっきり浮いた、紫の地に赤い亀甲柄がどぎつい袖に立烏帽子。白扇でまわりの有象無象を蠅のように払いながら、公家風の男が近づいてくる。

朝直はいささかばつの悪い顔をした。

岡崎某は朝直よりひと回りほど年上、やや下ぶくれで色白の古典的な美男だが、目の下の隈に荒みの相があり、着物の色とあいまってやつれたナスといったおもむきだ。

陰気な侍が一人、影のように従っている。茅根のことを上から下までなぶるように見た岡崎は、嫌悪もあらわに眉をそびやかした。

「なんだ、それは。端女を連れ歩くなら、もっとましなのを選べ」

「いや、その、これは」

朝直が口ごもっているうちに、小次郎が優雅ともいえる身ごなしで前に出た。

「舟木さま、こちらのお方は——」

「あ、ああ、このお方は岡崎範茂どの。藤原南家の流れをくむ名家の若殿だ」

「それは、それは」

柔和な色を浮かべて、小次郎は歌うように名乗りをあげた。

「このようなところで失礼をいたしました。これは私の連れの者でございます」

と鄭重に頭をさげる。岡崎の片頬がひくりと震え、笑い皺を刻んだ。

「役者の家は眉目よしをそろえるものと思うていたが、観世では葛城神も飼っているのか？」

小次郎はさわやかな微笑をかえした。

「彼女が葛城神なら、それを昼間出歩かせる我らは役行者、さりながら朝廷を恐れさせるようなそこまでの力はございません」

風流めいた応答にあるかなしか、もし耳に留めたとて聞き違い、ともなんとも判じかねる針の先ほどの抑揚を利かす。朝直はもじもじしている。供の侍が岡崎になにごとか耳打ちした。わかっておる、と主人はわずらわしげに振り払ったが、この話は沙汰やみと暗黙の了解が成立したらしい。よろしくお見知りおきを、ととり澄ました小次郎は、

「この騒ぎは何事でございましょう」

と如才なく風向きを変えた。

「ああ、そこの土倉、池野屋というのが、昨夜、賊に襲われたようじゃ」

「またですか」

「ふむ、四件目だ、確か。商売が商売だからの、金も財も人の恨みもあつまるところよ、狙われるのも道理……おや?」

岡崎が眉根をよせる。門前で、わっと声があがった。好奇心につられて前に出すぎた若者が捕方に小突かれ、悪態をついた途端、足蹴にされる。捕方二人は棒をふるって、土に転がした相手を容赦なく打ちすえた。

「おお、おお、殺気立っておるのお」

悲鳴と許しを請う泣き声に、岡崎は愉快そうに喉を鳴らす。もう二、三発殴りつけて捕方は打つのをやめた。逃げだす若者に唾を吐き、非難めいた周囲の目を睨みかえす。

「見苦しい連中よ。野良犬みたいに嗅ぎまわって、うるさく吠え立てて、あたり構わず嚙みついて。おまけにあのなり、どっちが賊かわかったもんじゃない。ところで——」

侮蔑と嘲笑の皺を顔中にためた岡崎は白扇で口元を隠し、ついと小次郎に体をよせた。

「観世にも方々より頂戴物があると聞くが、このようなことがあると気がかりであろ？」

「いえいえ、我が館の納戸の内は舞台の道具や衣装ばかり。役者の他は用のない品で、名品、珍品の類はございませんから、万に一つも盗賊に狙われる心配など」

「しかし中には贔屓筋の大名家、将軍家から賜った逸品もあろうが」

「とんでもない。大所帯ゆえ全員の口を養うだけでも大層な物入りで、いただいた禄は右から左へ消えまする。厨をあずかる義姉など、月毎の米代だけでも馬鹿にならぬと、常々やりくりに頭を悩ませておりますれば」

「やれやれ、景気のよい話はないのう。しかし用心に越したことはないぞ」

「まあ人だけはやたらいる館ですし、腕に覚えのある者も中にはおりますので」

「むむ、そうか。それはよい」わざとらしくため息をついて、岡崎は供侍の肩をたたいた。「近頃はなにごとも金の切れ目が縁の切れ目、我が館など手当が薄いからと、ろくに奉公人も居着かん。頼りになるのは我が乳母子の、この黒川くらいじゃ」

「なあ、鈴。そんな人が多くて騒がしい館、居心地悪いんじゃないのか」おずおずと朝直が言い出した。「もっといい落ち着き先をさがすこともできると思うが」

「え——」

京の人気役者と仮にも公家が、天下の往来でする話がそれ、と所帯じみたやりとりに呆れていた茅根は、はたと虚を突かれた。考えてもみなかった。確かに人は多いし、日中は必ずといっていいほど誰かが音を出している。話し声、囃子(はやし)の音、謡の稽古……閑静とは言えまいが、居心地が悪いかというとそうでもない。館での暮らしは活気がある。たまに稽古に熱が入りすぎたとか、ちびたちがおやつをとった、とられたとかで怒鳴り声が飛ぶこともあるが、瀕死の鯉のように精彩がなかった実家の空気とは雲泥の差だ。でも、と右頬に触れる。自分のようなものは人目を忍んで、もっと静かに隠棲すべきなのだろうか。余生を送るように。

不意にざわついた胸をおさえつける。こんなことにかまけている場合じゃない。

「あの、私たち、そろそろ――」

舟木、と岡崎がさえぎった。「話がある」

他は遠ざけるように白扇をふる。小次郎が茅根の袖を引いた。声の届かないあたりまできて、それで少しほっとした。

「さっき、将軍家と昵懇(じっこん)の観世(うち)に喧嘩売るとはいい度胸だって言いました?」

「いや、そこまで思いあがっとらんよ。むこうが何思ったか知らんが」小次郎はとぼけている。「けど従兄どのはつきあう相手考えた方がいいかもな」

辛辣(しんらつ)だけど、たぶん間違ってない。

岡崎がああも権高なのは内証の、心のうちと財布の中、二重の意味での苦しさのあらわれかも知れない。なりは派手だが、裾のほころびから察するに裕福な家門ではない。身分と矜持に見合わない境遇への恨み、拗ね。それが積もり積もって、目に映るものすべて唾棄して歩くように性根をねじ曲げたのだろうか。わからないでもない。茅根の実家、久我の家格は岡崎よりずっと高い。父は庶子だが、嫡流をたどれば内大臣や太政大臣まで出した家柄だ。それでも伯父のひとりは困窮のあまり自殺した。

憤懣ばかりためたところで、今どき身分や家格だけでは生きていけない。武でも文でも商才でも——抜け道をさがす小次郎の、人の好さげな横顔を見やる。虎の威を借る狐の知恵でも、磨きぬかれた才覚がなければ。でも、狐というより狸かしら。

馬のいななきが人垣を左右に分けた。かつかつと蹄を鳴らし、鼻面をふりたてる鹿毛の背から、葡萄染の直垂をひるがえして、虎豹の敏捷さで若い武士が飛び降りる。目付の横をすり抜け、門に近づいた武士の鼻先で六尺棒が交差した。武士は張りのある声で、

「伊勢新九郎盛時、政所執事、伊勢守の命で検分にまいった」

と役向きをのべた。

庭の隅に、五色の糸でかがった毬が落ちている。腰をかがめて拾いあげた芳里は、半

ばどす黒く変色した毯と、手のひらの朱を見比べた。毯に染みた血が手についたのか、手についた血が毯に染みたのか。

客をむかえる表座敷と母屋をつなぐ短い渡り廊下に、若い女がうつ伏している。不自然に首をねじって蠟のように白く濁った顔を庭にむけているのは、池野屋の下働きのひとりだ。女の肩の間には太刀が突き立ち、乾きかけた血が寝巻と床にまだら模様を描いている。毯はその上を転がってきたのだろう。

「のう、これ、このようなもの、あまり眺めていては具合がよくないぞ」

傍で知らない男がしきりに気を揉んでいる。

「それと、できれば向こうで少し話を聞きたいのだが……」

いや、侍所から遣わされた森山某、と名乗るのを聞いた気もするが、その言葉は無意味にばらけた音の羅列となって、芳里の耳元をすり抜けていった。

母屋の雨戸は全てとりはずされ、惨劇のありさまを白々とさらけ出している。

男衆の部屋では男たちが、女衆の部屋では女たちが、黒ずんだ朱の底に沈んでいた。

池野屋は土倉を営んでいる。質草をとって金を貸し、世間では高利貸しと呼ばれているが、法外な商売をしていたわけではない。それでも大金を扱う性質上、用心棒を雇っていて、いま店にいる三人とは二年以上のつきあいになる。彼らも殺された。うち二人は母屋に入ってすぐの小座敷で、夜の慰みの酒がほどよくまわったところをやられたらしく、一人は驚愕の表情を虚空にむけて凝固し、抵抗を試みた相棒は永遠に届かぬ手を太刀に伸ばしたまま、断末魔の苦悶(くもん)を死相にとどめていた。

「もう一人は前庭に」言いにくそうに森山が囁いた。「不寝番に立っていて、真っ先に襲われたようだ」

三人はそれぞれ事情があって禄や土地を失い、地方から上洛してきた牢人ものたちだ。裁判に訴えて不当に奪われた権利と暮らしを取り戻す、そのための上洛である。しかし訴訟をおこすのは容易ではない。証人、証拠、仲介人、全て自力で集めねばならず、開廷にこぎつけたところで主張が通る保証もない。正義の秤(はかり)は力のある者に傾くのが道理で、望む結果を訟庭から引き出すには日数も費用もかさむ。そこで在京中、寝床と方便を得るために彼らは池野屋に草鞋(わらじ)を脱いだのだ。うまくいかない訴訟や故郷に残してきた家族について、彼らはたまに芳里に愚痴をこぼしたが、自分にできたのは酒をすすめて気をまぎらすことだけ。けれど、その日々もこれで終わり。

誰かに呼ばれて森山は行ってしまった。毬を抱いたまま芳里は母屋に上がりこんだ。一晩中降り続いた雨でぬかるんだ道を踏んだ草鞋(わらじ)が泥の足跡を残す。いつもなら綺麗好きの妻がすっ飛んできてがみがみ叱りつけられるところだが今日はそれもない。床や壁に凄まじく血糊を塗った館の中には、じっとりと汗ばむような沈黙がこもっている。ここにあるのは日常の残骸だ。それとも別の悪夢に迷いこんだのか。

遺骸のありさまから、太刀筋の残像を描く。ほとんどは夜具を払う暇もなく、異変に気付いて飛び起きた者も寝床の上で突き殺されている。賊は六、七人もいたのだろうか。一斉に襲いかかり、ほぼ一撃で仕留めている。危急の時、人はすぐ悲鳴をあげないものだ。ほんの一呼吸にも満たないそのわずかな隙に、賊は速やかに命を断っている。ひどく手際のいい、統制のとれた、手慣れた夜襲。

この家の主、池野道俊は帳簿の散乱する自室に横たわっていた。崩れゆく砂山のように弛緩しきった岳父の小太りの体を見るともなく見て、芳里は部屋の前を通りすぎた。不意に足元がぐにゃりとうねり、手近な柱にすがりつく。奥へ進もうとする足と、そうしたくない気持ちが食い違って体が揺れる。

この先へは行きたくない。見たくない。どうしても見たくないんだ……。

壁を伝うようにしてたどりついた奥座敷では、妻と五歳になる娘が健やかな寝顔を並べていた。寝巻の胸を朱に染めてさえいなければ……両膝をついた芳里は、眠るように死んでいる二人の枕元へ這いよった。

娘の顔の傍らに毬を置き、妻の青白い額にかかる髪を払う。妻の千鶴は、お世辞にも美人とはいえない。可憐な名は体をあらわさぬ、ずんぐりした体格、いかつい容貌ばかりか、がめつい性格まで父親似だと陰口をたたかれることもあったが、それほど気立てが悪かったわけではない。池野屋の跡継ぎとして情理のからみあう取引、かけひきの数々、算段を尽くし知恵をしぼる人々を間近で見て育ったせいだろうか。生きていくというのは一節縄ではいかないことだと、よく心得ていた女だった。

娘のふっくらとした頬に、ぽつんと血の染みが落ちている。拭おうとして、触れる寸前で指を止めた。自分の手はとっくに血まみれだ。これでは余計に汚すだけだ……。

夜具の端を持ち上げる。夏掛けがわりの小袖は重く濡れそぼち、きつく握りしめると粘つく滴が手のひらに冷たく溜まった。妻の胸元をまさぐり、娘のそれもあらためる。どちらも胸を一突き、他に傷はない。賊は余計な狼藉（ろうぜき）をはたらかなかったようだ。傷口に乱れはなく、さほど苦しまなかったに違いない。それを慈悲と呼ぶべきか？

「どうやら、ここから侵入したようだな」

急に人の声がした。顔をあげると、森山ではない、若い武士が縁側の端にしゃがみこみ、雨戸をひく溝を指でなぞっている。

「雨戸は全て、内側から掛け金を使って固定する仕組みか。だが、無理に押し破ったわけではない。と、すると――」

あたりを見回した武士は、葡萄染の袖を肘までまくりあげ、軒先に放置された雨戸を元の位置にはめなおした。それを横にすべらせて開閉を繰りかえす。

芳里の顔の上で、光と影が瞬く。明るい。暗い。明るい。暗い。明るい……。

手を止めた武士は、眩しさに目を細める芳里に、戸の縁の新しい傷を指し示した。

「立てつけが悪いわけではないが少し隙間があるな。なにか平たくて細長いものをさしいれて、外から掛け金をはずしたらしい」

庭に入ってきた森山が鍵束をふった。

「ああ、新九郎どの、ようやっと鍵が見つかった。倉が開きますぞ」

「随分と手間取ったな」

新九郎が袴をはたいて立ち上がった。

池野屋には二つの土倉がある。敷地の奥に並んだ倉の、むかって右側は質草を預かるためのものだ。なんとなくついていった芳里の前で、森山が扉にかかった錠をがちゃつかせる。焼亡を防ぐ漆喰(しっくい)の壁を見上げ、新九郎が短く刈りこんだ口髭をさすった。

「鍵がかかったままとは解(げ)せぬ。押し入った連中、お宝の詰まった倉を見逃したのか?」

「左の倉は開いていましたが……おっ」

かちりと音がして錠がはずれ、大槌(おおづち)で殴っても壊れそうにない分厚く頑丈な引き戸が重々しく開いた。新九郎が芳里をふり返った。

「なにかおかしなところはないか、ひと通り見てくれぬか」

芳里はのろのろと倉の入口へ進んだ。ひんやりと静まりかえった倉の空気に乱れはない。薄ぼんやりと浮かびあがるがらくたと名品の混沌を見渡し、一角を指す。

「このあたりが少し動かされているようにも思いますが、こちらの倉は店の者が日に幾度も出入りします。私は四日ほど商用で家をはなれておりましたので、その間に預けられた品、請け出された品もございましょう。詳しくは帳面を見ないとわかりませんが」

「では、とりたてて荒らされているわけではないのだな」

「はい、特には」

「となると、狙われたのは隣の倉か」

隣には銅銭と証文などの書類が収めてある。

左の倉に移動した新九郎は、壁際に並ぶ大甕(おおがめ)をのぞきこんだ。

「見事に空だな」

他も似たようなものだろうが、池野屋では中央に穴の開いた銅銭を決まった額ずつ紐に通し、甕に入れて保管していた。それが全て消えている。

「それにしても、まあ、すごいものだ」同じように甕をのぞいた森山が、感嘆半ば呆れたように頭をふった。「土倉の倉に入ったのは初めてだが、これだけの甕を満たすとなれば相当な額の銅銭を蓄えて……あ、いや」

不謹慎と思ったか口をおさえたところへ、倉の中を一回りして新九郎が戻ってきた。

「額も額だが重さも相当だったろうに、よくも根こそぎ持ち去ったものよ。右の倉から唐渡りの茶碗でも持ち出した方が、よほど楽そうだ。中には高値のつく名品もあろうに」

「しかし銅銭のほうが勝手が良いのでは？　質草となると小袖二、三枚ならともかく屛風だの甲冑だの、ものによってはかさばるし、壺や香炉は割れやすく運びにくい。名のある品だと闇でさばくのも面倒な上に、手配の網にひっかかることもある。盗品と知りながら買い受けることは罪になるから、買手も慎重になりますし」

「そこへいくと銅銭は銅銭か。京中なら、まずどこでも使えて足もつかんしな」

新九郎は甕の列と反対側にたつ書棚に目をやった。古い帳面や証文、土地の権利書など、店にとって銅銭と同じじか、それ以上に大事な書類が平積みにされている。

「こっちも同じ理由で手つかずか」

母屋に戻ると遺体の運びだしがはじまっていた。下司たちが二人一組で戸板に骸を乗せ、担ぎ上げようとして無様によろめいている。

芳里は計のいかない作業をぼんやりと眺めやった。温く濁った泥水につかっているように全ては緩慢で、不鮮明で、重たく不快で、息苦しい。それなのにまわりの景色は常と変わらず、滞ることなく流れていく。

「待て——」

新九郎が片手をあげて、渡り廊下の死体を片付けようとしていた者たちを止めた。女の体を仰向けにして胸に傷があるのを確かめ、背の傷と比べ、廊下を見渡して腕組みする。

「おかしいな。この者だけ、どうして他の者たちと離れているのだ」

はて、と森山が首をひねる。

「なにか変ですかな。ここまで這い出てきて、とどめを刺されたのでは」

「いや、血痕からして他と同じく寝床の中で胸を一突き、それで絶命したはずだ。背の傷には出血のあとがない。死人に斬りつけても血は吹き出まい？　なのに、わざわざここまで引きずってきて太刀を突き立てている」

なぜだ、という問いが宙を漂った。

「まるで舞台のような、誰かに見せつけてやるとでも言いたげな――」

ぎくりとして、芳里はその舞台を見た。

新九郎はしばらく考えこんでいたが、やがて手をふって死体を運ばせた。

もう少し聞きたいことがあるという新九郎と、芳里は表座敷で向かいあった。普段は商談に使う部屋で、こちらは荒らされた形跡はない。森山も腰を下ろしたが、どことなく心配そうにしている。新九郎が口火を切った。

「土倉では用心のために人を置いているのが普通だが、ここでは三人だけか」

「そうです」

「この規模の店にしては、ちと少ない気がするが。二月頃からこちら土倉ばかり三件、続けて襲われた件は知っていよう？」

汚れた手に目を落としたまま、芳里は浅くうなずいた。

「確か、苫屋（とまや）、三嶋屋（みしまや）、随心尼（ずいしんに）、でしたか……。手口はどれも同じで、夜のうちに忍び入って家中皆殺し、女子どもも徹底して息の根を止めるという容赦のなさと聞きました。他の店も銅銭ばかり奪われたとか……？」

「そうらしい」森山が眉根を抑えて答えた。「その三件は他の者が調べているが――」

「賊の正体もわからず、侍所の追捕も間に合っていないと、このところ京中の同業者の間ではその話ばかりでしたし、どうしたものかと義父（ちち）とも話しあっておりました」

日によってはそろそろ蒸す季節ながら、厳冬さながら雨戸を閉めきって就寝していたのはそのためだ。無意味だったが。

「ただ私ども程度では、そう大勢を常に置いておくことはできませんし、人を増やすにも急いで迂闊（うかつ）な者を雇うわけには――」

「引きこみ役に入りこまれては本末転倒か」

新九郎はとりたてて気遣うふうではないが、詰問という口調でもない。

「渡り廊下で死んでいた女のことだが、どういう者だ」

「どう、と申されましても……、ごく真面目な、目立たない女でしたが」

「家の外か中で、なにか問題があったとは？」

「私の知る限りは、なにも」

「ただの下働き、か？」

「ただの……？　ああ」

なにを勘ぐられているのか察しがついて、芳里は自分の顔に触れた。頬の肉が歪んで指の血をなすり、笑ったのだと自覚する。

「いいえ、そうしたことは何もありません」

新九郎は質問を続けた。「商用で四日ほど留守にしていたそうだが、一人で出たのか」

「いえ、供の者二人と三人で。帰途、私は古い知己の——」かすかに言いよどんで、言いなおす。「昔召し使っていた者の家を訪ねて、そのまま泊まりました。そこの女主人は我が乳母で、年に何度か会いに行きます」

「他の二人は先に帰して、一人だけ泊まったということか」

より道せずに帰ってくれれば、こんなことにならなかったのだろうかと、ふと思う。

「私事ゆえ……」

「こちらへは今朝方、帰ったそうだな」

「このところ夢見が悪うて、昨夜もよく眠れなくて。それで朝早く発(た)ちましたので」

「虫の知らせというやつですな」

人の好い森山が気をまわした。

「もうひとつ、小耳に挟んだのだが――」

芳里は顔をあげて、新九郎を真正面から見た。虎のような男だ。恐れを知らぬ、恐れを知っても前へ進むことを迷わない目をしている。

「もとは赤松どのの臣と聞いたが？」

だとしたら、これが報いか。

道行く人の目が気にかかる。人という人の目が自分の顔に吸いよせられてくるようで、火傷の痕がひりひりと疼く。被衣姿で出ればよかったと茅根は悔いたが、被く衣がないし、庶民の女は顔をさらして歩くものだ。

――被衣もなしで出歩くなんて下女みたいじゃないか。

朝直とは池野屋の前で別れたが、その言葉が逆刺のようにひっかかっている。

――尼寺というならまだわかるが……。

すれ違った男が、ちらと流し目した気がして思わず右頬をおさえてうつむくと、ひどく泥はねした裾が目に入った。先ほどの人ごみでやってしまったらしい。

別れ際、近々訪ねると朝直は言ったが、正直、気が重い。胸にわだかまった重さがため息となって口をついて出たところで、先を歩いていた小次郎が立ち止まった。

「ここだ、笠月屋――」

その昔、三代将軍の寵姫となった才色兼備で酒豪の遊女は、この東洞院界隈から出たという。そうした昔語りにふさわしく、店の格も客種も最高級の傾城屋の入口は、こざっぱりと上品な町屋のしつらえになっていて、悪所のいかがわしさは微塵もない。

「わしらは客じゃないしな、裏へまわろう」

脇の細い路地に入ると、かすかに音曲の調べが流れてきた。おとなしく造った正面にくらべて館そのものはかなり奥行きがあり、白っぽい土塀がずっと続いている。

この白壁のむこうは歓楽の園だ。地位も財もある男たちが、美しい生き人形相手にたわいない遊戯に耽る夢の館。女たちの白く塗りこめられた面の下に、朱唇に浮かぶ媚笑の陰に、薄絹にくるまれた温柔な胸の底になにがひそんでいるのか。どろりとした淀みの淵か、ぽっかり空いた虚か。頭に花を飾って迂闊な蝶がとまるのを待ちうける蜘蛛か。いずれそれを知らぬまま客は綺麗な上っ面だけを愛でるのだから、まさにお人形遊びだ。

曇天のぼんやりした明るさの中で、白々とした壁の連なりがゆっくりと歪む。

そういう男を一人知っていた。店をたたんだ柏屋の亭主が、その後どこでどうしているのか知らないし、興味もないが。

かたく閉ざされた木戸の前を通りすぎた。近くの壁にはしつこく洗ったような灰色の染みがあり、黒い点々が浮かんでいる。小次郎は先へ進み、開けっ放しの木戸をぐった。奥の木戸は厨に直結していた。客の目にふれるところは華やかに飾りたててあるのだろうが、こちらは店の舞台裏。殺風景な勝手口の前に、色褪せた小袖に前垂姿の女がたたずんでいる。足元には古びた戸板が倒れていた。小次郎がこつこつと木戸をたたくと、女がふり返った。二十歳くらいの、やや色黒の下女は、あら、と少し気取った声をあげた。

　小次郎は色男というより愛嬌のある顔つきなのだが、舞台の上で輝くものは舞台をおりてもそれなりに光を放つらしい。薄青の単衣に萌黄の小袴と、普段使いながら涼しい色をとりあわせた装いは、鬱陶しい空模様の下でもさりげなく映える華がある。

　髪に手櫛を走らせてはにかんだ下女は、しかしすぐに渋い顔になって手をふった。

「ちょっと、ここに顔出すのはまずいよ。あんたんとこの若いのが、昨夜うちのお客殺しちゃったんでしょ。そう聞いたよ」

「姐さん、そりゃ間違った話だよ。なにもかも目付の早とちりなんだ」

「あらま、そうなの？」

　大げさに驚いた下女は、小次郎の背に隠れるように立つ茅根に気づいて、げじ眉を顰めた。値踏みするように睨めまわした目に瞬いたのは、好奇、憐憫、優越、なんだろう。

「それじゃそっちも災難ってことね。でもとにかく今はまずいの」

　小声でまくしたてた下女が二人を植えこみの陰に押しこんだ時、勝手口からあらわれた下男が、肩に担いでいたものをどさりと戸板の上に投げ落とした。ひっ、と喉をつまらせて茅根は小次郎の腕をつかんだ。

花模様の小袖をまとった遊女の右手が、ふくよかな胸乳の下に刃元まで押しこまれた鍔のない懐剣を握りしめている。複雑な形に結いあげた髪が崩れ、ゆるんだ元結いからこぼれた黒髪が女の白い面輪を半ば隠す中で、紅をさした唇が艶めかしいが、乱れた裾からのぞく脚は生気を失って青白い。

また遊女が二人、勝手口にあらわれた。戸口にしゃがんですすり泣く娘の背に、もう一人が手をそえて慰めている。骸の胸から懐剣を抜いて捨てた下男は、死人の帯を解き、小袖をはぎにかかった。下女が小次郎に体をすりよせて耳打ちした。

「殺された客のなじみだった若菜って娘よ。朝からずっと部屋で泣きどおしで、昼まわって急に静かになったんで、仲の良かった、あそこで泣いてる藤枝って娘と隣で慰めてる橘乃が様子見に飛んでいったら、この様で」

藤枝が濡れた顔をあげた。橘乃もともに同じ年頃、同じ髪型に同じ眉、同じ化粧で、死んだ女に気味が悪いほど似ている。

「若菜、死んだ男とは身請けの約束までした仲で、そう誓った書きつけ、誓紙っての？　それを赤い絹の端切れで、これくらいの、おそろいの守り袋に作って肌身はなさず持ってるって、嬉しそうに話してたっけ。けど、なにも死ななくたってねえ」

「それじゃ後追いだっていうのか」

「まあ、花街の水があわなくて落籍(ひか)されたがってたからね。今時分、珍しかないけど、もとはいいとこのお姫(ひい)さんとかで和歌なんか詠む娘でさ。そこそこ売っ妓だったし、二十歳前で面もいい、ここはひと踏ん張りして別の上客つかまえりゃすむ話だろうに、本当、馬鹿よ。お陰で御亭主の機嫌が最悪でさ。こっちはあたりちらされて散々だよ」

その愚痴が終わらぬうちに厨の奥から、いつまで泣いてる、と怒声が響いた。橘乃が藤枝をなだめて立たせ、肩を抱いて館の中に消える。噂をすれば、と首をすくめる下女にも壁越しに見透かしたように叱責が飛ぶ。

「怠けてないで、とっととその小袖を洗いにいかないか。染み抜きして繕えば、まだ使えるだろう。簪(かんざし)や帯も忘れずにな。盗ったらただじゃおかんぞ」

死人の持ちものをかき集めて井戸へ走る下女の背を脅しつけ、庭は荒らされるし大損じゃ、というぼやきに、ぺっと唾を吐く音が重なった。

「大枚はたいて買ったのに、身の代の半分も稼がないうちに死におって。ああ、その忌々しい懐剣も持ってこい。質に入れたら、ちっとは穴埋めの足しになるだろう」

どすどすと奥へひきかえしていく足音を追い、懐剣を拾った下男は厨に入っていった。

もう少し詳しい話を聞こうと、小次郎が下女の後を追う。茅根は植えこみの陰を出て、乱雑に投げだされた遊女の骸に近づいた。

顔にかかる髪を払えば自分とさほど齢（よわい）も違わない娘の、青い瞼（まぶた）を閉じた死に顔は思いのほか安らかだ。せめて見苦しくないよう単衣を整え、両手を胸の前で組ませてやる。死んでいる。それだけが救いだ。どんな辱めも、もう彼女にはとどかない。

仲間を連れて戻ってきた下男が茅根を押しのけ、戸板を運びだしていく。木戸をくぐる際、角があたって斜めに傾いだ戸板から、赤い小袋がすべり落ちた。茅根は駆けよって拾いあげた。これが例の守り袋だろう。

死体を棄てにいく男たちの、陰鬱な背が遠ざかる。自分もあんな風に運ばれ棄てられた。それを知ったら朝直はどんな顔をするだろう。拾う神がなければ自分は今ここにはいないが、今日のような日は、死んで安らうのとどちらがましだったかと物憂くなる。

四

「なんだ、その顔は。頭の黒い大きな猫にでも掻かれたのか」

「いてっ、つっつくな。その手の猫っちゃ猫だが、色っぽい話じゃないわい」

赤い線が走る頬をむっつりふくらませ、大江センナリビョウタンとかいう公家の母親にやられた、と小次郎はぶつぶつ愚痴った。それは災難、と那智は口先だけで同情した。

捕縛から二日目の朝である。

小次郎は前日、笠月屋を訪ね、その後、殺された大江千成の家まで足をのばした経緯を説明した。とりあえずお悔やみを口実に門をたたくと、家人はあまりいい顔はしなかったが、とりつぎはしてもらえたという。

「と思ったら、えらい剣幕の母御が飛び出てきてな、吾子を殺した男の仲間かって言い訳する間もなくばりばりっと……。家の者がひきはなしてくれたが母御はそのまま卒倒するし、もうてんやわんやで。即刻おひきとり願われてしもうたわ。けど他の弔問客とは話ができたぞ。千成という男、懐具合に見あわぬ遊び好きで、笠月屋の若菜に通うほかにも方々につけや借りをためとったらしい。その手の弔問客がずらっとおって、香典返しにいかほどいただけるか気を揉んでおったよ」

那智は腕組みして顎に手をやった。

「そんな懐寒い男が遊女の身請けを？」

「遊び人の空手形でないの。遊里じゃ男は見栄はるもんだ。そのほうが女たちにちやほやしてもらえるし。誓紙を入れたおそろいの守り袋なんて、いかにも小道具っぽいわ」

「なんか実感がこもってるな」

「むむ、失敬な。この懐のどこに、そんな金のかかる遊びをする余裕がある」

袂（たもと）だってこんな軽い、と袖をふってみせる小次郎の隣で、茅根は言葉少なにたたずんでいる。もともと口数の多い娘ではないが、それにもまして心にかかることがあるらしく、伏せがちの瞼に愁いの影がさしている。

「ところで、若菜という娘の死に様はどんなものだった。首でもくくったのか」

「いや、懐剣で我が胸を一突き。懐剣というより小柄に近いかな。漆塗りのやつでさ」

哀れなことよな、と小次郎が嘆息をもらす。

「その女だが、手に傷はあったか」

「さあ、どうだったかな……。なんで、そんなことが気になるんだ」

「自分で自分を刺すのだぞ。相当な力がこもる」

小次郎の腰帯から扇子を抜きとった那智は、それを懐剣に見たてて実演してみせた。

「我が身を突く時は、たいてい片手で柄を握り、もう片手で柄頭をたたくが、懐剣は鍔が小さいか無いか、どちらかだ。塗りものならなおのこと、力をこめた瞬間、握った手が刃のほうへ滑って傷つくことが多い」

ずっと黙っていた茅根が顔をあげた。

「近くで見ましたが手はきれいでした」

「まさか自害ではないというのか」

「一昨日の夜、笠月屋の中を見た。よくある造りだが、同じ形の曹司がずらりと並んでいて、部屋をかこむ四面のうち二面以上が襖だ。あれなら女を刺した直後に誰か表に来ても、脇の戸から逃れることは容易だ——」

ここで続きを話すべきか那智がためらった時、のっそりと獄舎に入ってきた大柄な影が濁声で横槍を入れた。

「面会時間は終わりだ。帰んな」

「今来たばかりじゃ。まだ話が終わっとらん」

しっしっと追い払う小次郎に、金壺眼に潰れ気味の獅子っ鼻がいかにも強面の目付は、太眉を動かし、ほっぽり出せ、と背後の手下に命じた。あっなにしやがると小次郎が喚く。抵抗虚しくほっぽり出される二人に、目付の真板は厳つい顎をしゃくった。

「あいつら、なにを嗅ぎまわってる」

「目付が仕事をせんから、その労をあれらが負っておるのよ」

真板は乱杭歯をむきだして笑った。明けっぴろげな笑顔が、恐ろしげな風貌に茶匙一杯くらいの人懐っこさを加味している。

「仕事はしておるさ。汝を捕まえた。楽な仕事だったが、もっと楽さしてほしいもんよ」太い腕を格子にもたせ掛ける。「池野屋、知ってるか。昨夜、賊に襲われて全滅した土倉だ。笠月屋の目と鼻の先だってのに夜が明けるまで誰も気づかなかった。近くを巡回してた夜警も遊女屋に集まってたからな」

「だから？」

「汝も賊の一味じゃねぇのか。笠月屋で騒ぎをおこして、人目を引きつけてる間に、仲間が池野屋に押し入る——」

「なんだ、それは。京中の全ての凶事の責めを俺にかぶせようというのか」

「だんまりしてると罪状が増えるぞ。嫌だったらやったこと全て、どどっと吐け」

「吐け吐けって、もう耳にたこができたわ。けど、腹の中にないもんは吐けん」

耳に小指をさしいれ横柄にそっぽをむきながら、那智は慎重に真板を観察した。はじめから、なにかおかしい。この捕縛は見せかけほど単純な誤認ではない。

本来、捕縛後の取調べは目付ではなく、上級職の寄人の職分だ。だが真板は、あれこれ無茶な理屈をつけて、この件を手元におさえている。でっちあげでも、とにかく犯人を挙げたいのか、本心から勘違いしているのか。いずれにせよ手柄を狙っているのだとしたら拷問してでも自白させそうなものだが、尋問は手ぬるくおざなりで、まるで捜査しているという体裁を繕うための茶番のようだ。

目付が笑顔で凄んだ。「さっきの優男、人気の能役者だってな。あの娘も顔の傷はちともったいないが、どっちも掃き溜めに鶴だ。けど鶴だろうが亀だろうが、汝を牢から出す役にはたたねえよ。素人が捕物の真似しても火傷するだけだと、次来たらそう言ってやれ」

「それはどうかな。あっちの優男は汝の上役より、はるかに上の御方を動かせるぞ」

冷笑で挑発しかえすと、真板は笑みを消して眉根をぐいと歪めた。

「ああ、そうかい。観世座といや公方さまのお気に入り。ちゃっと踊ってみせりゃ褒美がもらえるとは、役者ってのは羨ましいね。こっちは駆けずりまわって人殺しだの盗人だの捕まえても御手当は雀の涙、上役からはお褒めの言葉ひとつねえ。そのくせ、ちっとでも捕縛が遅れようもんならぎゃんぎゃんうるせえわ、これだから盗賊あがりは、とかなんとか馬鹿にしやがって。連中だって御立派な家に生まれたってだけで、中身は大して上等でもねえのに、つまらん身分に生まれつくってのは、おい、まったく運がないもんだな」

腹に溜めた不平を吐ききって目付は口をへの字にし、決まり悪げに鼻の下をこすった。

「ま、汝も運がありゃ出られるだろうよ。運がなけりゃこれってだけだ」

手刀を喉元にあててみせ、足音荒く去る広い背を、那智は格子に額をつけて見送った。しっかり見張れよ、という不機嫌な命令に牢番が生返事する。

生まれや身分について真板の運命観には異論もあるが、それは脇に退けて推断するに、路地裏の殺しは奴の仕業だ。

夕方になってまた雨が降りだした。牢内備えつけの腐った筵(むしろ)でなく、差し入れの清潔な筵に寝転んで雨粒が屋根をたたく音を聞きながら、那智は考えをめぐらせた。

なぜやったたか、などと考えても意味はない。だが誰に可能だったかと問えば、答えは簡単だ。あの夜の笠月屋の警備は厳しかった。館内は細川の家人と番衆がかためており、他の客は宴のはられている座敷には近づけず、館の周囲は目付らが巡回していた。ごまんといる警備が目を光らせる鼻先で三人も斬るというのがどれほど危ういか、童でもわかろうというものだ。まともな辻斬りなら考えもしないだろう。ならば逆に、その場にいて怪しまれない者こそ怪しい、と考えるのが順当だ。

細川家と番衆は同じ曹司につめて警備にあたっており、どちらかが相手方の目を盗んで犯行におよぶのは不可能で、かばいあう必然もないとすれば、こちらは無関係と見てよい。第一、事件がおきたのは館の外だ。

外まわりの担当は真板と彼の配下だ。おそらく筋書きはこうだ。彼らは任務を利用し、警備を口実に裏道から余人を遠ざけたうえで標的を誘いこみ、斬って捨てた。奪った直垂を仕込み、頃合を見計らって手下の一人が叫びながら庭に走りこむ。観客が集まったところで、血まみれの直垂を手にした間抜けなカモをふん縛れば、いっちょうあがり、少々の矛盾は無視して演出効果絶大というわけだ。

くそ、と毒づいて寝がえりをうつ。

若菜という娘の死も気になる。自害の可能性は皆無ではないが、情夫の後追いにしては早すぎる。絶望は、もう少し緩慢に心身を蝕(むしば)むものではないのか。

仮に若菜が自害でないとすれば殺した者が笠月屋の中にいることになるが、それは那智がひかえの間を出た隙に忍び入って直垂を隠した、真板の協力者だろう。真板なら笠月屋の庭先に出入りしても怪しまれないが、座敷に近づきすぎればやはり見咎められる。館の中には遊女の他に遊女付きの禿や下働きの女、男衆もいる。亭主も座敷に出て挨拶したはずだ。その誰かが目付の片棒を担いだ。

腹立たしいことに牢内にとどめられた身では、なにひとつ証明できない。既に四人死んでいる。本当に目付がかかわっているなら、これ以上、小次郎たちに沼底の泥をひっかきまわす真似をさせるのは危うい。それよりもいっそ将軍に泣きついてもらったほうが、立つ角が少し丸くおさまるかも知れぬ。それだと将軍御所に呼ばれた折に機会をとらえて訴える、という手筈になるだろうが、それがいつかはわからない。いずれにせよ今は待つしかないのか……。

思考が堂々めぐりし、とろりと意識が濁る。微睡みの淵で浮きつ沈みつ、夢と現の境を漂っていると、妖しい気配がよぎった。

格子のむこうに黒い影が立ち、ゆっくりと異形の面がこちらをむいた。つりあがった黄金の双眸に大きな嘴。鳶天狗の面。掲げた手には、牢の格子戸を固定する海老錠が握られている。手をはなす。落下した錠前が地面で鈍い音をたてる。

そこで夢が破れた。鳶天狗の姿は消えている。那智は牢の戸を押した。開く。雨音はやんでいるが、それだけではない。静かすぎる。頭だけ格子の外に出してうかがうと、獄舎の入口につめているはずの牢番の姿がない。まさか、と呟いて、那智は牢を出た。

二日ぶりに外へ出ると、湿った夜気が全身を包んだ。夜風は草の香りがする。

少しはなれた土塀の側に黒い影がうずくまっている。近づいてみると牢番が壁につっぷすように倒れこんでいて、首筋に指をあてると脈をとるより先に血がついた。土塀にむかって用を足していたところを背後から襲われたらしく、首を一周するように切られている。悲鳴をあげる暇もなかっただろう。

ふりむくと鳶天狗が立っていた。丸く彫りぬかれた眼(まなこ)の暗い洞(ほら)の奥から、じっと那智を見つめていた鳶は、やにわに大きくふりかぶり、手にした石を番所の母屋めがけて放った。雨戸にはじけた飛礫(つぶて)の音に、何事かと中で声があがる。人が出てくるより早く、鳶は朽ちた荷車を踏み台に獄舎の屋根に飛びあがり、土塀を乗りこえて姿を消した。

母屋から様子見に出てきた男が、手にした松明で那智の姿を照らし、息をのんだ。脱獄だ、という叫びに、ばたばたと母屋の戸が開き、おっとり刀で捕方が次々飛び出てくる。弁明の暇はない。那智は死んだ牢番の小太刀をとり、松明をかかげた男めがけて抜打ちに斬りかかった。のけぞる相手の鼻先で刃をふるい、松明の頭を切り飛ばす。火は近くの水溜まりに落ち、蒸気をあげて消えた。夜の闇が捕方たちの視界を寸断した隙に、鳶と同じやり方で獄舎の屋根にのぼり、土塀に移る。

そこでわずかに逡巡(しゅんじゅん)した。最善の方法とは思えない。ここで逃げれば帰路は遠のくばかりだ。が、牢に入りなおすのも賢明ではない。牢番の死体が見つかって背後の殺気は高まっている。袖搦（そでがらみ）と突棒（つくぼう）を持ってこい、と指示が飛び、長柄の捕物道具が運びだされてくる。今ひきずり降ろされたら永遠に帰れなくなってしまう。やむを得ぬ、と意を決し、那智は塀の外に広がる夜の都に飛びおりた。

五

庇の内まではねてくる雨滴を袖でよけつつ、茅根は半開きになった書庫の戸を開けた。今日は昼日中から薄暗く、室内では灯がないと手元もおぼつかない。運んできた灯台を戸口に置いて、奥の人影に声をかける。

「お灯火に気を付けてくださいまし」

「あ、ありがとう――わっ」

書棚に積まれた草紙の下の方を無理に抜こうとして、草紙の山が一挙になだれ落ちた。小次郎は自分の頭を拳で小突いた。

「あいつがおらんと、どうも片付かん」

小次郎の身辺のこまごまとした雑用や、執筆用の資料の整理は那智の役目だ。

その那智が牢から消えて、三日たった。脱獄の直後、番所の連中が館におしかけてきて、玄関先で一座の者たちと殴りあいの喧嘩になりかけた。太夫が出て、役目とあれば致し方ない探索を妨げる気はない、と双方をなだめ、ただし当方にも体面というものがあり、そちらも家捜しして見つからず観世の名に傷をつけただけで終わった場合のことも考えておいたほうがよい、と滔々と述べ、それでも家捜しするなら館にあがる前に泥足を洗うように、と言い渡した。目付以下、全員がおとなしく足を洗った。最初の威勢にくらべて遠慮がちな手入れがおこなわれたが、いない者が見つかるはずはない。館の者たちの棘だらけの視線をあびて、彼らは早々にひきあげた。だが、館の周囲には見張りの影が立つようになった。

草紙を拾いあげ、茅根は表紙の塵をふっと吹いた。厚様の装丁は心なしか湿気をふくんで、微妙なやわらかさが頼りない。

「でもまあ、そのうち帰ってくるさ」

棚を整理しながら小次郎が請け合った。

甲高い笛の音が重い空気をつんざき、すぐに止んだ。雨に降りこめられた一座の者たちが座敷で稽古しているのだが、どことなく皆ぴりぴりしている。

「正直くさくさするのは仕方ないが……」

知りあってまだ一年、そう鷹揚とかまえていられるほど、茅根は那智を知らない。

「もう長いおつきあいなんですか」

「三年くらいになるかな。親父が出先で拾ってきたんだ。で、わしに押しつけた。弟子として面倒見ろと」

「音阿(おんあ)、いえ、先代が？」

「新顔が増えるのは珍しいことじゃない。他座をのぞいて有望そうなのがいれば、声かけて引き抜くこともある。もっとも那智は芸人の生まれじゃないだろうが」手元の草紙をめくる小次郎の口元に思い出し笑いが染みだした。「あいつ、まだよちよち歩きの天鼓を背中にくくりつけてうちに来たんだが、その時の恰好ときたら丸刈り頭に衣は墨染――」

「ご、御出家でしたのっ？」

子どもができて寺を追い出された破戒坊主だろうか。それとも大切な誰かを亡くしたとかで気の迷いでも起こして頭を丸めたか。経文で鼻くらいかみそうな男だが。

「坊主っていうか、いいとこ僧兵だろうが、最初はてっきり親父の隠し子かと思ったね」

「どこも似てませんわよ」

「そりゃまあ、そうだ。けど……、そういや昔のことはよく知らないな。でも、そのうち何か言ってくるさ」

雨はそのうちあがるよと当然至極のように穏やかに言い切る小次郎に、もう一度火の用心の念を押して茅根は書庫を出た。

でも今はこの降りよ。滝のように白い飛沫をあげて、軒先から雨水が落ちてくる。庭のむこうの土塀さえ、篠突く雨にぼやけて見通しはきかない。

厨へ戻ると、笊の豆を選っていた女が勝手口のほうへ目配せした。

開けっぱなしの戸口には五、六歳くらいの稚児が膝を抱えて座りこみ、どしゃぶりの雨の帳を眺めている。昼をまわって竈の火を落とした厨は、雨の音しかしない。

やりかけの繕いものを手にとって、茅根は雨の色に青白く映える稚児の頬に目をやった。心配なのは天鼓のこと。この数日あのように元気がない。那智もせめて無事なら無事と、どうにかして言伝のひとつもよこせばよいものを。いっこうに音沙汰なしとは、どういう料簡か。不意に力がこもって、手の中でぶちっと糸が切れる。まさか本当に一人で逃げたのかしら。だったら、なんて甲斐性なし。

半分以上も針を進めておいて自分で駄目にした繕いものに、情けない心地でため息をつく。引っ張ったせいで縫い目までおかしくしてしまった。やりなおしだ。

茅根は小次郎のようには楽観できない。ほとぼりが冷めるまで、しばらく那智が京をはなれたとしても責められない。無実を明かすために足掻くより、その方が現実的だ。でも、と稚児の沈んだ横顔を見やる。そんなふうに諭しても天鼓には何の慰めにもならない。

せっせと糸をほどいていると、戸口に人影が立った。蓑笠(みのかさ)姿で籠を担いだ客が二人、水滴を払って入ってきた。一人が腰をかがめて天鼓の顔をのぞきこむ。

「どうした小さいの、すっかりしょげてるな」

「あの、どちらさま――」

茅根が声をかけると、客は笠をとってむきなおった。浅黒く日焼けした、三十前後の落ちついた感じの男の顔があらわれる。

「信光どのに御取次を。糸桜の御縁といえば、わかります」

ほどなく小次郎が厨に駆けこんできた。

「おおっ、又四郎――」と吉坊(きちぼう)、とつけくわえた小次郎を、連れの若者が睨んだのは坊呼ばわりへの異議申し立て。「こんな雨の中を、いったいどうした」

又四郎は、作庭を生業とする山水河原者(せんずいかわらもの)の長、善阿の嫡孫だ。祖父は将軍直々のお声がかりで別荘の庭作りを任されるほどの名人だが、その孫も頭の切れる若棟梁らしい。吉坊こと吉三は部下で、いずれも小次郎とは、この春ふとしたことで知りあったという。

又四郎と吉三は籠をおろし、雨除けをとった。かすかに苦く清(すが)しい、青いような芳香がたちのぼる。籠には両刃の剣のように細長く尖った葉が山と盛られ、白い毛のはえた蓬(よもぎ)の束もちらほらと交じっている。

「長雨の見舞でございます。菖蒲(しょうぶ)の香は邪気を払いますゆえ、お納めを」

「ありがたいし見事な菖蒲だが、正直、今それどころではないのじゃ」

「ま、そう言うな。厄払いが必要だろうと思って持参したのだ」

口調を変えて含みをもたせる又四郎に、小次郎は困惑の面差しを渋面に塗りかえた。

「まさか、もう噂になっとるのか。言っとくが、うちの者は何もしとらんぞ」

「だろうな」やけにあっさりうなずいた又四郎は、菖蒲の籠に手をつっこんだ。「表で目つきの良くない連中に止められた。出入り先への挨拶まわりと言ってすり抜けたが、荷を詳しく調べられたらことであった」

籠の底をさぐってひきだした一輪の杜若(かきつばた)を、天鼓にさしだす。紫色の花をつけた茎には、細く折りたたんだ文が結んである。

「話は一通り聞いた。これでも真贋(しんがん)を見極める目は養っているつもりだ。木石に限らず、物でも人でもな。おさがしの男は今、うちにいるぞ」

壁の破れ目からさしこんでくる淡い光が移ろうのを眺めていた那智は、不意に外でわきおこったざわめきに、小太刀に手をかけ身がまえた。五感を研ぎ澄まし、気配をさぐる。なにも聞こえない。音の主は水鳥か何かだったのだろう。

太刀よりも舞扇を手にする時間が長くなって久しいが、幼時から身に染みついた習性というのは、なかなか抜けないものらしい。

那智はため息をついた。文は届いただろうか。天鼓のことは、我が身に何事かあろうとも観世座にいれば面倒は見てもらえるから心配ない。だが心細い思いをしているだろう。又四郎がうまくやってくれるといいが。山水河原者の若棟梁とは今回のことがあるまで直接の面識はなかった。小次郎から話を聞いていただけだが、それで使えると判断した。

又四郎が提供してくれた隠れ家に身を潜めて二日、捕縛されてから五日だが、一日三秋の思いが五日も重なれば、もはや千秋にも等しいもどかしさがある。

焦ってはならぬと己をなだめ、どれほど待ったか。正体を隠そうともしない足音が近づいてきて、小屋の戸に垂らした筵がめくられた。又四郎が顔をのぞかせる。ついで吉三の雨具を借りた小次郎が笠の端を持ち上げた。

しばらくして、なんだと、という怒号がぼろい掘立て小屋をがたつかせた。

「それでは、はじめっから自作自演の狂言ではないか」目付主犯説を聞いた小次郎は、あん畜生め虚仮にしおって、どうしてくりょう、と頭から湯気をふいてあたりを歩きまわった。「よし、やつの尻尾をつかめば、そなたの嫌疑も晴れるということだな」

「それはそうなんだが、ちょっと落ちつけ」頭を冷やせ、と手で扇ぐ真似をして、那智は戸口によりかかって忍び笑いしている又四郎をふり返った。「又四郎たちに少し調べてもらったのだが、真板は評判のよい男ではないな。盗賊あがりで、それなりに功もあげているが、盗人の上前をはねて見逃したり手入れの情報を流したりしているという噂もあるようだ。だが意味もなく三人も、若菜も含めれば四人だが、殺すとは思えん。なぜ殺した？」

そこに答えが書いてあるかのように、小次郎は低い天井を睨んだ。隅の暗がりでは小さな蜘蛛が銀色の糸をひいている。

「東洞院の花街は真板の縄張で、笠月屋も立ち回り先のひとつだろ。大江は客だ。真板が元盗人で笠月屋に仲間がいるっていうなら、昔取った杵柄で、またぞろ盗みかなにか悪事の密談を大江に聞かれて、口封じしたってとこじゃないのか」

「だったら、こっそり闇討ちすればいい。あんな派手な捕物にする必要がどこにある」

「ううむ、それもそうか」

わからん、と小次郎は頭を掻きむしった。

「なんか辻褄の合わんことばっかりだ。しかし目付と盗人の二股とは、確か朝直もそんなこと言っとったような――」

「誰だって」

「ん、話してなかったか。あ、話す前に放り出されたんだ。茅根の従兄だってさ」

小次郎は舟木朝直と獄舎の戸口で会ったことを話した。ああ、と那智は合点した。

「そういえば、あの時、誰か来ていたな……そいつか。どういう男だ」

「男っていうより男の子かな。十七、八の頼りなさそうな坊ちゃんだが、番衆だそうで、あの夜、義尋の警護で笠月屋に来てたらしい。で、騒ぎの張本人に会いにきて茅根と再会……、ありゃきっと筒井筒の仲ってやつだね。幼なじみで初恋の相手ってやつ」

筒井筒の妄想は那智の関心の外だった。「俺に会いに牢へきたって、なんのために？」

「なんのためって、どういう意味だ」

「将軍家警護の番衆が、なぜ市中の殺しなどに興味をもつのだ。管轄外だろう。それともそいつ、大江と知りあいなのか。友人か親類か何かで、犯人の顔を拝みにきたとか」

「さあ、なにも聞かなんだが。知りあいに会って、池野屋の前で別れたし」

「池野屋？　その名は聞いた……」

「この知り合いの岡崎ってのが無礼なナスでなあ。思い出しても腹の立つ——」

「ナスはいらん。池野屋のことを」

「池野屋は大江が殺されたのと同じ夜に襲われた土倉じゃ。かわいそうに、やもめの主人に総領娘、五つやそこらの孫娘から下働きの小僧まで、当夜家にいた者は残らず皆殺し。商用で出てた芳里って娘婿一人難をまぬかれたって話だが、運が強いと言うべきか」

「……芳里？」

記憶の底を引っ掻かれ、那智は眉間に皺を立てた。

「今、芳里と言ったか？」

「ん？　ああ、池野屋の一人娘の入婿とか」

「その男、年の頃は？」

「うーん、聞いた感じでは三十路に足かけたくらいかなあ」

「三十……」

年齢的には合う。しかし、次郎や四郎のようにありふれた名前ではないが、天下にひとつの珍名というわけでもない。偶然、か。

那智は眉間の顰を深くした。笠月屋の一件の辻褄の合わなさも、茅根の従兄とやらのことも、思い過ごしですませられる。池野屋の惨劇も、目付がわざわざそのことに言及したのも、芳里という名も、全て偶然かも知れない――が。偶然。思い過ごし。それで片付くような些細な引っ掛かりでしかないが、重なりすぎるのが気に入らない。それに、あれのことも……。小次郎のお喋りは続いている。

「なにかと評判の一家だったようで、四半時たらず店の前にいただけでいろいろ耳に入ってきたぞ。とりわけ娘夫婦のことはあれこれ、夫は美男だが妻はおかめ……じゃなくていいかめらしいわ。口の悪い者は、器量望みの逆玉の輿、業平と鬼瓦の取り合わせじゃと言いあっていたそうな。夫婦仲は良かったみたいだが。近所の女たちは軒並み婿に岡惚れで、男どもは嫉妬――」

　ぷいと那智は横をむいた。

「おまえ、そういう話好きだな」

「なんじゃい、その投げ方は。そっちが振ったんだろうが」

　むきぃっといきり立つ小次郎を、まあまあ、と又四郎がなだめすかし、

「那智も。態度悪いぞ」

　と釘を刺す。那智は返事をしなかった。

「どうせ、こういう奴だけどな」

　庇うように言って自分でむっとする小次郎に、又四郎は吹きだすのをこらえるような空咳をして途切れた話をひきとった。

「ところで、その池野屋で四件目だったな」

「おうよ。苫屋、三嶋屋、随心尼――」小次郎が順に指を折る。「最初に襲われた苫屋は土倉っていうより日銭屋に毛が生えたようなもんで、二件目の三嶋屋と今回の池野屋はそこそこの大きさだが、三件目の随心尼は結構な大身で、騒いだよな」

「随心尼には会ったことがあるぞ」

「なんだ、銭でも借りたのか」

「いや、梅の木の見立てを頼まれた」

　随心尼は比叡山の坊主の妻女で、山でお勤めがある亭主に代わって、洛中で商売をし

ていたという。亭主は大分前に亡くなったが、後家になった妻はもちまえの才覚で家産を太らせ、大きな家作を何件も所有し、倉には銭がうなっているという噂だった。

「もう五十も近い福々しゅう肥えた後家尼だったが、昔は遊女か白拍子だったとかで、妙に艶っぽいというか色香があったな」

「あ、もしかして口説かれたとか」

無駄に話の腰を折る小次郎の頭を、那智はあさっての方を向いたままぽかりとやった。

さあどうかな、と又四郎は苦笑した。

「尼には二十も年下の情夫がいた。この男も一緒に死んだが。そのせいか実の息子とは不仲で、家産を譲る、譲らないで訴訟沙汰になったこともあるとか。息子は父と同じ、叡山の坊主だそうだ」

「ん、息子が疑われたのか？」

「捕縛されたとは聞かん。どのみち他の三件とは無関係だろうし。それに誰が家業をついで立てなおすにしろ、たたむにしろ、後の始末は楽じゃない。ある程度の土倉はよくやっていることだが、随心尼は質草をとるだけじゃなく、富裕だが自前の倉を持たない武家やなんかの私産をあずかることもしていたそうだ。最近は米穀じゃなく、銭で年貢をおさめることもあるしな。普段は土倉に管理をまかせておいて、必要に応じて引き出す——」

「そういう御大層な客って館の納戸にお宝や銭が入りきらんのかね……。ああでも、その手の客に損をさせたら、それも埋め合わせせにゃならんわけだ。あずかった品を盗られでもしたら、質草流すか地所を売り払って金をつくるか、いずれ難儀な話よな」

「難儀なのは侍所もだ。襲われた店の上客や、他の土倉におさめてある我が財貨――あずけた品にしろ質入れした品にしろ――を心配したお歴々から、もっと探索に本腰を入れろ、下っ端の調べでは埒(らち)が明かん、上役が直接あたれと口入(くにゅう)があったらしい。随心尼の家作に出入りしてたうちの者たちもいろいろ聞かれたが、調べにあたってる連中も相当ぴりぴりしてるようだった」

「そういや真板も池野屋では締出し食っとったな。そこまで素行が悪けりゃ当然って気もするが。おまけに政所まで出張ってきよって、若いが頭の切れそうなのを一人、検分によこしてた。あれじゃ一介の目付なんか出る幕もないわ。ま、土倉の件は、わしらみたいな貧乏人には関係ない――」

なんだか蒸すな、と額の汗を拭った小次郎は、戸口の筵をさしあげて外を見た。

「なかなかオツな隠れ家よな。……嵯峨(さが)の時といい、こんな場合でなかったら」

今春のこと、ある桜をめぐる事件で又四郎と一緒に嵯峨まで出かけていた小次郎は、そこで世を騒がす南朝の残党に遭遇したという。賊は鳶天狗の面をかけていた。

百年以上も昔、南北にわかれた朝廷の争いは北朝の勝利に帰したが、それを良しとせぬ一派が吉野にたてこもり、北朝と北朝を担ぐ幕府を攻撃した。長い年月、幕府もたびたび討伐の兵をむけ、七年ほど前には旧南朝派が主といただく二人の若宮が殺害されたのは広く衆知のことだが、以来、鳴りを潜めていたものが今また暗躍をはじめたらしい。お化けトンビになますに刻まれかけた、という小次郎の泣き言を思い出し、那智はわずかに口元をひきしめた。目付の疑惑を話した時点で小次郎が沸騰したので、牢破りの経緯はぼかしたままになっている。

あれが出てきた以上、この先、他の者をかかわらせてよいものか。

小次郎の肩越しに外の景色が見える。ここは上賀茂神社に程近い森の中、あたりには北の山から清冷な水が流れこみ、大地のくぼみにできた小さな池には杜若の群生があって、小屋のまわりの水辺でも花の列が紫の深さを競っている。鮮烈な色で池水を染める花の影は、水中にも逆さまに生える杜若の一群があるようだ。

逆さまか。小次郎の単純な見方は案外、真に迫っているのかもしれない。ただし逆だとしたら。悪事の密談とやらを小耳にはさんだのが、目付の方だったら、どうだ。

真板は盗賊上がりの不良目付かもしれないが、やることは他の盗人の上前をはねることで、当人は現役ではない。ひねくれた見方だが、殺しはしても盗みには直接手を出さないのではないかという気がする。行き当たりばったりに襲うならともかく、おいしい獲物を洗い出すには下調べも準備も必要だ。曲がりなりにも目付を本職にしている以上、二足の草鞋を履くほど暇をもてあましているわけではあるまい。それよりも職務遂行中に嗅ぎつけた秘事をもとに利を得るやり方を編み出すほうが、はるかに効率的だ。

つまり目付がどんな事件を追っていたのか、それが分かればいいわけだが。

那智は頭をふった。なんと頼りないとっかかり、闇の中で蜘蛛の巣の形を手さぐりするような曖昧さだ。指に触れるなにかはあるが、とらえどころはまるでない。

曖昧と言うならもうひとつ、と天井へ目を転じる。小さな蜘蛛はあいかわらず、糸を吐きながらゆっくりと宙で回転し、八方にひろがる縦糸に横糸をはりめぐらせて、中心にむかって巣を紡いでいる。交わることのない縦糸を、結びあわせる横の糸。

——汝も賊の一味じゃねぇのか。笠月屋で騒ぎをおこして、人目を引きつけてる間に、仲間が池野屋に押し入る——。

あれは単なる雑談か。池野屋の、土倉の件は本当に無関係なのか。

——注意しろ。本音というのは思わぬところに出るものだ。

幾筋もの糸が組みあわさり、中心にいる蜘蛛の手元で交わるように、全てがつながっているとしたら——やめろ、ここまでだ。那智は先走りそうになる思考をいましめた。推測の糸に推測を接ぐのは危うい。この先は、もっと手がかりが必要だ。黙想から覚めると、小次郎が目の前で手をひらひらさせている。

「それは、なんの舞だ」

「いや、目開けて寝てるのかと思って。それで、なにか思いついたのか」

口をつぐんでいると、小次郎は眉をつりあげて拳骨をあてるふりをした。

「どうも先日来、奥歯に物が挟まった感じだな。糸口になりそうなことがあるなら早う教えんかい。いいか。この件がうまく片付いて、そなたの嫌疑が晴れなきゃ、観世の名には泥がつきっぱなしだし、わしの腹は煮えっぱなし、天鼓はへこみっぱなしだ」

「なら、二つほど頼まれてくれ」

「あ、天鼓が餌だとすぐ食いつきよる」

「まず、大江家が使っていた土倉がどこか調べてくれ」

「土倉？　なんでまた」

「知りたいのは大江の家産だ。懇意の土倉なら、長年つきあいのある家の台所事情を把握している。それともうひとつ、舟木朝直と大江千成のつながりをさぐれ」

「朝直？　茅根の従兄がなにか関係してるっていうのか」

「それを確かめたいが、茅根には知られたくない。見こみ違いだったら嫌な思いをさせるからな。まず大江の家へ行ってこい」

「あのおっかない母御のところへ」小次郎が絶望的な声をあげる。「けど、どんな口実で行きゃいいんだよ。この前はこともあろうに顔引っ掻かれたんだぞ。嫌だあ」

那智は、面白そうになりゆきを眺めている又四郎に話をふった。

「長雨の見舞はいい口実だな。菖蒲のいいやつをもっと用立てられるか」

「菖蒲、蓬、杜若、代価次第でなんでもござれ、だ。こう雨が続くと庭の仕事もままならんでな、臨時収入はありがたい」

示し合わせたかのようなやりとりに、それ誰が払うんだよ、と小次郎が呻いた。

きし、きし、と、自分の足音だけが時折、立ち止まりながらついてくる。蠟燭の火に照らしだされた壁に、黒い飛沫の跡がぼんやりと浮かび、すぐまた暗くなった。

隣室へ通じる葦戸を開ける。風通しのいい葦簀をはった夏のしつらえは、つい先日とりかえたばかりで目にも涼やかだが、今宵の風は温く、重い。闇は深くよどんで、芳里が手にする儚い光明をじわじわと蝕んでいる。

恨み言があるなら——どうか出てきてくれ。いくらでも聞いてやるから。

不意に厨子棚がかたかたと鳴った。音のした方に火をむけると、小さな生き物の影がきぃきぃ騒ぎながら慌てて逃げ出した。もう鼠が入りこんでいる。住む人の絶えた家は荒れるというが、この館もはや朽ち始めているかのようだ。

ため息をついて手燭をおろす。

けれど、なにもないのだ。部屋から部屋へめぐり歩いても、鬼火ひとつ飛ばず、影ひとつ浮かばない。幽霊が出てきて語りをつくす、芝居のようにはいかない。

惨劇の場にひとりとどまって、日が落ちてから館の中をさまよう芳里の姿は鬼気を誘うらしく、今の池野屋にはコソ泥すら近づかない。なんと噂されているかは知っている——物狂い。あるいはそうかも知れぬ。己では滑稽なだけという気もするが。いったい正気と狂気の境目など何人に見極められようか。他人は外から眺めて憶測するだけで、内から眺めている自分には線の引きようがない。

いっそ何もわからない彼岸まで行きついてしまえば気楽なものを、己のふるまいを無様とも愚かしいとも理解するくらいの冷静さは、幸か不幸か、まだ残っている。物狂いを通りこして右も左もわからぬほどに狂ってしまった者であっても、当人の見ている世界では、そのふるまいが道理にかなったことでないと、どうして言い切れよう。

むしろ、この世は狂気にふさわしい。自らの内にひそむ物狂おしさに気がつかず、なにも見ず、聞かず、感じず、心を閉じて正気ぶってみせる輩こそおかしいのかも知れない。

火がちらつく。灯心が大分短くなった。今宵はこれまでだ。

芳里は帳簿類をおさめた左の倉に入って中から錠をおろした。さすがに母屋で休む気にはなれない。空の甕の陰から蠟燭をたてた陶物の皿を引っぱりだし、消えそうな手燭を傾ける。蠟燭は高価な品なので滅多に使わないのだが、今無駄に使ったところで目くじらを立てる者はない。ややあって炎が大きくともり、倉の中が明るんだ。

土器に酒を酌んで指先をひたし、濡れた爪で壁の漆喰をくじって痕をつける。壁の傷は五つ目だ。あれから五日たった。死者の弔い、商売の始末。しなければいけないことはいくらでもあるのに、気がつけば何も始まらないうちに一日が終わっている。取引先への連絡すら、まだつけていない。明日はどうにかしなければ。明日……。

明日がくるのが厭わしい。夜は幽霊屋敷だが、昼間はそれなりに人の出入りがある。知りあいや同業者の見舞い、近所の女たちからの惣菜の差し入れ、森山もちょくちょく顔を出し、進展がないのを詫びていく。客からの問い合わせ──この先、家業をどうするのか、とか──も多い。そんなことは、こっちが教えてほしい。彼らの慰め、いたわり。励まされるより放っておいてくれという苛立ちが先に立つ。なにもかも投げ捨てて逃げ出したいのに、蜘蛛の糸にからめとられた羽虫の心地で虚しくもがいている。

どうしてこんなことになった……。

──もとは赤松どのの臣と聞いたが？

ずっとその名に呪われてきた。まだ呪うか。

芳里は播磨国の土豪の家に生まれた。石見氏は播磨の守護、赤松家につかえる土地の豪族で、父は一族の領地の村をいくつかまかされており、つましいながら、まずまず安定した暮らしぶりであったように思う。片田舎のさほど大きくない館に、両親と乳母夫婦。ひとつ違いの乳母子は幼なじみの親友で、一番の遊び相手だった。

村はずれの大楠は近所の子どもたちの恰好の遊び場で、度胸試しの場だ。根元に草履を脱ぎ捨て、大人五人が腕をひろげても囲いきれないごつごつと膨れあがった太い幹に、両手両足でとりつき、全身を使って、どこまでも高く誰よりも速くよじのぼる。小さい頃から女の子のように可愛いとからかわれるのが癪で、意固地なまでに負けん気が鍛えられた芳里の無茶に、最後までついてくるのは乳母子だけ。けれど天辺の枝にたどりついてよい香りのする葉をかきわけると、下界のわずらわしさはきれいさっぱり洗い流される。そこからは世界を丸ごと見渡すことができた。

いちめん浅緑色の毛氈に、塗りものの独楽を散らしたような家々の屋根。網代垣と掘割にかこまれた少し大きな屋根は我が館だ。野にも田畑にも豆粒のような人影が動いていて、金銀の小波をきらめかせてゆったりとうねる川にかかる平橋を、牛飼いが牛をひいて渡っていく。あの橋は浅瀬をさがしての渡河は女子どもには危険だし、真冬の冷たい水に足を濡らすのは辛いからと、父が村人たちを指図してつくらせたものだ。

山ひとつ彼方には大伯父の館がある。年賀の挨拶など折々に連れられていくそこは、土を盛りあげ深い濠をめぐらせた立派な城館だ。後から思えば小さな田舎城にすぎなかったのだろうが、その頃はくらべるものなど知らなかった。

手のひらをかざせば、すっぽりおさまる世界。小さな小さな閉じた世界。外でなにがおこっているかなど、思いもよらず。西の空が茜色に染まるころ、大楠の天辺に山鳩のつがいよろしく並んでとまっている二人の子に、夕餉を呼びにきた乳母は地上で卒倒した。

九歳の初春、弟が生まれて家の中は赤子の泣き声でにぎやかになったが、平穏な毎日に変わりはなかった。半年後、全てが崩れ去るまで。

嘉吉元年六月、主家の赤松満祐が京都で将軍、足利義教を殺した。当時、将軍権力の確立をはかる義教は恐怖政治を敷き、妻妾、近臣、寺社、公家から路傍の行商人まで、意に染まぬ者を貴賤の別なく罰した。大名たちも例外ではない。有力者の誅殺があいつぎ、将軍との関係が悪化していた満祐は、次は我が身、と不安を募らせ先手を打つことを決意する。

池の鴨にたくさん子鴨が生まれたので見に来ませんか。かわいらしい文句を添えた招待で、贅をつくした宴の罠に誘いこまれた義教は、あっけなく首をはねられた。

満祐らは館に火を放ち、混乱する京都を後に、本拠地である播磨国に逃れた。首と胴を切り離された義教の骸は炎に呑まれた。

将軍犬死。ある貴族は嘲りまじりに慨嘆したが、朝廷から治罰の綸旨が出て、赤松は朝敵になった。さらに幕府は討伐に参加する諸大名に、満祐の首をとった者に赤松家がおさめる播磨、美作、備前の三カ国の守護職を与えると約束。討伐軍は、さながら肉のかたまりに殺到する山犬の群れの様相を呈した。

九月、播磨国、城山城で山名持豊の猛攻をうけた赤松満祐は、炎かけめぐる城中で自害。一族の主だった者と重臣たちも討たれるか自害するかして、赤松家は滅んだ。芳里たちは国を追われた。山名の侍たちが突如村になだれこんできたとき、父は一族の身のふり方を協議するため大伯父のところへ出かけていて不在。留守をあずかる乳母の夫は家人を逃がす暇もなく、丸腰で彼らの前に出るしかなかった。物陰から激したやりとりを見守る芳里に、乳母子がぴったり体を押しつけ、甲冑姿の侍大将に膝を屈する父親の背に息を止めていた。

「今この家の内は女子どもばかり、どうか乱暴はせずに立ち退きを――」

懇願する男への返事は、太刀の一突き。

「貴様らは朝敵の与党で同罪だ」

血の珠がしたたる太刀を肩にかけ、若い大将は獰猛にうそぶいた。足元へ流れてきた赤い川。濃い鉄錆の臭い。悲鳴をあげる乳母子の口を、芳里は手でふさいだ。理由などわからないまま混乱の中、親友の腕を引っぱって、どこをどう逃げたのか。他の家人の生死も知れず、やがて日は暮れ、村はずれの大楠の根元で身をよせあい震えていた二人を、難を避けて山に隠れていた村人が見つけ、炭焼きの小屋にかくまってくれた。

酩酊をおぼえ、仰のけに倒れこむ。酔っても目は冴えている。もとより眠りは浅いほうだが、酒精の助けを借りても今宵は完全に見放されたようだ。

今はもうわかっている。朝敵など口実だ。手柄はすべて我が物ぞと豪語し、討伐軍の他の面々からの囂々たる非難を鉄面皮ではねかえして、そっくり三カ国守護におさまろうとしていた山名にとって芳里たちは邪魔だった。

そもそも守護とは非法を取り締まる役職であって、その国の領主ではない。一国のうちには守護の私領もあるが、公家、武家、寺社の荘園、土着の豪族の領地などがつぎはぎ状にこみいっている。ところが山名は他人の所領にも平気で手をつける。武威をもって法を守らせる立場の者が、武威をちらつかせて他人の私産を横領するのだ。似たようなことをする守護は他にもいるが、とりわけ山名は前科百犯、それが正式に守護となったら我が荘園もまきあげられるかと、三カ国に所領をもつ京の公家たちは慄き、反対するものもあったという。

相手が京住まいの公家なら適当にあしらっておけばよい。だが石見氏は国人だ。代々その地に根付いてきた国衆だ。赤松とは主従の契約を結んでいたが、石見氏のみならず国衆にとって外から赴任してくる守護は余所者、心中するほどの思い入れはない。将軍殺しも寝耳に水で、播磨での挙兵にはとりあえず協力したものの、不利と見るやあっさり降伏し、官軍に道をあけた国衆も多かった。

けれども昨日まで敵だった国衆と結ぶより、新しい庭の雑草はむしりとって忠実な譜代の家臣に植えかえたほうが、山名には都合がよい。一門の勢力で国を覆ってしまえば、わけまえを主張する他の大名たちを退けやすい。

侍大将が乳母子の父親を殺したとき、幕府の論功行賞は始まってもおらず、山名の兵が土地を切り取り勝手する許しなど、どこからも出ていなかったと、後で知った。

母と弟、乳母は無事だった。父も合流し、討手を逃れて隣国を目指すあいだ、飛びたつ雁の群れに驚き、風が木々の梢を打つ音に怯えて一夜のうちに寝床を変えることも再々。背後に迫る影はないかと気をはりつめてすごすうち、眠りは浅く短くなった。

それからは旅から旅、名のみ知る遠縁を頼り、寺に住みこんだり、雇われて日銭を稼いだり。諸方をさすらう年月を重ねるうちには他人に言えぬこともした。

行く先々で謗(そし)りを受ける。赤松の、と知られれば唾を吐かれ、石を投げられる。土足で踏まれ黙って耐えながら、伏せた顔の陰でぎりぎりと歯嚙みした。不当に暮らしを奪われながら訴訟すらかなわない。呪わしい——呪わしい旧主の名から朝敵の烙印が拭い去られないかぎり、この屈辱に終わりはこない。

母は父の元を去った。生家に戻って再縁したというが、その後の消息は聞かない。

瞼の上で火影がちらつく。やはり眠れそうにない。薄目を開く。蠟燭の明かりをさえぎろうとした手が、灯火に赤く濡れた。

影と影の狭間で、過去と現在が混沌とする。

赤く濡れた手。この手でたたきつけた太刀。血煙に沈んでいく背。血だらけで床を這う女にとどめを……まさか。太刀を突きたてられた下女の骸を見たとき、あの光景が重なった。

漂泊の日々に慣れて、十五年後。全てを、と言わぬまでも、ほぼすべてを失い、失ったものを取り戻すためにおもむいた吉野で、自分はなにをした。偶然だと打ち消しても、一度浮かんだ疑いはなかなか消えない。

吉野でのことは、たまに夢を見て飛び起きるが普段は忘れている。後悔もないが、何者かが、あのことを思い起こせ、思い知れよと考えたのなら図に当たった。これは復讐なのか。そうだとも違うとも判じきれないまま疑惑だけが責め苛む。他の店のことはどうなのだ。襲ったのはただの賊か、復讐者か。仇は誰だ。

誰が手をくだしたか、は問題ではないのかも知れない。これまで褒められたものではない生き方をしてきた。仏法の戒めるところの五悪をことごとく破るような生き方だ。積み重ねた罪障が凝り固まり、形をもって妻子に降りかかったのだとしたら。かすれた笑い声が喉をすり抜ける。ならば仇とは己のことだ。

だから、恨んでいるのではないかと……。

冷たく湿った筵の寝床からはなれ、書架の谷間をあてもなくめぐる。この疑いを森山に話すべきか。新九郎の物言いからして素性は知れているようだし、隠す必要もない。だが——立ち止まり、両手に顔を埋めた。話してどうなる。死者のためになにができる。

それに、どうせ最初から裏切っている。顔をあげて帳簿の山を眺め、一冊とって表紙をめくる。銅銭は失ったが、こっちは手付かずだ。質草も無事だ。使えるか。かすかに明るい闇の中、草紙にびっしり書きこまれた貸し借りの記録を目でなぞる。どちらが多いのだろう。これまで生きてきて、貸しと借り、どちらが。

父は死んだ。千鶴と娘も。弟も、もういない。

奪われたもの。失ったもの。奪ったもの。手に入れたもの。失ったもの。残ったもの……取り戻したものは、ない。なにひとつ。

六

「それじゃ、本日の土産な」

どさっと文机の上に重ねられた謡本の山に、おまえな、と那智は唸った。

「そんなに写せるか」

「居候代と思えばこんなもんだろ」

さらに積み増しながら小次郎はけろりと答えた。あくびをして那智は円座を押しやった。昼寝の枕にしていたら、うかうかと部屋に入ってきた小次郎に頭の下から蹴り抜かれ、しばし無駄な罵りあいに費やすはめになった──「他人のより自分の足元を見ろ」

「縦長の図体を横にしてるのが邪魔くさい」

柱も梁も煤色が染みて住み古した風情ながら、さっぱり片付いた小座敷を、かすかに湿りけをふくんだ風が通っていく。

あの後すぐ那智は隠れ家を移った。身をよせた先は今小路界隈の小身の貴族の館で、趣味人の老当主は小次郎に謡を習っている。ごく温厚な人物だが年の功で少々のことには動じないし、孫のように若い師のことは気に入っているので、その頼みならと快く引き受けてくれた。弟子の家であれば、小次郎も稽古を口実に訪ねてくることができる。

「本当は自分で写した方がおぼえる助けになるんだが、老公、手首が病めるって言うし。那智は昼寝ばっかりしてて暇そうだし。ええと、屋島、山姥、源氏供養……」

「暇じゃねえ。ここの姫君に、炊事、洗濯、庭掃除、草むしり、薪割りに雨戸の立てつけの直しまでやらされたぞ。それに夜も」

「夜？」

「別に。こっちのことだ」

「はは、那智を顎で使うとは清子どのもやるなぁ。それくらいでなきゃ一家の切り盛りなぞつとまらんが。でも、あんまり仲良くなりすぎるなよ。彼女には例の――」

「例の植木屋か？　心配せんでも色気づく余力なんぞありゃせんわ」

「そりゃ御愁傷さま」

くく、と肩をふるわす小次郎を横目に睨み、那智は二、三冊手にとった。

「井筒、漢の高祖――」目をとらえた表題を脇によける。「館のほうはどうだ」

「見張りはまだいるが、雨ン中で腐っとるわ。御苦労なこった。他は可もなく不可もなし。天鼓は拗ねてるが……そう動揺するなって。後でいいものやるよ」

那智は眉間に皺を刻み、次の表紙を『碁』と読みあげる。

「この『碁』というのは、どういう話だ」

「あ、それな。源氏物語に題をとったやつで、光源氏が夜這いをかけた人妻、空蟬が、義理の娘の軒端荻と碁を打つって筋だ。ちなみに出典ではこの軒端荻も、空蟬の弟の小君も、源氏とデキてるんだがな」

「色魔か」

という那智の感想に対し、

「いやー、やんごとない方々には普通のことでしょ。あちらの女こちらの男と心を切り分けるなんて器用な真似、わしはできんし、ありあまる富と暇にまかせて色ボケかましてられた、古き良き時代ってやつだろうけどな」

小次郎の評もかなりひどい。

「で、那智は見たことないか、『碁』」

「ない。どんな舞台だ」

「碁盤を囲む」

「そのまんまか。地味だな」

「囲碁好きには受けるんでないの。贔屓筋にも好きな御仁がいるし、わしも挨拶回りの話のタネにひと通りの作法は……そうそう」

挨拶回りで思い出した、と小次郎は話を変えた。

「仰せのごとく、大江の家に行ってきたぞ。聞いて驚け。大江千成と舟木朝直。この二人は遊び仲間だった」

「えらく直截だな」

驚いた、と那智は素直に認めた。

「いや、話はちとまわりくどいんだがな。大江の若殿、ぱっとしない門地の若君だの不良息子だの自分と似たりよったりの連中とつるんで遊び歩いておったそうだ。開けそうもない家運を悲観したかね。放蕩三昧のどこかで悪運を拾っちまったんだろうって、千成の祖父の代からいる古株の家人が嘆いとったよ」

「若殿じゃなくてバカ殿か。……はじめていいか?」

どうぞ、と小次郎が手をふる。那智は古びた絹の袋から指先ほどにちびた墨をとりだし、竹の墨柄に挟みこんだ。硯に水を注し、墨を擦りつける。ほのかな香りが立ち昇った。

小次郎が及び腰で訪ねた大江家では、おっかない母御には遭遇しなかった。

「あれ以来、寝込んでるとか。家の中は墓穴みたいに陰気だったわい」

亡くなった当主には子も兄弟もない。親類から養子でもとればしのげるが、後継に手をあげる者がなければ家は断絶する。仕える方としても先の見こみがないようだったら早々に新しい勤め先をさがさねばならないが、近頃はどこも渋いので仕事をかけもちせねば食っていけないかも知れない。が、このトシで兼参(けんざん)の輩(ともがら)はきつい云々。不安が家人を多弁にし、亡き主人への追懐(ついかい)だか悪口だかから遊び仲間が割れ、そのうちのひとりに行きついた。この悪友が大方の事情を知っていた。

「洛北の東林寺(とうりんじ)って寺の境内に、飲み屋をやってる庵(いおり)がある。そこがたまり場だそうだ。大江を中心に決まった顔ぶれが五、六人、知りあいを交えて博奕会(ばくえきえ)など開いておったらしい。この悪友も誘われて何度か足を運んだが、金まきあげられたのに懲りてやめたって話だ。ありゃ絶対いかさまだって愚痴とったわ」

「名家の主人が、いかさま賭場か」

「どこぞの貰い宮さまが我が館で胴元張りなさるご時世だし、驚きゃせんが。だいたいカモにする時点で悪友ですらねえよな。庵の主人は遊び仲間の乳母だか母親だかで、出家後の方便に飲み屋をはじめたそうだ。縁続きの気安さで不良どもの巣にされて大迷惑かと思いきや、この老尼君もなかなかの古ダヌキ、売る酒を大量の水で割って荒稼ぎしてたってさ。たまには水の匂いのしない酒を飲みたいと客が注文をつけたら、次に出たのは酒の匂いのする水だと。奉公していたお屋敷の流儀だと煙に巻かれたらしい」

「貧乏が板について、けちを極めたか」

「ここに舟木も顔を出していたようじゃ。去年、家督を継ぐまで、ほんの一時だが」

「ほう、うまくつながったものだ。よく探りだしたな」

「もっと褒めろ」

「頭でも撫でてほしいのか?」

さっと両手で頭を守った小次郎が、部屋の隅まですっ飛んで逃げる。「遠慮します」

「別にはたきゃせんぞ」

小次郎が壁際で肩を落とした。「なんだかなあ……、舟木の坊ちゃん、あんまり世間擦れしてなさそうで、悪い遊びに染まってるようには見えなかったが……。自棄(やけ)でもおこしたかね。けど友人なら、殺したやつの顔見にきても不思議ないんじゃないか?」

それについてはひとまず意見をさしひかえ、那智は墨を磨りあげた。『碁』の謡本を広げ、まっさらな薄葉紙(うすようし)を並べて筆をとる。

「大江家出入りの土倉もわかったぞ。油屋(あぶらや)だ。変な屋号だが、なんのことはない油小路(あぶらこうじ)に店があるというだけよ。この前、主人が弔問に来とったわ。話も聞けた」

墨汁に筆をひたしながら那智は眉を顰めた。

「油屋……、その一軒だけか？」

「あんな家とつきあってくれる奇特な金貸しはそういないって。大江の家は代々のやりくり下手が祟って、目ぼしい家宝は出尽くし、所有する荘園もかなり質地に流れている。借銭のない貴族のほうが珍しいとはいえ――」

華やかなる源氏の世界も今は昔、きらびやかな時代の面影は絵草紙の中にしか残っていない。かつてはほどほどの家柄でも一家に一台あたりまえのように所有していた牛車さえ、昨今は維持管理がおいつかず、はなから持たないという向きも多い。仮に某家の当主が、宮中でしかじかの儀式に威儀をただして出席しようとしたら大事だ。まず甲の家から牛を、乙の家から車を、丙の家から儀礼用の式服を借りたうえ、従者や牛飼を臨時雇いする費用の工面のため、重代の家宝をもって土倉に走る。それが今の貴族の日常だ。時には質入れする品自体、親類、知人からの借物であったりする。そういう融通のしあいも貴族同士のつきあいのうちだ。

中には利殖にいそしみ、たくましく儲けている手合いもいるが、それはほんの一握り。たいていは領地からの収入をやりくりし、手元不如意になると質入れして金を借り、また実入りがあったら質草を請け出して、と尺取虫のような生活をしながら、なんとか均衡を保っているものだ。しかし大江家の財産は目減りする一方だったらしい。

「つきあっても大した旨味はないと他の土倉は縁を断った。この上また領地を失ったらぎりぎりの食い扶持もあがらなくなるから、証文の積み増しは慎むよう油屋のほうで配慮して、家産の管理をしておるそうだ」

「親切な債鬼だな」

　おそらく油屋は大江家の領地からのあがりの一部を返済にあて、大江の家には生活できるだけのものを渡すことで、貸し倒れ、共倒れを防いでいたのだろう。どうやら油屋はまっとうな商売人のようだ。

「けど、若君の浪費で油屋の努力は水の泡。ただ、おかしなことがあるんだ。大江はこの数カ月で借用証を何枚か清算しとる」

「清算？　借りを返したということか？　それは——」おもしろい、という言葉を那智は呑みこんだ。「どういう事情か聞いたか」

「油屋もあやしんで質したらしいが、はっきりとは……。大江は博奕で儲けたみたいな曖昧な言い訳しとったようだが、そんな大当たり、あるもんかね？」

「世の博徒どもが泣いて羨みそうな話だな」

　小次郎が両手をあげた。「こんなところだよ。これで全部だ」ずいと身を乗り出す。

「なにをどう考えてるのか、そろそろ吐け」

「まだ確証はないが」

　小次郎は退く気配をみせない。那智は仕方なく腹を割ることにした。

「実はこの数日、夜警に駆りだされる目付どもを見張っていた」

だから昼のひと時を盗み寝にあてていたのだが。

「え、外に出たのか」

「用心はしている」

那智は庭先を指さした。小次郎が広縁に出て縁の下をのぞきこみ、庭からあがる沓脱(くつぬぎ)石(いし)の後ろから小汚い菰(こも)をひっぱりだす。

「刈田のかかしみたいに目立つやつが、菰一枚かぶって変装したつもりか……？」

「今のところバレてねぇよ。目付どもだが、夜の見回りで、ある決まった界隈をくりかえし巡回していた」

「例の土倉のあたりか？」

「いや、それとは別の中程度の貴族の館があつまっている界隈だ。さぐりを入れてみたら、この半年で二軒、盗賊に入られた屋敷があるとわかった。真板は、その件を調べていた」

なにこれ。うめいて茅根は立ちつくした。

夜具は敷きっぱなしの乱しっぱなし。枕もとには読みかけの草紙が開きっぱなしに何冊も積みあがり、文机には墨汁の飛沫、硯の上にはひからびた筆。とどめはそこら中に放られた書き損じの反故。小次郎の部屋がちょっと散らかっているようだから、ついでに片付けてやってと言われたのだが、これのどこがちょっとなのか。

いい年して片付けもできないわけ。ぷりぷりしながら薄い夏掛けをつかんで縁側ではたき、たたみなおしてから、散乱した反故を拾いにかかる。

紙だってタダじゃないのに、こんなに無駄にして。

集めた反故と草紙を、開いたものは開いたまま、ひとまず文机の上に山にしておいて、座敷箒で埃を掃きだす。いつもはこんなにひどくない。執筆につまったときは多少荒れるが、部屋が半壊する前に弟子が始末をつける。でも、その弟子がいない。

部屋の主も朝から出たきり。又四郎が訪ねてきた日から、さらに三日、最初の菖蒲と蓬は館で使ったが、その後も毎日、菖蒲が届く。それを束にわけたものを持って、小次郎他数人が連日出かけていく。例の目付について、つかむ尻尾がないか調べているのだという。殺された男の交友関係も。

たぶん余裕がないからだと思う。親子、恋人、友達、師弟、名前はどうでもいい。大事に思う相手なら、それが窮地に陥ったら、救い出すために必死にもなる。部屋がぐちゃぐちゃだって構ってなんかいられない。

大事な相手。その一語が舌の上で季節はずれの氷のように凝った。そんなもの私にはいない。箒の柄を眉間にあてる。馬鹿げてる。なにを落ちこんでいるの。

掃き掃除をすませ、反故を一枚細く裂いて、栞（しおり）がわりに読みかけの草紙に挟んで閉じた。すぐに手が止まる。どうも気が晴れない。

今朝方、朝直から短い手紙が届いた。手紙には、この前話していたようによい落ち着き先について心あたりに相談していると書いてあった。うけとったとき、幽霊から送られてきたような気がした。去年までの自分が幽霊だ。朝直に会った日から墓を暴いている気分。

朝直に会った日。あの日は一日、心が沈んだ。岡崎のこと、遊女の死体、息子を殺されて泣き喚く老母の愁嘆場も。見苦しいとも愚かしいとも思うが、それだけではない、もやもやと得体の知れないこの胸のつかえは……。頭をふり、次の草紙にのばした手が固まった。題字が目に入る。葛城（かずらき）。――葛城神も飼っているのか？

岡崎の揶揄（やゆ）が耳に蘇り、胸の奥にぎしりと軋（きし）みをおぼえたとき、庭の草を踏む音が近づいてきて部屋の手前で止まった。

「モチが落ちてる……」

外に出ると、この数日ですっかり顔なじみになった山水河原者の若棟梁が挨拶代わりに片手をあげた。

「いらせられませ。小次郎どのは留守ですが」

「行き違ったらしいな。厨で聞いたよ……」室内のありさまに又四郎の目が丸くなる。

「あ、隠さなくていい。もう見たから。で、これはどうした？」

葦戸を閉めようとする茅根を止めて、又四郎は縁側の隅でふくれっつらしている天鼓を指した。確かにモチっぽい。

「一緒に行きたいと小次郎どのの袴にしがみついてたんですけど、時期が悪いと外出禁止を言いつけられたらむくれちゃって」

「ふーん、つきたてか。おお、やわらかい」

丸い頬っぺたをつついた指先に奇術のようにとりだした粽を、食べるか、と又四郎は天鼓の鼻先でふってみせた。天鼓はそっぽを向いている。それでいて手だけはしっかり差し出しているのが、素直に図々しい。

「あんまり餌付けしないでください」

「はは、癖になるとまずいか」

目こぼししてくれ、と笑い、茅根にも一房差し出した。

「そっちも元気がないな？」

天鼓は笹の包みをはがしてさっそく粽にかぶりついているが、頬袋がぷっくりふくらんで、ますますモチだ。

　小さいのを間に挟み、縁側に並んで黙々と粽を食みつつ、茅根は草紙を爪繰った。

葛城。季節は冬。場所は大和国、葛城山中。大雪に難渋する山伏が出会った女は、葛城神だった。彼女は山伏に切々と身の上を訴える。

〽恥ずかしながら古の、法の岩橋架けざりし、その咎めとて明王の、索にて身を縛めて、今に苦しみ絶えぬ身なり

〽これは不思議の御事かな。さては昔の葛城の、神の苦しみ盡き難き

その昔、仏道流布のため岩橋をかけよと役行者に命じられた神は、醜い容貌を恥じて人目に立たない夜のみ働いた。岩橋は完成せず、怒った行者は神に呪いをかけた。役行者は朝廷も恐れる行力の持ち主で、神さえ自在に使役する。その呪詛はすさまじく、蔦葛と化して神体を縛り、長い年月こうして露霜に責め苛まれている――。

気に入らないから呪いをかける。それが仏道を志したエライ御方のやること？ まあ仏ってたいてい男だし、女に辛くあたるの当然かもだけど。

神は力なく、仏に慈悲はない。まして凡人など塵芥。なんて救いのない世界。

山伏の祈禱で呪詛はやわらぎ、神は報謝の舞を舞うが、夜明けとともに醜い顔かたちをさらすのを厭うて岩戸に入り、消えていく。呪いは解けても宿痾は残る。孤愁に沈む女神の姿は変わらない。でも、女神でなければ岩に隠れることもできない。

なにげなく傷跡を指でたどって、はっとした。又四郎が天鼓の頭ごしに視線を注いで

いる。目が合っても気後れするでもなく、ただ餅を嚙んでいる。自分のほうがばつが悪くなって茅根は目をそむけた。手で右頰を覆う。うっかりしていた。傷のある側をなるべく人にむけないようにしていたのに。今さら座る場所を入れかえるのもおかしいし。隠さなくていい。もう見たから……。

ゆっくり頰からはなした手を膝におく。又四郎が前をむいた。

「あの那智ってどういう男だ。いつもああなのか」

「えっ、あれがなにかしでかしましたか」

思わず声が跳ね、天鼓が餅をくわえたままぴょんと跳ねた。幸い喉にはつめなかった。

「しでかした……そういうわけじゃないが」又四郎は苦笑して、中身のなくなった笹をくしゃりと握った。「昨日、今小路へ様子を見に行ったら、こうこう、こういう賊に心あたりはないかと、顔を合わすなり聞かれて」

今小路の家とは春以来、懇意にしているのだという。老当主は庭の植栽に造詣が深いし、同好の士の間でも顔が広く、会うと話がはずむ。特になにがなくても折々顔を出すという又四郎に、那智が聞いたのは──。

「まず家人の多い館には入らない。家付きの侍や若い下男のいる家は絶対に避ける。犬のいる家にも入らない。刃物も使わない。狙うのは、敷地の広さはいくらかあっても家人が少ないか女子ども年寄りばかりの館で、庭木の手入れも行き届かず、土塀の破れも繕えぬとなれば、ここを射よと扇の的を掲げているようなもの。手口は家人の寝静まった夜更けに忍びこんで目当ての重宝をこっそり持っていくだけ。そんな盗賊を知らないか、と」

あきれた。どこの座敷にも出入りする芸人、庭先という庭先を縄張にする庭番は、いずれ劣らぬ事情通だ。京中の噂で彼らの耳を逃れる話はあるまいから、あてにするのは分かるが、それにしても唐突な。藪から棒を何本出す気だ。

「あれの頭の中身はわかりかねますが、こと遠慮については全く無知ですわね……」

「なるほど」評ともいえない人物評になにを聞きとったか。おかしそうに笑った又四郎は、しばらくして笑いをおさめた。

「いきなりで面食らったが、実は心あたりがある。正体がわかってるわけじゃないが、那智の指摘した手口で京中を荒らしまわっている賊がいる。もう一年以上だ」

「そんな噂、聞いたことないけれど……」

「そこの部屋の主なら出入り先でなにか小耳に挟んでいるかも知れないが、大方、人の口にはのぼっていないはずだ。土倉の件ばかり騒がしくて他の噂をかき消しているというのもあるが、あまり表沙汰にならないのは事情がある。家宝の塵を払おうと久々倉を開けたら箱ごと失せていたというさる御仁は、孫の仕業じゃないか、と」

「ああ、それなら……」

身内や家中を疑えば、体面を気にして噂になるのを避けるというのは納得できる。役所に届け出ない家もあるかも知れない。

「でも、どうして身内の仕業だと？」

「盗まれたのは、唐渡りの花瓶、白磁の茶碗、宋画の掛軸……どれも結構な逸品だが、狙われた家は見るからに裕福で、倉に財宝がうなっているような家じゃない」

「ほとんど唯一の虎の子ということですのね」

「その通り、秘蔵の家宝というわけだ」

売り払うか質入れするかはともかく、いざという時にそなえた換金価値の高い逸品。きりっと茅根は唇を噛んだ。そんな品のひとつもなかったから、実家は私を金持ちに売りつけた。それって笠月屋に売り飛ばされた若菜とどこが違うの。

野に棄てられたことが最悪なわけじゃない。

やめなさいよ。自分を叱る。今はそんな話じゃないでしょう。

「外で自慢したこともないのに、どうして賊は知っていたのか」又四郎は静かに先を続けた。「だが似たような事件が重なるにつれ、役人たちは身内の仕業ではないかもしれないと考えはじめた。身内ではないが中の事情をよく知っているとなれば、次に疑いの目がむくのは家に出入りする者だ」声に苦いものが混じる。「それで少し困ったことになった」

彼ら庭番にとっては枝払いや草とり、庭掃除といった日々の手入れも仕事の内だ。そうした出入り先のひとつが被害にあった。

「手引きをしたのではないかと疑われて、うちの者がひとり捕縛された」

茅根はかるく息を飲んだ。「それは……」

「決め手がなくて釈放されたが、完全に疑いが晴れたわけではない。こちらとしても信用というものがあるし、真相がわかれば……これ、笹まで食うなよ？」

残った餅を舌でこそげようと笹に鼻を埋めてごそごそやっている天鼓の、元結いを指で摘んでたしなめる。茅根は指の間で笹を押し揉んだ。つまり又四郎の思惑はそれか。

「賊の正体について、手がかりなどございませんか」

「さて、手がかりと言えるかな。ある館で夜、手水に起きた女房が三人の賊と出くわしたそうだ。女房が金切り声をあげ、賊は刀も抜かず逃げたが、大慌てで盆栽の台を派手にひっくり返し、主人が可愛がっていたサツキの鉢を駄目にした。主人は泣きの涙……どうにか救えないかと頼みこまれて、何本か挿し木にしてみたが」

なにかこうしっくりとこないもの、どこかちぐはぐな収まりの悪さを感じた。

「なんだか手際がいいのか素人臭いのか、どっちつかずのような……なんですの？」

眉根をよせて考えこむ茅根に、又四郎が小さく笑った。

「いや、誰かも同じことを言っていたと思って」

「――しかし、なんの関係がある？」

首をひねる小次郎に、那智は写している謡本を指でとんとんとはじいた。表題は『碁』。

「ばらばらのままなら、ただの白と黒の石、だが同じ盤面に並べれば意味をなす」

この件にかかわる人々を碁石になぞらえ、棋譜を描いてみせる。

「大江千成。落ちぶれ貴族の若殿で放蕩者、無職無官、家計のやりくりにも無関心、やることといえば借金の山を築くだけ」

「要するにろくでなしだな、うん。あ、でも色恋については若菜ひと筋、浮気してた形跡はない。誰しも美点はあるってことか」

「閻魔(えんま)も帳面つけるときに考慮してくれるだろうよ。次に真板。盗人の上前をはねる不良目付、去年から貴族の館を狙った盗みについても調べていた」

「そりゃさっき聞いた」

「そして大江には、家産の管理をしている油屋も、その出所を知らない金があった」

小次郎の顔に理解と困惑の色がゆっくりと浮かんだ。

「良家のお坊ちゃまが泥棒だってのか」

「お坊ちゃまたち、だ」那智は訂正した。「おまえが言ったとおり、おそらく俺の賭場に出入りする客のほとんどはカモだ。カモにしているのは、大江を中心に決まった顔ぶれの五、六人。ただし、目的は博奕で金を巻き上げるだけじゃない。目的は、どの家にどんな虎の子が眠っているか。家の内情はどうか。賭けの熱気と酒に酔って、なめらかになった口から聞き出すことだ」

我が家の倉の中身をずばり聞かれて正直に答える粗忽者(そこつもの)もそういないだろうが、誰それが茶会のために由緒ある茶道具を用意した、さる方より名品を賜った、上客をむかえるため掛軸その他一式、親類に借りた、などの話であれば、皆、挨拶代わりにやりとりしている。そうした話を糸口に忍びこむ先の内情さえつかめば、素人でも不可能ではない。

「名門ほど体面を保つのは楽でなし、懐寒い遊び人たちが手っとり早く稼ぎたいと盗みに手を染めても不思議ない。しかし真板は盗みにかけては玄人(くろうと)だ。調べるうちに賊の正体に気づいたんだろう。だが腐っても公家、が相手じゃ捕まえにくい。手柄にもできないなら、いっそ鳶になって油揚げをさらってやるほうが話はうまい」

「じゃあ、大江が盗んだものを横取りするために、真板は大江を殺したのか」

日が陰り、さあっと雨の音が落ちてきた。

この家の好みで、塀の内のいたるところに植えられた果樹や花木が白雨に包まれた。一雨ごとに色を濃くし、夏の装いに近づく庭の中、向こうの池のほとりでは、ふくよかに茂る葉桜が青々と水をはじき、そよいでいる。

あの糸桜、花の季節に訪れたときは他へ移されるという話だったが。さる分限者の別宅に又四郎たちの手で植えかえるはずが、なにやかやで作業がのびのびになっているうちに立ち消えとなったらしい。風の噂ではどこからか分限者の奥方に話が漏れたとか。別宅は実は妾宅だったとも。那智は頭を抱えこんでいる小次郎を斜に見下ろした。桜にまつわる騒ぎの顚末は聞いたが、その後で、こいつ、なにやらこそこそ動き回っていたっけ。

「ああもう、ややこしい」小次郎が音をあげた。「なあ、もういっそ何もかも目付に負わせて突きだしてやるってのでどうよ。要は那智が無罪放免になりゃいいんだ。真相はともかく盗品が手元にありゃ目付が盗人、でケリがつくだろ。大江たちは口封じされたことにして、持ってくところに話持ってきゃそれくらいできるぞ」

那智は苦笑した。「いつになく暴論だな」

「は、なんのために将軍家のお気に入りやってるかって。権威も権力も、ただただありがたがって崇め奉るもんじゃねぇよ」

「だが、証拠となる盗品がないことには」

「むむ、やっぱりそれか。ものがどこにあるか見当はつかんのか。隠し場所とか」

「あいにく千里眼でも占師でもないんでな。だが……、そうだな、大江の仲間、その決まった顔ぶれ五、六人の名はわかるか」

「それなら、すぐ調べられると思うが。搦め手で行こうってのか?」

「考え中だ」

小次郎がべちゃりと床に突っ伏す。

「なんとも頼もしいお答え……」そのまましばらく平目のようにはりついていた。「なあ、舟木の坊ちゃんは噛んでると思うか?」

「さ、これまでのところでは判じきれんな。だが、おいおいわかろう。他にあたってみたい伝手もあるし」

それに噛んでいるか否かというなら、他に気になる連中もいる……。

「ふーん……又四郎といい、あっちの伝手こっちの伝手と顎でこき使っとるな……」

那智の顔色を上目づかいに見た小次郎が、意味ありげに鼻を鳴らす。那智は筆を置き、書きあげた一枚をもとの詞章と誤りがないか引き比べ、生乾きのそれを床に放した。鼻先に落ちた紙を小次郎が拾いあげ、庭からさしこむ薄日に端正な墨痕を透かす。

「那智ってさあ……」

微妙な沈黙があった。

「いつも思うんだが、性格の曲がり具合に似合わないキレイな字してるよな」

「なにか余計な気がするんだがな」

声音に棘をちりばめても柳に風。

「仮名だけならまだしも漢字もよく知ってるし。わしは童の時分、通ってた寺で腕がしびれるほど習字やらされて頭痛くなるほど漢籍読まされたが、そなたもそのクチか？」

そろりと入れたさぐりの手。他意があるのかないのか。隠していることがあると気づいているのか。動揺したつもりはなかったが、筆先の落ちた紙面にじわりと墨がにじみ、急いで書きつけた文字はかすれた。

「おまえ、そろそろ稽古に行け」

ほんの些細な書き損じを小次郎はしばらく眺めていたが、まあいいか、と腰をあげた。

「わしはこの後、義尋サマの宴席だ。調べるのは明日以降になるぞ」

「また義尋か。今度はどこのお声がかりだ」

「山名だよ。あそこはいつもなら同業の金春さんがご贔屓なんだが。しかし有力者がこぞって接待とは、弟が兄貴の後継ってのは本決まりらしいな。近々代替りするとして、またぞろ徳政だの打ち壊しだの大騒ぎにならなきゃいいが……お、忘れとった」

行きかけて思い出したように懐に手を差し入れる。那智は少々嫌な顔をした。

「まだ書き写すものがあるのか？」

「そう警戒せんでも、こっちは、ほれ、元気のモト」

ひらりと広げてみせたのは、でこぼこした筆跡で書きつけられたいろは歌。まだ手紙など書けない天鼓の手習いを、那智は鼻をくっつけるようにしてまじまじと見た。いろはにほへと。仮名で四十七文字、なんと全て書いてある。それはよい、が。

「鏡文字だらけというのはどうしたものか」

「うーむ、〝あ〟だの〝を〟だの複雑な字まで見事にひっくり返っとるな。器用といえば器用だが……。ま、とっとと帰って手習いを見てやれ、放蕩(ほうとう)親父」

小次郎は二つ折りにした紙を那智の懐につっこみ、上からぽんぽんとたたく。「お守りがわりに持ってな」そう言って出ていった。

しばらく那智は懐に手をあてていた。もしかしなくても励ましのつもりか。

筆写に戻ろうとしたところへ、さっと吹きこんだ風が草紙をあおった。はたはたとめくれる紙面に詞章が流れていく。

〽石の白黒は夜昼の色……

〽ある時は四面をかこまれ、一声をもとめ、ある時は敵を攻め……

〽されば生死の二つの河を渡りての中に白道をあらはし、黒石はよしなや……

碁の一々を生死の道になぞらえた詞章。紙の上の白と黒。軒の雨音。すべてが混ざりあって、遠くへ押しやった記憶を誘う。

――よくない手だ。そなたはこういう勝負事が苦手だな。

昔、山里を濡らす雨に降りこめられ、暇の慰みに兄と碁盤を囲んだことがある。打ち方はすぐおぼえたが大して熱の入らない弟を、兄はよくからかった。

――それとも白黒つけるのが嫌いなのか。

盤上の遊戯のことを言っているのではない。

――そなたは余計なことを考えすぎる。あちらこちらと気を回しすぎて、結局まとまらないんだ。それが敗因だ。いつもいつも。集中しろ。過程は幾通りもあるが、結果は二つにひとつしかない。勝つか、負けるか。勝つためには、

那智が打った黒石で、とられた白石を兄は手ずから摘みあげ、盤の外に落とした。

――捨て石も必要だ。

盤上の黒石が増える。だが、すぐに逆転され、誘いの罠と思い知った。

熱意のなさがあらわれた盤面は、たちまち真っ白。投了したのを幸い口実をつけて逃げ出す弟の背に、兄は釘を刺した。

――注意しろ。本音というのは思わぬところに出るものだ。

――敵に情けをかけるな。死ぬぞ。

敵と味方。白と黒。あちらとこちらと線を引いてくっきり分けられるなら、それは随分と気楽な話だ。気楽で馬鹿げてる。

碁に喩えるなら、小次郎も手持ちの石だ。茅根、天鼓、又四郎も。目付たち、死んだ男と女。皆、石だ。自分は打ち手か石のひとつか。対局の敵手は誰なのか。人間を石と見なすのは無理だ。現は、立場も思惑も異なる、器量も違う者たちが、からみあい、混みあっているだけ。それを盤面に配し、思うままに操るなど、できるわけがない。盤上の遊戯に世界の事象を見ることはできる。けれど、世界を遊戯盤になぞらえることはできない。盤上の勝負は、いつだって兄の勝ちだった。

雨脚が増し、わずかに手元が暗くなる。灯火をもらってくるべきか。なにげなく動かした手が『漢の高祖』の謡本に触れた。

はるか昔、遠い異国の物語……。あの頃、虚空に描く夢幻だけがよるべだった。

この世界では、なにも望んではいけないと教えられる。自分の願いを押し通すのは悪、与えられるささやかな福だけを喜び、正しい道に従って生きよと。その道、神仏か先達の賢人か、誰かが正しいと指し示した道の行く先が、ふさがっていたとしても?

虚構だけが、羽ばたくことを許した。あの頃、願ったのは、一度くらい京都に出向いて生の舞台を見てみたいということ。まさか、こうもたっぷり見るはめになるとは。

風がざわめいた。雨の帳のむこうで、葉桜の枝が大きくうねる。

——兄者はまじめな顔して女たらしだ。あれはあれで芸は身を助くというのかなあ。

そんなくだらない話をして笑いあった相手。

──そうか。おまえが、そうか……。

桜の花の下で死にゆく相手の目にあったのは安堵か、絶望か。

あれから桜が好きじゃない。

とりとめもない記憶の断片をふり払い、那智は天鼓の手習いをとりだして開いた。遊びで筆を手にしたことはあっても、本格的な習字はまだしたことがない。出来そのものは仮名の形をしているのが奇跡的なほどで、紙には墨がしぶき、奮闘の痕跡がありありとわかる。書き上げた後の惨状が目に浮かぶようだが、必死さは伝わってくる。

那智は小さく笑いを漏らした。お守り代わりか。

霊験のひらめき。もしくは天啓。

「そうか──」

狙いは、これか。だとすれば若菜の死も納得がいく。

おおよその絵図はわかった。やはり土倉の件も無関係ではない。が、もはや後手だ。若菜が死んだ時点で、おそらく証拠となる品も失われた。

前髪に指をいれて掻きまわす。つまり目付のしたことを裏付けるには他の手立てが必要ということだ。逆転の奇手。だが手持ちの策にそんなものがあるだろうか。いちから考え直す必要がある。心を静めて、さらさらと二、三行筆を走らせ、手を止めた。

「日暮れまで隠れているつもりか」

庭木の陰から忍びやかにあらわれたのは国見といい、この家に出入りしている植木屋の奉公人。この家の娘と親密という、例の植木屋だ。道ですれ違っても記憶に残らない、どこといって普通の男で、那智とは桜の時季に会っている。ただし、その時が初見ではなかった。目の底に流れた苦いものを隠すように、謡の聞こえはじめた座敷に国見は皮肉めいた口吻をむけた。

「随分となれた口を利くものよ」

「別におかしなことはない。今の俺はかけだしの役者で、あれの弟子で付け人で雑用係。そなたは植木屋の奉公人。お互いそれらしく振舞おうではないか」

旧交を温める気もなく前置きを片付け、那智は手招いた。不承不承、軒下に入り、国見は額から垂れた雨露を手の甲で拭った。

「なぜ俺が巻きこまれねばならん。おまえが狙われるのはわかるが――」

「ものの数に入らぬ身なら目こぼししてもらえると？　一度殺されかけたくせに、説得力のないことおびただしいな」

那智は冷ややかに切り捨てた。国見が黙りこむ。「では、話を聞こう」

――ただし、娘に辛くあたったり、家業を怠けたりしたら無一文でたたきだすから、そのつもりで。

爪先でカチカチとかたい音が鳴る。玄関の上がり口に文机を据え、紐に通された銅銭を一枚ずつはじく芳里の前で、地味な小袖に白髪まじりの頭、小商いの亭主といった風体の客はすすめた円座に腰もおろさず、広い土間のあちこちに視線をさまよわせた。天井の梁や、芳里の背後で睨みを利かす虎の衝立(ついたて)をひとめぐりし、のびあがって衝立ごしに館の奥をうかがう。目が合うと下をむき、気まずそうに体の前で手をこすりあわせた。

不幸につけこむようで気は咎めるが、こちらも暮らしがあるので……。

言い訳めいた表情を浮かべる相手にかまわず、銅銭を数えあげた芳里は、客の持参した質札と帳面の記録をつきあわせた。質札は借用証も兼ねている。小口の客で、借り入れの日付は四カ月前。年利は五割八分。利率は五割くらいがざらだが、契約時、半年後には返済可能というので、こちらの取り分が増えるよう月割で計算して、やや高めに設定した。

——返済総額の計算を間違えるなよ。まったく、取立てのために雇ったのに娘をたらしこんでくれるとは。家に入るなら他のこともおぼえてもらわねば……いいか、年利は八割でも十割でも、それ以上でもいいが、おさえておかねばならないのは、どんな高利をかけても利子の増殖には限度があるということだ。これは古来の原則だ。その時々や質草の種類で多少変わるが、今は一年でつけていい利子は元金の半額までと、おおよそ決められている。だから計算を間違えるな。五割八分の契約では十カ月で完済されれば、こちらの利得が最大になる。だが年をこせば……わかるな？　八分のもうけは切り捨てだ。

わかっているとも。いちいち口やかましい舅どの。それと、利子が増える期間は基本一年、最長で四百八十日。どちらで契約したか、きちんと書面でとっておけ、だろ。

――そうだ。必ず記録を残すこと。曖昧にしておくと最悪、法外に余分な利息をとろうとしたと訴えられる。訴えが通れば正当な利子もとれなくなる恐れがある。そういう判例があるんだ。その場合、元金だけでも戻ってくれば御の字ということになりかねん。だが今はそれらの条件を考える必要はない。必要なのは別の計算式だ。

机の下に手を入れ、白い半紙を一枚引っ張りだす。その瞬間、腕が引き攣った。指からすべった紙が、計算用の算木とともに渋塗の手箱につっこんであった、すりきれた草紙の上に落ちる。表紙には覚書とある。

――法の知識が必要なら覚書を読め。これらはあくまで物事の輪郭を定めただけのものだが、知っておくことはいくらもある。例えば……借り手の同意なしに質草を流すことはできない。質流れには別途、放状が必要になる。放状がなければ、たとえ返済期限をすぎても質草はあくまで借り手のものだ。

記憶の中の舅は、そこでため息をついた。

――借りたものも返さず、ことあるごとに徳政、徳政と騒ぎおって……。最近は政所もこちらの立場を擁護してくれるようになってきたが。ああ、それから、そなたも取立てをやっていたからわかると思うが、大きな額になるほど、返せ、返さないの粘りあいになりがちだ。つまるところ、書類の山の重みに耐えて、交渉、交渉、また交渉だ。大事なのは加減を学ぶこと。どこまでなら許されるか。忘れるな。相手にするのは金でも法でもなく人間だ。こちらが無理強いせずとも、利があるとわかれば自ずと動く。追いつめれば反撃を食らう。どんな相手でも侮ってはいかん。

芳里は痺れる手で半紙をとりあげた。さりげなさを装って筆に墨をつけ、震える筆先に集中する。たかが書き物仕事、だが朝から使い続けた腕はきしみをあげている。

どこまでなら許されるか……。

許すか許さぬかという話なら、はじめから許さなければよかったものを。

返済がすんだ旨、帳簿に書きこみ、質札にも処理済みと記し、同じ文面をしたためた証書を手渡すと、客は喜色を見せ、慌てて打ち消した。芳里は肩ごしにうなずいた。衝立の後ろにひかえていた手伝いの者が行李を押し出す。

「念のため中をおあらためください」

客が蓋をあけて着物を調べる間、芳里は受けとった銅銭を傍らの箱に入れた。既に結構な量がたまっている。そろりと客が聞いた。

「あんた、ここで寝起きしてなさるのかね」

「ええ」

「……一人で？」

そうだと答えると客は薄気味悪そうに首をすくめ、行李を抱えて立ち去った。すぐに次の客が入ってくる。

三日前、門前に貼り紙をした直後からちらほらと客が入り始めた。翌日には行列ができ、今も入れかわり立ちかわり客足はひきもきらないが、誰も長居はしたくないらしく用事をすませるとそそくさと引きあげていく。当然、館に上がりたいなどという者もない。芳里も店先で右から左に片付けていくが、中には悔やみを言う客もいて、近況を聞かれる都度、先ほどと同じ答えを返している。いずれ噂は都の隅々まで広がろう。

客を押しのけて新九郎が大股に入ってきた。

「どういうつもりだ」

後れて入ってきた森山が、なにごとかとのぞきこむ順番待ちの客たちに手をふり、まとめて外に押し出す。

「これは、どういうことだ」

そう繰りかえして、新九郎は芳里の手の下から帳面を抜きとった。ざっと目を通す。

「元金の一割か。安すぎるぞ」

芳里は黙って眼差しを伏せた。そろそろ来る頃とは思っていた。伊勢新九郎のことは、はじめ森山と同じ侍所の役人かと思ったが、そうではなく政所の者だという。政所は幕府の財務を掌(つかさど)り、洛中の金融業者の監督もおこなっている。この若さではまだ下っ端だろうが、伊勢という名字からして政所の執事――長官職を代々世襲する伊勢氏の縁者であろう。事件を担当するのは侍所だが、自らが所管する土倉がたて続けに襲われたことを憂慮した執事が、調査に加わるよう信頼のおける近親者に内々に指示を与えたか。ぱん、と新九郎が帳面ごと手のひらを机にたたきつけた。顔を近づけ低い声を出す。

「私徳政をひきおこす気か」

天皇や将軍が代替りするたび、借金帳消しを求めて大きくつきあげる徳政のうねりは、新しい御世のはじまりにあわせて全てが白紙に戻るという通念の上で、爆(は)ぜる火花だ。

ひとたび野に放たれれば燎原(りょうげん)の火となる。

全てが白紙になるのだから貸し借りもちゃらというのが借り手の理屈だが、代替わりのたびに全債権が無効になっていたら、土倉は潰れてしまう。

借り手と貸し手、双方の訴えを聞いて徳政令を出すか判断するのは幕府だが、土倉からあがる税収を財源の柱のひとつとする彼らにも頭の痛い問題だ。悪手を打てば火種は破裂し、燃え広がる。民衆は徳政令を待たず、土倉を襲い、借用証を火にくべ、質草を奪いかえす。それが私徳政、徳政一揆だ。

自然に鎮火するか、兵を動かして鎮圧するかしても、負の連鎖は止まらない。徳政後、破綻をまぬかれた土倉が資産防衛のため貸し渋りに走るのは必至。貧乏貴族などは一時的に負債が消えたところで気休めにしかならない。徳政令を盾に借銭を踏み倒す客とは取引するだけ損と、土倉から縁を切られたら、たちまち破産だ。新たな貸し付けがなければ商売もまわらず、税収は落ちこみ、治安はがたがた。幕府の権威は失墜し、秩序は崩壊——そんな悪夢の筋書きを避けるため、徳政を待望する気運が高まるごとに政所が中心となって対策をひねりだすが、いまだ解決の定石は存在しない。

前回の大規模な徳政で、幕府は両天秤をかけた。借り手には借金の元金一割相当を幕府に支払えば債務を破棄して質草を返してやると言い、土倉には同様に五割をおさめれば債権を保護してやると言った。双方の不満をなだめつつ臨時の税収を狙ったのだが、窓口には申請者が殺到し、受付業務は崩壊した。

火事場泥棒のようなものだと、騒動の記録を見せながら舅は苦笑していたが、芳里が参考にしたのはそれだ。貼り紙には、元金の一割と引き換えに質草を返却すると書いた。急な告知だったが、反応は予想以上。

「池野芳里——」

反応の鈍い芳里に、新九郎が苛立った声をあげた。

「これは商売の始末をしているだけです。家作から何から整理するには日数がかかりますし、先に倉の中にいくらか手をつけておこうと思いまして。家人の供養にあてるものも工面したいので」

芳里は淡々と口上をのべた。このやり方が法に触れるかどうかは微妙なところだ。覚書をさらったが、貸した金額より安価で質草を返却することを明確に禁じた法は見つからなかった。損しかない取引を土倉自身がやるとは想定していないからだろう。客からは文句も出まい。しかし、将軍の後継と代替りの時期が取り沙汰される折、土倉が徳政まがいのことをすれば世の人々がどうとるか。政所としてはどんな小さな火種も踏み消しておかねばならぬ。新九郎が警戒するのは当然だ。

それでも後一日、否、せめて今日いっぱいだけでもいい。猶予が欲しい。

「期限は区切ります」

だが新九郎はすぐにやめろとは言わず、周囲に鋭く目を走らせた。奥から様子をうかがっていた店者たちが慌てて顔をひっこめる。

「手伝いの者たちはどこから呼んだ」

「つきあいのある同業者がよこしてくれました。全員、身元は確かです」

「おまえ、妾（めかけ）がいるそうだな」

新九郎が唐突に矛先を変えた。

「塗櫛、帯、反物……妻女の贔屓する店であつらえるか？」

「誰がなにを言ったか存じませんが、挨拶回りの品を注文することもあります。ご機嫌伺いする先の奥方へ付け届けとか。妻のものではない女物を買ったからといって……」

「独楽、薬、菓子。これも挨拶の手土産か」

「取引先もいろいろありますから。御子のある家、病人のいる家……」

「なぜ氏を変えた」

また話が他へ転じた。

「石見から池野……、わざわざ妻女の名字に書き変えたのはなぜだ」

「子に継がせるほどの家名でもないと思ったまでのこと、大した理由はありません。我が家はもともと分家のひとつ。石見姓の家は他にもありますし、私ひとり名を変えたところで石見の名が絶えるわけでもない」

「だが普通は結婚しても名字を一にしたりせんぞ。養子として籍に入るなら話は別だが」やや間をおいて続ける。「養子なら、相続も発生する」

「私が――」

「それでも婿なら書状一枚で放りだせる」

「私が賊を手引きしたとお考えですか」

「おまえ一人、都合よく生き残ったものだと見ることもできる。浮気がばれたのか」

芳里は否定も肯定もせず、口をつぐんだ。新九郎の口調からは本気で疑っているのか、餌をばらまいて食いつくか見ているだけなのか、わからない。

「池野屋に入ったのは財産目当てか？」

下をむき、芳里はかすかに笑った。笑みの形をはりつけたまま顔をあげる。

「他に理由があるとでも？」

新九郎は腕組みし、口をへの字に結んだ。埒が明かないと思ったのだろう。くるりと背をむけ、はらはらしながらなりゆきを見ていた森山を戸口へ引っ張っていった。なにごとか耳打ちし、背を押すように出ていく。手伝いの者が近づいてきた。

「あのう、続けるので……？」

「やめろとは言われなかった」

次の客を呼びいれるように指示する。つっかけ草履で出ていく手伝いが不安げな視線をよこした。彼らも少し気味悪がっていて、母屋には近づかない。蔵と表座敷を往復し、日暮れが近づくと本日回収分の銅銭を蔵に運びこんで、足早に帰っていく。

夕刻、潮の退くように客と手伝いが去り、一人残った芳里は、庭に出て井戸の水をくみあげた。残照を覆う暗い雲を背に、見慣れた顔が乱れる水面に歪んで映る。

人の好き心をそそる容姿に生まれついたせいで、十三、四には男や女に言い寄られ、じきに下心を逆手にとる手管もおぼえた。鼻の下をのばした坊主に、色香の名残をとどめた後家。誰も彼も財布か踏み台だ。千鶴とて——拳を水に突き入れ、心に波を立てる面影をたたき割る。

財産目当てか……他に理由があるとでも。

飛沫を散らし、一日酷使した利き腕を二の腕まで水につけると、じんわり熱をおびた古傷に冷たさが快く沁みこんできた。

十年前、父親が病を得、稼ぎのいい仕事を求めて単身京都に出た芳里は、池野屋に住みこみで雇われた。まかされたのは貸付金の回収。用心棒も兼ねる。同業の牢人たちが強面で通すのに対し、芳里は人あたり良く丸めこんだりたらしこんだり。店の中でも家人、特に女たちに愛想をふるまう芳里に、雇い主である池野道俊の評価は——見かけによらず使える。ただし一人娘にとっては悪い虫。

金持ちの総領娘とくれば、いくらか器量に難ありでも花の蜜に惹かれる蜂のように言い寄る男は後を絶たない。父親の心配をよそに、千鶴は自分の耳元で甘言をたらす男たちの腹を冷静に見透かし、適当にあしらっていた。芳里の世辞への返事もたいてい山椒のように辛く、芳里としてはその辛辣さは嫌いではなかったが、下心というほどのものもなくて、雇い主の娘と仲良くしておいて悪いことはないと思ったにすぎない。

吉野入りが決まって奈良へ出立する前日、別れの挨拶によった芳里を部屋に招き、詳しい話を聞きだした千鶴は、太く凜々しい眉をひそめ、頭をふった。

——前々から薄々感じてはいたけれど……、聞けば聞くほど馬鹿げた計画としか思えないわ。そもそも命を張るほどのこと?

いつも以上に言葉を飾らぬ千鶴に芳里は苦笑した。こういう時は形だけでも涙で別れを惜しんでくれるものじゃないのか。ついでに餞別（せんべつ）でももらえれば、なお嬉しいが。そう言うと彼女はいよいよ眉根をよせた。

――あんた、あたしは末摘花（すえつむはな）じゃないのよ。顔はまずいけど心根はきれいですなんて、そんな世間知らずのふりで純情を売りにしたりするもんですか。

末摘花は昔物語に名高い醜い姫君だ。

――この顔とは二十年以上のつきあいよ。いい加減年増だし、男が自分に熱をあげてるのか、親父の金にのぼせてるのか、それくらいわかるわ。あんただって他と同じ、財布目当てのおべっか使い。でも性根が大差ないなら見端（みば）がいいだけましね……。まあ、少しは頭も回るようだし。

なぜか渋々つけくわえた。

――首の上に載ってるものに中身があるなら、のるかそるかの危ない博奕に命ごと賭けるより、もっと別の道を選ぶって考えはないの。もっと安全で確実な、つまり……つまり、

先が途切れた。肩に力がこもり、膝の上で拳を作って、長いことためらってから、千鶴は物凄い早口で言い切った。

――この家に入る気はないかって言ってるの。

いや、しかし、千鶴だって事情は知っているだろうに。父御も許すまい。なにしろ素性が素性だ。そう言うと鼻で笑われた。

――赤松が何？　今時そこそこの家の系図なら必要な値を払えば買えるわ。宗家直系ならともかく素性の書き換えなんて簡単よ。

多年の苦悩の元凶をあっさり一蹴してくれた女に腹を立てることもできたが、乱暴な口で無理筋を言いたてながら、ついと背けた顔の、頬から首にかけて薄らと朱の色がおりて、芳里は言葉を失った。

千鶴によれば父親は説得済み。二十歳をすぎても婿のきてのない娘を憐れんだか、このままでは年増をとおりこして婆になる、と娘に押し切られ、父親が折れたという。が、部屋を出てから見た殴りたがる腕をおさえているような道俊の形相からして、娘の前から去って二度と帰ってくるなと念じていた節も無きにしも非（あら）ず。

――だから、結果が吉と出ても凶と出ても、とりあえず生きて戻ってきなさいよ。あなたとあなたの家族の面倒くらい、まとめて見てあげるから。

あれは欲しいものになりふり構わず手をのばす強欲さととるべきか、当人が否定した純情のあらわれと見るべきか。千鶴自身にも分かりはしなかっただろう。

それでも、そのときは本気にしなかった。

畜生、こんなことばかり思い出す。

腕を水からひきあげ、濡れた傷跡を指でなぞる。消えることのない傷。この傷がなければ、池野屋に縁付くこともなかった。

顔を洗って水桶の水を地面に流し、ぬかるみを後に残して芳里は館に戻った。

梅雨寒でもないのに、やけに冷え冷えとする玄関先で、衝立の虎が悲しげだ。この衝立は娘のきよが生まれたときに舅が買い求めたもの。なんで女の子の誕生祝いに虎、と芳里は首をひねったが、喜びのあらわれであったことは疑いもない。きよの字は喜与とあてる。もうここにはなんの喜びもないが。

手伝いの手を貸してくれた同業の知己は、他に宿をとれとすすめた。なんなら、うちに来てもいい。その誘いを芳里は丁重に断った。しかし、もう蔵では休んでいない。母屋には手をつけようがないので、接客用の座敷のひとつに夜具をしいている。

味気ない夕食を片付け、寝支度をした。枕もとに伏せた筵の下を確かめて、蠟燭の火を少し遠ざける。どうせ眠れはしない。まどろんだところで、果てしなくおしよせる泥の波のように形のない悪夢に襲われるだけだ。

かすかに震え、膝を抱えこむ。道俊の懸念は正しかった。許すか許さぬかという話なら、はじめから結婚など許さなければよかったものを。あるいは跡継ぎとなる孫娘が生まれた時点で、素性のあやしい婿などお払い箱にすれば、こんなことには……。

赤松家滅亡から十五年後、

——我らはどこにも仕えるところがなく、これ以上辛抱することもできない。吉野殿へ味方して都を攻め落とし、ぜひ御供したい。

そんな口上で吉野の南朝に帰順を申し出た、赤松を旧主とする三十名ほどの牢人たちの中に、芳里と弟の姿も交じっていた。

帰順は受け入れられた。

吉野は小さな別天地だった。師走も暮れの吉野入りから、年が明け、日の光に温もりが戻ると、春の訪れとともに花の色が山腹をかけのぼっていく。

そこでは人目に怯える必要もない。芳里たちを貶（おとし）める京都の権威は、この地には届いていないのだ。雪深い山里の炉端で、冬の間ぽつぽつと語られた身の上話。はじめは頑なだった里人たちも雪解けとともに心を解かし、新参の仲間に深い同情をしめすようになった。誰からもかけられたことのない思いやりある慰め、幕府の無道、山名の横暴、世の非情への批判を他人の口から聞くと、これまでの辛苦がかえって身に染みるようで、牢人たちは落涙し、囲炉裏の灰も湿った。

南主への拝謁もはたした。

南主は二人いる。一宮、二宮、というのは、必ずしも兄弟の意味ではない。吉野の外では京都の朝廷をはばかってそう呼ぶが、吉野の中では一宮は天皇だ。二宮は一宮の補佐で、征夷大将軍として兵権を執る。

一宮はあまり人前に出ないが、頭数で京都に劣る吉野では将軍といえどもお飾りではすまず、二宮はたびたび弓馬の鍛錬に顔を見せ、赤松勢にも親しく声をかけた。実戦の経験があり、武芸に長けた朋輩の中には、気に入られて側仕えとなった者もある。

頼りにしていると言葉を賜り、頭をさげながら、牢人たちは目でお互いをさぐりあった。後ろめたさが色に出ていないか。騙していると覚られてはならぬ。決して。

幕府とは密約が成っている。南主の首と、義教の死の翌々年、内裏を襲った南朝勢が奪い去った神璽(しんじ)――皇位の証――その二つをさしだせば、将軍殺しの罪状を帳消しにする。支援は一切なし、自力でし遂げれば赤松家の再興を許す、と。

正面から挑んでも吉野の壁は破れない。そこで味方になると偽って懐に入りこむ策をとった。里人の信頼をかち得るよう慎重にふるまいつつ、砦の場所、人の配置、山中の抜け道、獣道、ひそかにさぐり続け、およそ一年後の十二月二日。大雪の降る、骨の髄まで凍える夜。計画は実行に移された。

結果は、失敗――南主を討ちとり、神璽を奪ったものの、南主を討った者たちも吉野方に討たれ、神璽も首級も奪い返されてしまった。芳里と弟はかすり傷を負っただけで落ちのびたが、味方に多くの死者が出た。

命からがら逃げかえり、南主を殺したと幕府に一報したが、先方の返事は、神璽がなければはじまらぬ、という冷淡なもの。はじめからの約束とはいえ、すべてが徒労に終わった虚しさと悔しさに、生還者たちは膝をつき、土に拳をたたきつけ、放心した。

念入りに仕込んだにもかかわらず失敗したのは、土壇場で寝返るものが出たせいだ。

住人は妖術を使うとか、異形のものもひそんでいるとか。外からは容易にうかがい知れず、怪しい噂にとりまかれ、鬼の岩屋か蛇の巣穴かと恐れられる吉野も、住んでみれば、貴種の血胤（けついん）という宝珠を懐に隠している以外はただの山郷だ。里人も気の良いもの、不愛想なもの、親切なもの、いけ好かないもの、さまざまいて、日々をいとなんでいるという点においては人の暮らす他の土地と何ら変わったところはない。

受け入れられ、ともに暮らし、親しむふりをして、一年。情がうつるには十分だ。

芳里にとって上辺は愛想よく、腹の中で冷淡につきはなすくらい訳ないが、少しも気持ちが揺らがなかったと言えば嘘になる。

後ろめたさをおぼえるたび、己に鞭をくれた。ここへこぎつけるまでの苦労を忘れたのか。無謀ともいえる計画と引き換えに、幕府から主家再興の約束をとりつけるために大勢が奔走した。それを忘れたか。人を集め、金を集め、あらゆる伝手を駆使して方々に話をつけ、たった一人生き残った赤松宗家の遺児を草の根わけてさがしだし……忠誠という美辞で飾る必要はない。主家が赦免されれば自分たちの罪も消え、日のあたる場所を大手をふって歩けるようになる。食い扶持も取り戻せる。それだけのことだ。

それだけのために、吉野を討つのだ。恨みなどない。恨みなどないが……胸に生じる迷いの種を、そのつど奥歯で嚙み潰した。

仮住まいの陋屋(ろうおく)では、病床の父が吉報を待っている。近頃めっきり弱気になって、播磨を懐かしむことが増えた父の世話は、乳母と乳母子に頼んできた。苦労をかけどおしの二人にも、もっとましな暮らしを……あの世界をとり戻してやらねば。

ひとり弟だけは播磨の記憶がない分、郷愁の気持ちも薄い。物心つく前からの浮草暮らしは、割りきりのよい乾いた性格を弟の中に作り上げた。大したものも食わせていないのにすくすくと育って、元服前に兄の背丈を追い越した弟は、腕っぷしのほうもなかなかで、ならば足手まといにはなるまいと、最年少で吉野入りに加えられた。吉野にも同じ年頃の若者たちがいるだろう。若者に近づくなら若者のほうがいい。

大人びて見えても、辛うじて元服していても、やはり子どもだ。弟は吉野の少年たちと早々に馴染み、いろいろな話を聞きだした。

山中を抜ける早道を教えてもらった、というのはまだよい。目的にかなっている。が、今日は水練と称して川遊び、結局、釣り大会になって、とれた魚を岸で焼いて食べたとか。いつも男に交じって武芸の稽古をしているおてんば娘が、試合で年上の稽古仲間を片端からたたきのめしたとか。住いに、と与えられた家で夕餉をとりながら、その日の出来事を機嫌よく報告する弟に、芳里は眉を顰めた。親しみすぎているのでは、と思ったが、疑いを招かぬよう親しさを装わなければならない以上、単純に一線を引けとも言えない。敵への同情はいざことに臨んで死を招くぞ、と声を大にして諭すこともかなわず、折にふれ、そっと戒めたが、どこまで響いたものか。

敵も味方も、自分の気持ちすら、あれほどの犠牲をはらったのに――まだ続ける気か――もう諦める気か。

傷ついた心身を養いつつ、再度の挑戦を狙って吉野の動向をうかがううち、奇妙な風聞が届いた――南主の一人が生きている。

疲労と失意のどん底に沈んでいた赤松牢人たちは動揺した。この手を血に染めた記憶が夢だったとでもいうのか。あの夜は混乱と狂騒の極みであり、南主の首も失われて真偽を確かめようがないため、あやまって影武者を殺したのではと憶測する者もいた。

それともこれは吉野方が攪乱（かくらん）のために流した虚言か。南帝の血胤から新主を立てたとも考えられる。二人の南主はいずれも若かったが、年齢的に子がいてもおかしくはない。その場合は、せいぜい幼児か生まれたなりの赤ん坊だろうが。神璽は南主の母のもとにあるという。それが死んだ若宮たちの母親なのか、新主の母親かもはっきりしない。

ともあれ、もう一度挑むしかない。次は騙し討ちはきかぬ。不意打ちをしかけ、力で押し破るしかない。ここで失敗すれば後はない。

辞退者も出た。傷が深く、諦めたものもあった。兵力不足を補うため、奈良近辺の土豪に加勢を頼もうという意見があがったが、手柄を分け合うことになるので、それを嫌った向きもある。最初の襲撃の後味の悪さに、誰もが士気を喪失しかけていた。

芳里は胸にわだかまる不快をねじ伏せて参加を決めた。父の病がいよいよ篤くなり、汚名をすすぎたいという切なる願いを無下にできなかった。弟は気が進まないようだったが、芳里ひとりを行かせるわけにはいかないと腹を据えた。

奇襲は二手に分けられた。本隊は神璽の確保、別働隊は南主生存の確認が任務だ。むろん生存が事実であれば殺害する。神璽のほうが優先順位としては高いので、別働隊は陽動というふくみもある。芳里は本隊に、弟は別働隊に配された。

そして、あの夜。最初の襲撃から年があらたまって、三月の末。

山中のこととて吉野の桜は遅い。麓の下千本がまず咲き、散り始めるころに中千本が咲き始め、中千本が散るころに上千本が。そうして春中、花が舞う。

舞い落ちる花を浮かべるほどの血を流し、神璽は手に入った。南主生存の真偽はわからず、後日、誤報ということでけりがついた。

吉報を聞き、父は目を瞑った。凶報は知らないまま。

幕府を通じ、神璽を朝廷に献じて以後、とんとん拍子に話は進んだ。赤松家は赦免され、家督の継承が認められた。だが全て元通りというわけではない。山名は三カ国の守護職を手放さず、播磨は今でも彼らのものだ。その支配は過酷で、領民からは悲鳴があがっているという。代わりに幕府が用意したのは、加賀国の河北、石河両郡、および、備前、出雲などに散らばる些少な土地の守護職だ。しかし、そこには先住者がいる。将軍の御教書をふりかざしたところで彼らはすんなり退いてはくれない。切り取りは自力でやらなければならないのだ。かつて山名がそうしたように、戦って勝ちとるしかない。武士であり続ける以上、戦いの日々に終わりはこない。

だが芳里は利き腕を負傷した。もう武士としては立ち行かない。そうと悟った数日後、池野屋に出向き、千鶴に尋ねた。あの話は、まだ有効か、と。

そして弟も。弟のいた別働隊は乱戦となり、多数の死傷者が出た。

弟も帰らなかった。生死は不明だ。おそらく死んだのだろう。


唐風の肘掛椅子に、虎皮の敷物。背もたれにかかる金襴緞子が、長夜の飲を照らす灯をうけて、きらきらと輝いている。

なんとまあ豪勢なものよ。

あまりの眩さに小次郎は呆れた心地で目を細めた。絵図でしか知らない異国の獣、黒い縞模様も鮮やかな虎の毛皮にはちょっと触ってみたいが、椅子の両脇にずらりと並ぶ壺が怖い。西の壁を占領する大小の壺は、白磁、青磁、唐三彩、見事に趣味がばらばらだが唐物という点はみな同じ。小ぶりなのひとつとっても、どれほど値が張るものか。うっかり蹴飛ばして割りでもしたら……。ふるふると頭をふって地獄の想像図を追い払う。

別の壁には三幅一対の山水の軸がかけられている。夏珪(かけい)、いや、牧谿(もっけい)か。宋画なのは間違いないが、ぱっと見で鑑定できるほどの目利きではない。徽宗(きそう)皇帝ってことはないだろう。いくら山名が天下の五指に入る物持ちでも。他にも漆塗りの押板(おしいた)に飾られた香炉、花瓶、茶器等々、いずれ舶来の上々の品ばかり。庶人なら一生どころか、来世、来々世まで遊んで暮らせる宝の山だ。

こりゃ相当しぼりとってるね。噂にたがわず――隣の小鼓打ちが肘で脇腹をつつき、小次郎は我にかえった。夕刻にはじまり夜半にいたった宴は、まだ終わっていない。痺れをおぼえはじめた足を袴の中で組みかえ、小次郎は広い座敷の下手にもうけられた囃子方の席から上手をうかがった。

上座では義尋が赤い顔をてらてらさせている。暑そうにしながらも頭巾をとらないのは、還俗にそなえて髪をのばしはじめた頭を隠すためだろう。義尋の前には山海の美味を盛りつけた膳をはさんで、体格のいい四十がらみの武士がいかつい肩をすぼめるようにかしこまっている。やけに顔色の悪い男は、今回の接待の責任者である山名の代人だ。

雲行きが怪しくなったのは、最後の舞が佳境にさしかかった頃。そろりと膝を進めた代人が、一枚の紙を義尋に献じた。進物の目録を記した折紙を受けとった若い僧に、代人は平身低頭せんばかりに二、三、言葉をそえた。僧の赤らんだ顔にさらに朱が一滴くわわった、と見えたのは錯覚ではあるまい。

やりとりから察するに手違いがあって進物が間に合わなかったらしい。そう言えば宴の途中で代人は何度か席をはずし、廊下の隅で誰かと深刻な顔をつきあわせ、ひそひそ話しこんでいた。あれは善後策の相談だったか。

ち、と小次郎は舌打ちした。さっさと席を立つべきだった。が、今となっては後の祭り。舞いおさめた役者は退場する機を逸し、居合わせた者たちも困惑を顔に出すまいとしながら、座敷のあちこちで片付け忘れた安徳利よろしく固まっている。気まずい空気の中、義尋がはらりと折紙を広げ、代人に酔眼をむけた。

「これは、まこと結構な品ばかり。今度、兄上にお会いする折に是非、披露したいが、将軍が御覧になって欲しいとおっしゃれば、その時は待たせず、とく届けてくれましょうな」

やれやれ、なんだ、その微妙にこみいった嫌味は。進物がないのを尊重の気が薄いと憶測するのは勝手だが、幼くして寺に入り、浮世離れしたお育ちにしては、どうもぎすぎすした、つきあいにくそうな御仁だ。

たかが酒宴の引き出物、とはいえ山名のことだ。この部屋を見てもわかるとおり、ありあまる財力に飽かせ、面目にかけて他家に劣らぬ名品、珍品の山を用意したに違いない。運ぶだけでも手間なしろものを、贈り主の館から宴席へ、宴席から贈り先——この場合は浄土寺――へ移しかえる面倒をはぶいて、先に折紙、現物は直送というのはままある。進物を用意できず、その事実を包まず伝えてしまったのは、山名ほどの大名にしては手際が悪い。だが遅れても届けば礼を失したことにはならないのだから、口から出まかせでもいついつまでにと答えてしまえばよいものを、こうした役目は不慣れなのか、代人はしどろもどろと自分を追いつめている。普段は主家の威勢をたのんで肩で風を切りそうな男が、たらたらと冷汗を流し、形無しだ。

義尋の左右には、うら若い美女が侍っている。薔薇の袖の内掛けはふっくら可愛い丸顔で、山吹の内掛けは細面。両人とも魅力的でなくもないが、薔薇はうつむき、山吹は笑みともつかぬ曖昧な表情をはりつけて、戸惑うばかりの初心な風情は玄人らしからぬ。遊女なら酔客のあしらいもつとめの内だが、これは一門からきれいなのを選んだってところか。もしやお手つきでも狙ってる？

還俗早々、義尋は日野家の姫――兄嫁の妹だか姪だかを娶るという。公家としては大した家柄ではないが、代々将軍の正室を出すことで権力に食いこんできた日野家が、次期将軍に早くも売約済みの札をつけたわけだ。だが側室あたりなら……横から手を出して唾をつけておくのもありかも知れない。

義尋は、まだ代人をちくちくいびっている。

小次郎はあくびを噛み殺した。このからみ酒いつまで続く。まったくもって人に貴賤の別はない。酔っ払いは酔っ払い。古今東西、迷惑なものだ。足利の血筋は酒に強いと聞くが、義尋は修行が足らないようで今日のところは完全にトラだ。慰みに愛用の大鼓を指先でもてあそびながら、酒乱気味の坊主の嫌味を右の耳から左の耳へ抜けさせる。が、どうにもいらいらが募ってくる。限界だ。

小鼓打ちがはっと息を呑んだ。小次郎はぐいと頭をあげ、にっこり笑みを形作った。こうなったら実力行使だ——半時たらず後。膳につっぷして鼾をかきはじめた義尋を、部屋に入ってきた屈強な侍たちが三人がかりで担ぎあげ、素早く別室へ運び去った。あとは寝床に投げこむだけ。宴もやっとお開きだ。

朋輩が咎めるような呆れたような視線をよこす。小次郎は扇の陰でちろりと舌を出した。まずいことはしていない。将軍内定のこと、縁談のこと、めでためでたと褒めあげて酒を過ごさせただけ。義尋は八割方酔っていたし、酔い潰すのは簡単だった。あの様子では二日酔いは必至だが、なにがあったかなど寝て起きれば自分の醜態もろとも忘れるだろう。

急に白けた座敷で、そそくさと後片付けがはじまる。

小次郎は広縁に出た。熱のこもる頬や首筋にしっとりとした夜気がまつわりついてきて、涼むより薄らと汗ばむ。義尋に酒杯を重ねさせるため何杯かつきあったが、こういう酒は胃の腑のどこに落ちたかわかりゃしない。

しばらく扇で顔に風を送って火照りを冷まし、さて戻ろうと座敷にむけた爪先が、紙を踏んだ。落ちていたのは例の折紙だ。

「ありゃりゃ大事なもんを……」

義尋の袈裟からでもすべり落ちたか。拾いあげ、迷うことなく好奇心に負けて盗み見た中身は、なるほど結構な品ばかり。

まったく不用心な。こんなものを放置しておくなんて。宝の山、あるいは銭の詰まった壺を人目にたつところにごろりと転がしておくようなものだ。

折紙は単なる目録ではない。それは記載の品々を必ず譲りますと保証する手形のようなもので、それ自体が価値を持つ。義尋が折紙を兄に譲渡すれば、山名は義尋にではなく将軍にお品書の現物を持っていかねばならない。

とは言え、と小次郎は折紙を見直した。衆人の面前で披露されたものを、ここで自分がこっそり懐に入れて、実際、我が物になる公算は……。

まず無いな。頭をふり、さて誰に渡したものか。もとの座敷をのぞいてみたが、いたのは片付けの者たちだけ。やはり代人をさがしたがよいかと、小次郎は折紙片手にぶらぶらと回廊を歩いた。

開け放たれた無人の座敷にともる灯が、牡丹に戯れる唐獅子の姿を襖に浮かびあがらせる。派手好みに仕立てられた別邸は、普段は出入りも少ないのか、人の肌になじまない木の香りが、そこはかとなく漂っている。

どうもすっきりしない夜になってしまった。先に笠月屋の一件があって、また同じ主賓をむかえての宴、験が良くないと案ずる声もあり、粗相がないよう厄介にまきこまれないよう、いつも以上に慎重にと申し合わせてのぞんだのに。しかし、あれが次の将軍か。義尋も別に悪い人間ではないのだろうが……。

ひとつふたつ角を曲がり、小座敷が連なるところへ来たとき、叱声が響いた。

「——なぜ早々に知らせてくれなかった」

小次郎は声のする部屋をのぞいた。

枝をつかむ太い鉤爪。獲物を狙う鋭い眼。襖絵の鷹が見おろす先、腕組みする代人の前で、初老の男が両の手を床についている。立烏帽子の頭は自ずと下がる恰好だ。傍には同じ年頃の従者が、やはり身を屈めながら主人を気づかっている。

「一月前に、すぐ知らせてくれれば探索に人手も出せたし、こんなことには——」

「まこと申し訳……」詫びる語尾は消え消えとなり、深く沈めた烏帽子が床を打つ。

「それで弟君のご機嫌は……？」

盛大なため息に、部屋の灯が揺れる。

「麗しいわけがない。気の利いた申楽者が、ひとまずその場をおさめてくれたが」

小次郎は目と耳をそばだてた。叱責をうける主従に見覚えはない。しかし二人の斜め後ろ、少しはなれて事情を知る付き添いという顔で座っている侍――あれはあの無礼なナス、岡崎範茂の陰気な乳母子ではないか。確か、黒川、とかいったか。

「こんなところにいたのか、さがしたぞ」一座の朋輩があらわれ、声をかけてきた。

「もう帰るのに、なにしてる――」

唇の前に指をあててみせる。朋輩は口を閉じ、一緒になって聞耳を立てた。

「せめて前々日、いや前日でもあれば、急ぎ折紙を書き替えて、当座の進物は銅銭だけにして、後々進ぜる品物を選びなおすこともできたものを。宴の直前では……。折紙を献じないわけにはいかんし、献じてしまった以上、折紙に書いたのと違うものを差し出したのでは面目が立たん。まったく同じ品を手に入れるか、盗まれた品々を取り返すかせねば。さもなければ我ら皆、首が飛ぶわ。下手をすれば、こちは文字通り詰腹よ」

主人をかばうように従者が声をあげた。

「しかし、我が殿が山名さまの目利きをつとめさせていただいていること、御進物の品々を我が館に保管していたことは内々の話、決して漏らしておりません」

「だが、どこからか漏れたのだ」

おいおい、なんの冗談だ。またぞろ雲行きが怪しくなってきた。その怪しい雲は黙りこんでいる黒川のほうへ流れていく。

「とにかく、なんとしても見つけねばならぬ。御進物か、賊か、どちらか一方でも」

席を立つ気配がして、小次郎たちは慌てて隣の座敷に隠れた。先に代人が出てきた。気が立っているようで足音荒く歩み去る。続いて主従、最後に黒川。主人は青菜に塩どころか塩漬けというほどに萎れきって、足元はよろよろと、従者の肩を借りてやっと縦になっているありさまだ。しかし、その直垂はなかなか趣味がいい。なるほど、山名さまの目利きか。

「どうなってるんだ、これ」

囁く朋輩の手に小次郎は折紙を押しつけた。

「なんだよ、こりゃ」

「その火種の折紙よ。落ちてたの拾ったんで、代人に渡しといてくれ。頼んだぞ」

「ええっ、そんなの嫌――」

返事も聞かず、袴の股立(ももだ)ちをとり、小次郎は近くの縁から裸足のまま庭に飛び降りた。

暗い中、濡れた土を足の裏に感じながら、植栽の間を駆け抜ける。篝火(かがりび)の傍で退屈している見張りの目をかすめ、館の裏手へまわりこむと案の定、賓客用の正門ではなく、通用の裏門をひっそり出ていく影がある。

少し待って、呼吸を整えてから後を追う。門番には先に出た客たちに忘れ物を届けると言い訳した。

門を出ると、先を行く小松明の火二つに、土塀に映える影三つ。路地裏から表通りに抜け、三人は立ち止まった。どこかに馬をつないでいる様子もない。

「お気を落とされますな。我が殿も叔父御さまのためには何でもしようと仰せです」

黒川が慰める。主人が礼を言い、三つの影は徒歩のまま二人と一人に別れた。

叔父御さまね。岡崎の親戚の誰それってところか。反対の方向へ流れてゆく火影を確かめて、路地から忍び出た小次郎は、気取られぬように黒川をつけはじめた。

つまり、こういうことだろう。山名は名門だが、武張った家風ゆえ、風流ごとにかけてもそつのない細川などに比べ、文雅の道は少々自信がない。そこで皇族、大臣、将軍家など大事な筋へ持っていく進物の目利きを叔父御さまにまかせていた。さほどの家柄でもなさそうだが、品物の良し悪しを見分ける目はお持ちの御仁のようだ。もちろん山名の目利きをつとめるのは、盛んな一門と結んでおけば、なにかと利得が多いから。その代わり睨まれたらただではすまない。

ところが義尋への進物を選び、館に置いておいたところ、そっくり賊に奪われた。叱責を恐れたか、期日までに身内でかたをつけようとしたのか、代人への報告が遅れ……宴での、あのていたらく。目利き役は縁を切られるくらいですむかも知れないが、失態を演じた代人は、気の毒に、本当に腹切りかも。

我知らず息を詰めていることに気がついて、静かに息を吸い、吐き出す。

五月に入り、五月雨（さみだれ）の時季、空は厚い雲に閉じられて夜の闇はいっそう濃く、重い湿り気が緊張した肌の上で汗となって流れる。前を歩く黒川の小松明は足まわりを照らすだけ、その背も時折、闇に食われそうになる。

小次郎は眉根をよせた。

全てを推測の糸で綴じあわせるのは乱暴だ。御進物の件を、大江たちがやらかしたかも知れない盗みのひとつと数えるのは早計にすぎる。だが、疑うなというほうが無理だ。黒川とその主人に初めて会ったのは、笠月屋の騒動の翌朝、凶賊に襲われた池野屋の前で。那智は、舟木朝直が必要もないのに牢をのぞきにきたことに不審を抱いていた。同じことが岡崎にも言えないか。小次郎たちは番所の牢に那智を見舞い、その足で笠月屋にむかう途中あの混雑にひっかかった。道はどこにでも通じている。だから、目的地がどこ、とは断定できないが、岡崎らが小次郎たちとは逆に、番所にむかう途中で足止めを食っていたのだとしたら。岡崎は舟木の知りあいというだけではなく……。

こめかみから伝った汗を手の甲でぬぐう。なんて長い夜だ。

那智は岡崎のことを知らなかったから、牢には訪ねていない。舟木に話を聞いて、そのままとって返したとも考えられる。

黒川が足をとめた。松明を掲げ、あたりを見回す。小次郎は急いで街路の柳の陰に隠れた。後方では山名別邸の正門前で焚かれる火が小さくきらめいている。

近くの土塀の角から手が出て、忙しく招いた。ふっくらした影の形からして被衣姿の女のようだ。誰とも問わず、黒川は相手に体をよせた。ぼそぼそと囁きが交わされる。

お使いついで逢引、じゃねぇよな。

「かなり――」と黒川が絶句し、首をふった。

「千成め、余計なことをしてくれた」

思わず声をあげそうになり、小次郎は口をおさえた。被衣の陰で罵ったのは黒川の主人、岡崎だ。疑ってかかった直後にこれか。今夜は冗談の大盤振る舞いだ。

「では、やはり大江の若殿が？」

「他は知らぬと言っておる。山名のものに手を出すほど命知らずではないとな」

「しかし命知らずが一人はいたわけで。近頃、随分と御熱心でございましたから、さすがに危ういのではと案じておりましたが……。これは盗めまい、などと、お仲間の獲物自慢に乗せられて、いらぬ挑発をなさるから」

「うるさい、うるさい――」

岡崎が地面を踏み鳴らす。黒川は恐れ気もなく横をむいた。同じ乳をわけあった乳母子は、長じて秘密をわかちあい、ときに兄弟より親しく命をあずける腹心ともなるが、同時に主人の急所も心得ているものだ。

「大原（おおはら）さまが唐渡りの白磁を出せば、対抗して吉田（よしだ）さまは宋画の軸を出し、五条（ごじょう）さまはひと月の間に三点盗った、と……博奕の集計じゃあるまいに」

大原、吉田、五条。大江と岡崎も入れて五人。これが例の決まった顔ぶれか。今の話からすると五人一緒に動いていたわけではなく、それぞれが別に盗みを働いて手柄を競いあっていたようだ。はじめは懐の侘しさを補うために盗みを働いたのかもしれないが、往往にして悪い遊びほど深みにはまるもの。競争がすぎて、仲間の身内にまで手を出したか。各人の素性については、大原というのは番衆に同姓の武家がいたはずで、その縁者かも知れぬ。後の二人はおそらく公家。下の名前も知りたいが、さすがに無理だろう。舟木の名前は出なかった。

顔にかかる柳の葉を掻き分ける。炎に照らされた岡崎は被衣の縁を握る手をわななかせ、乳母子の嫌味にぐうの音も出ない。

そう言えば、岡崎に会ったとき納戸の中身をしつこく尋ねられたが、後から思えば美味しい獲物があるか——習い性で——さぐりを入れていたに違いない。もちろん本当のことをぺらぺら話す馬鹿はいない。

「叔父御さまの立場も危ういと代人が申しておりました。進物をとり戻したら、もう火遊びからは手をお引きになる潮時でしょう」

「わかっておるわ。しかし千成め、あれだけの品をどこに隠したのか」

「死人に口なし、ですか」

不出来な主人や上司ってのは百年の不作だな。他にもいろいろ思うところはあるが、これ以上粘っても収穫はあるまいと、その場をはなれようとそろりと動かした足が、ぱきん、と枯れ枝を踏みしだいた。

「誰だ――」

鋭い誰何（すいか）とともに柳の枝が切れ、抜き身の刃と松明が同時に顔の前に突き出された。炎に触れて、じわり、と燃えあがった柳葉のむこうに黒川の険悪な顔がある。

那智が言ってたっけ。他人のより自分の足元を見ろと。今さら思い出しても、小次郎にできたのは敵意はないと示すため、そろそろと両手をあげることだけ。

訂正する。長いどころじゃない。最悪の夜になりそうだ。

ひやりとした風が忍びこみ、芳里は覚めた。

眠っていたような、そうでないような、頭の芯がじんと痺れて、本当に覚めているのかもさだかではない。それとも、まだ悪夢に捕まっているのか?

蠟燭は燃えつき、あたりは深淵の闇であるはずなのに、その闇が一部淡い。閉めきったはずの板戸が一カ所開いていて、そこから夜風が吹きこんでくる。

おかしいと思うのに、夢か、現か、脳裏に油膜が張ったように境目がわからない。悪夢の中でなら、現もどうとでも歪むだろう。

目の隅に小さな炎が燃えあがった。

闇の底を這っていた影がいっせいに飛びかかり、芳里は床に押し倒された。背中を打つ痛みすら、どこか鈍い。小松明がつきつけられる。頬を焦がす熱を感じながら、芳里は目を動かした。覆面で顔を隠した賊――は、六、七人もいるか。

「倉の鍵はどこだ。倉の鍵を出せ」

低く押し殺した恫喝。芳里は斜め上に視線を走らせた。鍵は枕もとの手箱の中だ。隠しているわけではないが、教えるつもりもない。

こいつらはそうなのか、違うのか。わからない。わからないが……どうでもいい。

芳里はもそもそと口を動かした。鍵の在りかを吐くと思ったか、賊の一人が身を乗り出した。瞬間、その腹めがけ膝を突き上げる。手ごたえは弱かったが、賊の体がはなれた。

「うわ、こいつ、暴れやがる」

両腕で左右を突き退け、跳ね起きて、枕もとの筵の下からあらかじめ鞘を払っておいた太刀をつかみ出す。ふりまわすほどの力はないが、両腕で支えて体ごとぶつかれば……太刀を正面に構え、一番わかりやすい目印、炎めがけて突進する。

ぎゃあ、と悲鳴をあげてのけぞった賊は、小松明を放り出し、背中から土間に落ちた。

切っ先は生憎、胸をかすっただけ。

衝撃が背を打ちすえ、息が止まった。鞘のままの太刀が肩と腕にふりおろされる。袖、髪をつかまれ、紐のようなものがするりと首に巻きつき、引きずられた。痛みに目がくらみ、太刀を取り落とした手が虚しく空を掻く。

床に倒され、首の紐がゆるんだのもつかの間、胸にのしかかった重みでふたたび息が詰まる。馬乗りにまたがった賊が刃を突きつけた。仲間がその腕をつかんだ。

「おい、まだ鍵が」

「後で家捜しすりゃいい。どうせ殺せって言われてんだ」

ああ、やっぱり、そうなのか。全部――全部、俺のせいなのか。

冷たい灼熱が胸元にすべりこんでくる。心のどこかでは当然だと思っていた。むくいだから、ではない。ただ単に自分の番が来ただけだと――。

体がふっと軽くなった。

刃を突き立てようとしていた賊が横ざまに吹っ飛び、壁際の棚に頭から突っこんだ。それきり、うんともすんとも言わない。

なんだ、なにごとだ――頭上で賊が狼狽の声をあげる。芳里もわけがわからない。誰だ、と叫んだ賊が、げっとうめき、腹をおさえてうずくまった。四肢を捕える手がはずれ、床を転がって逃れた芳里は、首にからむ紐だか布だかをむしりとって毒蛇のように放り捨てた。胸に手をやる。傷はない。刺されたと思ったのは幻か。

室内の光源は土間に落ちて消えかかった松明の火だけ。とぼしい明かりの中で入り乱れる影は墨で塗られた人形も同然。互いの顔もわかるまい。

がん、と凄い音がして、また一人床に伸びる。賊は全員太刀を手にしているが、同士討ちを恐れてふるえない。それを良いことに闇にまぎれた闖入者は、他は皆敵と心得て、あたるを幸い殴る蹴る。とばっちりを避けて、芳里はひたすら床にはりついた。

「この野郎」

度を失い、でたらめにふりかぶった太刀が、ぎらりと光をはじく。

危ない——。警告は喉の痛みにさえぎられ、芳里は激しく咳きこんだ。影がふりむく。落ちかかってきた刃を避け、逆に手首をつかみとった影は、さして体格も劣らぬ相手を木偶のように投げた。投げられた賊は板戸をぶち破り、破片をまき散らしながら二枚ほど道連れにして、もろとも庭に落下する。

「なんなんだ、こいつは」

「話が違うぞ。一人だけじゃなかったのか」

完全に勢いをくじかれ、賊の面々は大きく壊れた戸口からてんでばらばらに逃げ出した。その行く手をふさぐように松明が掲げられた。どこに潜んでいたのか、捕方たちが松明を手に手に次々庭へなだれこんでくる。

「なるべく生かして捕えろ」

森山の命令が飛ぶ。炎が踊り狂った。六尺棒の乱打を浴びて、たちまち二人が地に這い、縄をかけられる。

「畜生、罠か――」

捕られてたまるか、と絶叫した賊が逆上気味に太刀をふりまわした。捕方が怯む。突破をかける賊と、逃すまいとする捕方たちはもつれあうように植込みの陰へ消え……やがて、二人逃げたぞ、と門のほうで声があがった。

賊にまぎれこみ、芳里を助けた闖入者は、縁側に立ち寄って外の様子を確かめた。松明が林立する明るい庭を背景に、その横顔が逆光の影となって浮かびあがる。

「芳次（よしつぐ）？」

そう見えた。

「おまえは――」

傷めた喉から無理やり押し出した声は、かすれた喘ぎになって潰れた。森山が走ってきた。芳里の無事を確認し、傍らに立つ男に怪訝（けげん）な目をむける。

「そなたは？」

「用心棒です」

しれっと那智が答えた。芳里を助けるのを見たからだろうか、森山はすんなり信じたようだ。ならばここは任せると言って大声で部下を呼び集め、松明の群れをひきいて走り去った。

那智は踏み荒らされた夜具の枕もとをさぐって倉の鍵を見つけると、賊が落としていった小松明を拾い、森山が残した見張りから火をもらった。空いた手で芳里の襟首をつかむ。芳里がもがいても意に介さず、引きずるように倉まで連れていき、鍵を開けて中に放りこみ、自分も入る。錠をおろす音が重々しく響いた。

蠟燭が灯った。火を移し終え、那智は小松明を空の甕に投げ入れて消した。

痛む体を辛うじてひき起こし、芳里はあらためて相手と対峙した。

互いの容貌には七年の歳月がふりつもっている。だが記憶を違えるには足りない。

「おまえ——」

おぼえている。弟——芳次が親しくしていた、同じ年頃の——吉野で。

芳里を捕えていた悪夢の鎖が音をたてて切れた。冷えきっていた手足に血がめぐり、全身がかっと燃えあがる。

「おまえか——おまえが」

飛びかかった勢いのまま天地逆さまに投げ飛ばされた芳里は、気づいたときは仰のけに倒れていた。那智の草履が右腕の古傷を踏みつけている。

「俺が、なんだと？」

その手が喉の柔らかなところ、急所をつかむ。まだ少しの力もこめていないが、このまま握り潰すくらいわけない。今さらのように首を絞められた感触がよみがえり、芳里は辛うじて言葉をしぼり出した。

「おまえが、やったのか――」

く、と喉の奥にひっかかる笑い。那智の唇が弧を描き、歪む。くっくっと低い笑い声が暗い壁や天井にひそやかにこだました。

「なるほど、恨まれるおぼえがある程度には、後ろめたい気持ちもあるわけか」

七

薄曇りの空からさす淡い朝日の中、那智が井戸端で清めた手をふるっていると、森山が入ってきた。足元が少しふらついている。

「おう、そなたか。主人はどうした」

「倉の中で死んだように眠っております」

「そうか、無事か。良かった」

「昨夜は危ういところをお助けいただきまして、森山さまが屋敷まわりに手勢を伏せておらねばどうなっていたことか……、ありがとうございました」

頭をさげる那智に、森山は照れたように手をふった。

「いや、あれは俺ではなく敏(さと)い友人の手柄よ。恥ずかしながら俺は彼に忠告されるまで、池野屋が急に金を集めはじめた理由に思い至らなんだ。葬式代を作るため、くらいに考えておった。まさか、もう一度、賊をおびきよせるためだったとはなあ」

正直というか謙虚というか見栄を知らぬ男である。出世しないな、と那智は思った。

「しかし、ちょっと意外だったな。新九郎どのと聞きこみにまわったとき、あの婿は絶対、財産目当てで、池野屋の身代を自由にするために邪魔な舅と妻を殺させたんじゃないかと散々聞かされたんだが。ま、財産目当てというのはないでもないだろうと思ったが、捨て身で仇に一太刀浴びせようとするなんて、……惚れてたんだなあ」

「はあ」としか那智は反応のしようがない。「追捕の首尾はいかがあいなりましたか」

「いやあ、なかなか厳しかったわ。手負いが手ごわいのは獣も人も同じだな。なんとか片付いたが」森山は左腕をあげた。埃まみれの泥まみれ、破れた袖が夜っぴての奮闘を物語っている。「幸い当方に深手を負った者はなかった。ただ盗まれたものは見つかっておらん。どこに隠したのか……。生け捕りにした者の話によると他にも仲間がいるらしい。見張りはいったん引き揚げるが、引き続き調べるし、そちらも油断するなよ」

報告書出さにゃ、と大あくびする森山を外まで送り、那智は門を見上げた。本日休業とでも貼りだしておくか。

近所の住人と思しき男女や通りすがりの行商人が、不安な顔を並べて遠巻きにこちらをうかがっている。青い被衣姿の女が人垣を脱け出して、小走りに駆け寄ってきた。

「あの、なにがあったのですか」

ためらいがちに、ひどく心配そうに声をかけてきた女に那智が答えようとしたとき、様子見をしていた他の連中がどっと押しよせてきた。

なにがあった、主人はどうした、賊は全員捕まったのかと矢継ぎ早に質問が飛ぶ。餌を求めて水面にひしめく鯉のように、ぱくつく口にいちいち応じきれず、徹夜の苛々も祟って、とうとう那智も閉口し、

「やかましい。いっぺんに騒ぐな。詳しいことが知りたきゃ役人にでも聞け」

怒鳴りつけると、たちまち逃げ散った。

なにも善良な隣人を威嚇することはない。しかし鬱陶しいものは鬱陶しい。

見ると、青い被衣の女だけが立ち去りがたいそぶりで、怯えたように縮こまっている。

――近所の女たちは軒並み婿に岡惚れ……。

ため息をついて、那智は女を招きよせた。

少し話をして、今はとにかく騒がぬよう言い含めて女を帰す。――まったく罪な。おまけに、芳里を気づかう相手に、己が気を使わねばならんとは。ふり返りつつ去っていく女を複雑な気分で見送って、那智は中に戻った。

重く厚い倉の扉を全開にすると、仄白い光が床に広がり、書棚の足元までのびた。

棚の間をめぐり、帳簿を一冊とって日付を確認する。下調べに一年もかけないだろう

から、せいぜい半年くらい見ておけば間違いない。

明るい場所で二、三枚めくってみた那智は、すぐに草紙を閉じた。やはり名前がわからないと無理か。後日のことを考えたとしたら偽名を使っているとは思わないが。小次郎が調べてくるのを待つしかない。該当する時期のものをもっとさがしておくか。一束選んでおろしたところで、棚にできた隙間から光のとどかない奥の暗がりに、ふくらんだ筵が見えた。

国見は吉野で石見芳里に会っている。だから本人かどうか確認に行かせた。答えは、まぎれもなく当人とのこと。あの顔はそうそう見違えない。その国見が、池野屋がおかしなことをやっていると言った。話を聞いた那智は思いあたることがあって、客にまじって門内に入り、夜まで庭先にひそんでいたのだが……こんな結果になるとは。皮肉なものだ。

単調な作業を半時ほど続けたとき、ばたばたと騒がしい足音が駆けつけてきた。手伝いの者でも来たのかと戸口に目をやると、小次郎が肩を上下させている。那智の姿を認めて、荒い吐息に安堵のため息が混ざった。

珍しげに蔵の中を見回した小次郎が、筵のふくらみに目をとめた。問うような視線をちらと那智に投げ、すり足で近づいて筵の端を摘んでめくる。

うわ、と筵が天井へ舞いあがり、小次郎がひっくり返った。

「なにやってるんだ、おまえは」

「は、腹、腹に入った……おぇ」

「ああ、起きたのか」

小次郎の腹に打ちつけた額をさすった芳里が、ぼんやりと顔をあげた。


館のどこにいても菖蒲と蓬が香る。清爽な芳香が鬱屈を洗ったようで、座敷から聞こえる囃子にも軽やかさが戻ってきた。

外は相変わらずの空模様だ。今朝は雨が降っておらず、館の女衆は総出でたまった汚れ物を片づけたが、重たげに下がり始めた雲からはいつ雨粒が落ちてくるか。午後を待たず、早々にとりこんだ洗濯物の山を抱えて庭から縁側へあがった茅根は、亀のように床をはっていた天鼓に蹴つまずいて、洗濯物をぶちまけてしまった。

「ああびっくりした。もう何してるの」

「うーん、くも、いない？」

天鼓は手にした菖蒲をふってみせる。

「雲？……ああ、蜘蛛ね。こう雨続きでは、なかなか出てこないかも知れないけど」

誰かが機嫌の悪い稚児に菖蒲占を教えたのだろう。端午の節句、軒に菖蒲の葉を結び、思ふこと軒のあやめに言問はむ叶はば懸けよささがにの糸——この願いが叶うなら菖蒲の葉に蜘蛛の糸よ、かかれ。

と唱えて蜘蛛が巣をはれば、願いが叶う兆しという。天鼓の祈願はわかりきっている。無事に帰ってきますように。その一念だ。爪先立って軒先に目を凝らし、膝をついて縁の下をのぞきこむ天鼓の傍で、集めた衣類を選りながら茅根は昔を思いかえした。

菖蒲（しょうぶ）の音が尚武（しょうぶ）、すなわち武を重んずる、の意に通じるため、武家にとって端午の節句は大切な祝事だ。茅根も幼い頃、舟木の家に招かれて粽をたらふく食べた記憶があるが、菖蒲占にかけた願いは、はて何だったか。その年頃の少女ならそうすると世間で信じられているように、素敵な殿御に出会えますように、などと願った覚えもないが。

「自殺のわけないでしょ。男は戦に行くもの、情夫が死んだからって一々後追いしてたら、女は命がいくつあっても足りないって」

庭では洗濯籠を抱えた女衆が、笠月屋で死んだ遊女について意見を闘わせている。

「第一、遊女の目当ては客の袴の紐じゃなくて財布の紐よ。紐が一本切れたからって、悲観して死ぬなんて、ないない」

それも一理ある。だが、己の落ちた境遇を苦界と思えば、身請けしてやるというのが遊び人のあてにならない空約束だったとしても、蜘蛛の糸ほどの希望にも必死にすがっただろう。若菜も去年の五月五日には菖蒲に願をかけたのだろうか。

少なくとも若菜は望み通り苦界から逃れた。今は一切の苦痛から逃れたのだから、憂えることはない。そう自分に言い聞かせながらも、ふっと息苦しいような重さをおぼえて、たたみかけの小袖を胸元にたぐりよせた。

小袖は、あの日、笠月屋に着ていったもので、裾にひどく泥はねしたので、館に帰ってから泥を落とし、染み抜きした。乾き具合が気になって今日もう一度干し直したが、季節柄からりと乾くには無理がある。梅雨がすぎたら、また虫干ししようと思いつつ、袖にすべらせた指に常にはない感触があたった。

「あ、これ……」

忘れていた。茅根は袖に手をいれ、赤絹の守り袋をとりだした。笠月屋で拾った若菜の守り袋だ。下女に渡す気にもなれず捨てるのも忍びなくて、袖の中にしまいこんだまま持ち帰ったのを失念していた。

菖蒲ではなく、これに望みをかけたのか、若菜は。

ふっくらした手触りの、やや大ぶりな守り袋の口を綴る紐の結び目が、少し緩んでいる。紐の端をひっぱると簡単にほどけた。小さく折りこまれ、ぴっちり重なりあった薄い紙が数枚出てきた。時々こうして誓紙の文言を確かめては、ひそかに胸を温めていたのだろうか。外側の一枚を剝がすと、文面が目に飛びこんできた。

「えっ、なにこれ」

次の一枚を剝がし、全部ほぐす。七枚の紙がかさかさと手の中で音を立てた。

なんで、こんなものが。文面自体に特におかしなところはない。だけど、どうして。

七枚とも署名が違う。七枚に七通りの署名。どう考えても多すぎる。

少しずつ指が凍っていく。

殺された男の交友関係を調べている……そういう賊を知らないか、那智に聞かれた
……そしてこの、ばらばらの署名。

まさか、でも、その交友関係、もしかして万寿丸――朝直も入ってるんじゃないの？

七枚の紙が手からこぼれた。湿った風に吹かれて四方に散らばる紙切れを、わ、わ、わ、と天鼓が追いかける。籠を抱えた女が通りかかった。

「あ、ここにいたの。厨にお客が来てるよ」

「客？」

「ほら、この間あんたに手紙よこしたお武家――」

出来損ないの傀儡のようにぎくしゃくと立ち上がり、あれー、と不思議そうな稚児の声を背に、茅根は厨へむかった。

袱紗の包みを手に厨の隅で所在なげに待ち惚けていた舟木朝直は、入ってきた茅根の足音の高さに驚いたように顔を上げたが、その手元に目を落として瞬いた。

「その守り袋――」

一転、晴れやかな笑顔を見せる。

「やっぱり、ここにあったのか」

茅根の指には守り袋の紐がからみついていた。

通りに面した町家の戸口で、父親に肩車された子どもが庇に手をのばし、菖蒲の葉と蓬を束にしたものを屋根板の隙間に挿しこもうとしている。

明日は端午の節句、家という家の軒先に菖蒲と蓬が葺かれ、京中は邪気払いの香りで満たされる。子どもたちは菖蒲の刀で合戦遊び、後のお楽しみは粽と菖蒲湯だ。

河原では石合戦もあるが、ああいう痛いのは単純に好きになれないな、と又四郎は肩に担いだ籠をひと揺すりした。籠にはたっぷりと蓬と菖蒲が入っている。この荷を届けるのも今日で最後。からみあった厄の糸が明日までに解けねば、なにか新たな手立てを練ることになるのだろうが、どうなることやら。

観世の館の前まで来て、又四郎は足をとめた。

若い武士が出てきた。続いて鶸色の衣を被いた娘が。被衣の陰にのぞいた白い顔は、あの娘――茅根といったか。二人は連れだって往来の人ごみに消えた。はて、と首を傾げつつ入れ違いに門をくぐり、厨へ向かう。

「あっ、こらっ――」

女の声がして、勝手口から天鼓が飛び出してきた。と、背後からふくよかな腕が伸び、ひょいと稚児の襟首をつまみあげる。

「おとなしくしてなさい。すぐお昼だから」

じたばたするのを難なく中へ連れ戻す。又四郎も一声かけて戸をくぐった。大所帯の口を賄う厨では、たすきがけに前垂れ姿の男女が昼餉の支度に忙しく働いている。竈にかかった鍋からあがる湯気にまぎれ、うろうろする小さな影が見えた。

「どうした、おちび？」

「はっ？」

近づいて声をかけると、天鼓は飛びあがった。ふりむいた稚児は又四郎の顔をじっと見上げ、なにか考えこむふうだったが、やがて胸に抱いていた草紙を差し出した。

「これか？」

「それだ」

「どれどれ……うっ、重ッ」

「いきなり持ち上げるな。まず腰を落とせ」

「どうして、わしが、こんなこと」

「自分でやると言い張ったんだろう。帰っていいと言ったのに」

「クソ重いな。中身はなんだ」

「盆石三つ」

「石ぃ？　なんでそんなもん質入れするんだ」

「知るか」

「っとに、大事なコシを痛めたらどうしてくれる、んぎぎ」

「無駄口たたく気力、腰に回したらどうだ」

「そっち力抜いてないだろうなッ？」

こいつらのやりとりは、どういう狂言だ。げんなりしつつ、こんこん、と芳里は倉の扉をたたいた。後ろでは空荷の荷車をひいた客の使いが二人、目を丸くしている。

「わわ、そこ退いてくれ。潰しちゃうぞ」

小次郎が喚き、那智と二人がかりで行李を運びだす。倉の外の石段にいったんおろし、芳里は蓋を開けて客に確認を求めた。小次郎も脇からのぞきこみ、口笛を吹いた。

「ホントに石か。よく底抜けないな」

盆石というのは盆に石や砂を配して小景を創りだし、その風趣を味わう、いわば盆栽の石版だが、盆上の主役となる名石を質入れしたお客がいたらしい。

朝方、那智が本日休業の貼り紙をした。そもそも昨夜の騒ぎのせいで客などほとんど来ないが、まれに貼り紙を無視し、臆せず門をたたく剛の者もいる。後ろの二人も然り。主人の趣味は理解できないが、大事な大事な可愛い石をとり戻してこいと命じられ、役目をはたすまで館に入れてもらえぬと泣きつかれて、断る気力もなく芳里は倉を開けた。

しかし客よりなにより今日は手伝いが一人も来ない。やむなく居合わせた連中に頼ったが、正直、理解できない。喜々として手伝う能役者も、むっつり仏頂面ながら文句ひとつ言わないかつての敵も。この状況も。誰か教えてくれ。どうしてこうなった。

帳簿ともつきあわせ、支払いを済ませて、五人がかりで荷車に行李を載せて上から縄をかける。ぺこぺこ頭をさげ、お使い二人は帰っていった。ううん、と小次郎が伸びをし、拳で腰をたたいた。

「お次は？」

「とりあえず今のではけたが……」

芳里が答えると、小次郎は石段に腰をおろした。

「しかし石まで質草になるとは知らなんだ。うちの年季入った漬物石も値がつくかな？」

那智はさっさと倉の中に戻り、昨夜からそうしているように帳簿の棚を漁っている。

——昨夜、

「なるほど、恨まれるおぼえがある程度には、後ろめたい気持ちもあるわけか」

低い嘲りが耳にとどいた瞬間、芳里は左腕をふりあげ殴りつけた。手ごたえはなかった。那智は身をそらして難なく避け、体の上からふわりと退いた。飛び起きて、その姿をさがし左を見、右を見る。どこへ消えた。

床に置かれた蠟燭の火が身をよじった。

いきなり見当違いの方向から突き飛ばされた。壁際の書棚にたたきつけられ、肺腑を圧迫するほど強く押し付けられて、左腕を背にねじりあげられる。右腕が棚に積みあげられた草紙を払い、帳簿や証明書類の束を床にぶちまけた。倉の外には見張りがいるが、分厚い土の壁に阻まれて中の音は聞こえまい。

「馬鹿め。この腕では勝ち目がないことくらいわかっていただろう」

頭の後ろに非情な声がかかる。ぎしぎしと悲鳴をあげる腕の骨を無視し、芳里は体をひねって無理やり相手と視線をあわせた。

「恨みを晴らすなら、俺を殺せばよかろう。女子どもではなく。きよは……娘は、まだ五歳だぞ。なんの罪があ——」

「吉野で女子どもまで手にかけたのは誰だ」

語尾が途切れた。後が続かないのを察して那智が鼻で笑う。

「この程度で反論に詰まるか」

胸で渦巻く怒りと恨み。痛み。どろどろに溶けた鉄のように、喉へせりあがってくるものがある。だが、舌に乗る寸前、焼けつく喉に棘のように刺さった問いが言葉になるのを阻む——糾弾する資格がおまえにあるのか？　少なくとも那智の反問を否定する言葉を、芳里は持ちあわせていない。

それとも、朝敵だから退治しても――南朝に対して幕府は実際「退治」すると言った――許されると答えるか。赤松も朝敵だったが、年季が違う。しかし一点の曇りもやましさもない正義が我にあるなら、どうして言い訳を重ねて後ろめたさを打ち消す必要がある。

他人ごとなら突き放せる。罪があろうとなかろうと死は訪れる。何者も例外ということはない。幼い者の死。非業の死。運が悪かったですませられる。同情はするが、よくあることだと。他人ごとなら。

やったことを無かったことにはできない。因果応報と言われればそれまでだ。けれど恨みも消えないのだ。胸を焼く怒りも。誰しも皆、自分だけが痛んでいると思うもの。芳里は右手で棚を押し返し、乾いた唇を舐めた。

「あれは……、戦場でのことだ」

「戦場など、そこを修羅場に変えたいものがいれば、どこにでも生じる。吉野でも京都でも、この家の内でも。誰かが、おまえの家を修羅場に変えたいと思った」

「誰か……？　どういうことだ。おまえがやったんじゃないのか」

「違う」

答えは短く不機嫌で、どこか迷惑そうですらある。心外とでも言いたげだ。那智が手をはなした。潰れていた肺に空気が流れこむ。咳きこみながらも、芳里は書棚の支柱に腕をからめ辛うじて膝をつくのをこらえた。

「信じろと？」

「信じる？　この間柄で愚問だな。信じようと信じまいと……俺は数年前からこっちにいるが、襲われた土倉の娘婿の名を聞くまで、おまえが京にいることも知らなかった」

「仇の惨めなさまを笑いにきたわけか。しかし……、では襲ったのは、ただの賊？」

そうであれば、まだ救われる気がした。現実は変わらないが、心の重石がひとつとれる。自責の念が薄らぐ。

「いいや。池野屋の者たちを殺したのは、間違いなくおまえの因果よ」

が、儚い期待はあっさり踏み砕かれる。

「池野屋は、おまえがいたせいで狙われた。自分でも勘付いていたんじゃないのか」

重くのしかかる影は、目の前に立つ相手の影か、自分の過去が投げかける影か。こらえていた膝から力が抜け、ひざまずいた芳里の上に屈みこみ、那智は囁きを吹きこむ。

「おまえは考えた。もし、これが自分を恨む者の仕業なら、完全に腑抜けになるか、世をはかなんで命を絶つか、なにもかも捨てて仏門に駆けこむならいざ知らず、家族が皆殺しになって数日で金を集めだせば——あたかも財産目当ての守銭奴のようにふるまえば、この冷血なしたたか者はむごたらしく妻子を殺してみせても大した痛手にならないと見て、直接——多額の金が集まれば他の盗賊も狙うかも知れないから、その前に早々に——始末にかかるだろう。二度目があるか否か。それで答えが出るはず」

答えは出た。二度目の襲撃はあった。

「今宵の賊の目当ては、おまえの命。倉の銅銭は駄賃。賊の言葉を聞いたはずだ——どうせ殺せと言われてる」

どうせ殺せって言われてんだ……。

頭をつかんで、目を背けようとする答え、あるいは自分のせいではないと思いたい本心に、有無を言わさず向きあわせるように、一言一句が芳里をねじ伏せていく。

「自分を餌におびきよせて、どうする気だった。せめて一太刀？　その腕で？　殺されても良いと覚悟していたのか。本当のところは死んだ妻子への後ろめたさで身動きがとれなくなっていただけだろう。無様だな」

放りだされた侮蔑。重みに耐えかねて、芳里は両手を床についた。沈黙が流れた。

「……妻子を殺し、その骸を見せつけ苦しめてから止めを刺す、か。ありきたりだが、効かない手ではないな」

芳里は顔をあげた。今の呟きに嫌悪の響きを聞いたのは僻耳（ひがみみ）か。那智の影が一歩退いた。背をむけて、はなれていく。

「殺さないのか」

「それが目的なら、賊に切り刻まれるのを黙って眺めておるわ」

「ならば、なにをしにきた。殺しにきたのでないなら」

思わず後を追い、すがるように袖を掴んだ手を、那智は足を止め、見おろした。

「そんなに死にたいか?」奇妙に優しい声だった。「それとも殺されたいのか。死ねば少なくとも現世での苦しみは終わる。殺されれば他に責めを負わせられる。言い訳も立つからな。世間にも彼岸の妻子にも、己自身にも」

「おまえは……、恨んでいないのか」

乱暴に袖が振り払われる。胸倉をつかまれ、引きずりよせられた。

「俺が、恨んでいないなどと思うなよ」

息がかかるほど間近で浴びせられた殺気に、首筋の産毛が逆立った。ぎゅっと心臓が引き絞られる。賊に刃を突きつけられてさえ、ほとんどなにも感じなかったものを。

「あの後、俺は吉野を出た。以来、戻っていない。今回のことも、むこうが今どうなっているのかも知らん。知りたいとも思わん。だからと言って忘れたなどと思うな」ふっと殺気が失せる。「だが、それは俺の恨みだ。どう扱おうと、おまえには関係ない」

那智が手をはなした。芳里は床に落ちた。

「死にたければ勝手に死ね。殺されたければ他をあたれ」しばらくして、ひやりとした口調で続けた。「もっとも、そんな覚悟など、はなからないだろうが」

帳簿を見せてもらうぞ、と言い捨てて、那智は蠟燭の皿をとりあげた。暗い中、小さな橙色の火がゆらゆらと書棚の間を漂っていく。

それから――。

それから、それまでの不眠が嘘のように、すとんと深い眠りに落ちてしまった。心身ともに疲れ切っていたし、その場でひっくり返って気絶したというほうが正しいが。夢もない眠りを貪って、起きてから己の不覚を呪ったが、頭にかかっていた油膜がはじけたように、やけにすっきりと目が覚めた。

石段に腰かけ、額に手をかざして芳里は曇天を仰いだ。

さすがに、きれいさっぱり晴れあがるというわけにはいかないな……。

五月雨雲からは、また遠からず雨が落ちてくるのだろう。だが、もうあんなことをする気はない。進んで刃の下に身を投げるような真似は。後を追って心中するのでなければ、死者は置き去りにして先に進むしかない。いつだって、そうしてきた。

それに、そうだ、死なない理由なら、まだある。

「痛むのか？」

小次郎が聞いた。那智を追っかけて乱入してきた能役者の態度は、初対面にしてはなれなれしいが、飛び起きた拍子に腹に頭突きをかましして転がしてしまった相手では、他人行儀もなにもあったものではない。

「なんなら無理せず休めよ。次、客来たら追い返してやるからさ。怪我もしてるんだし……大丈夫なのか、その傷」

芳里は手のひらで首をこすった。薄い痣と擦過傷は、紐というより幅広の覆面の布かなにかで一瞬絞められた痕跡だ。傷自体は軽いが、感触がまだ残っている。

「はなから助けに入るつもりなら、変に勿体なんぞつけず、もっとうまくやりゃいいのに。那智も結構うっかりだな」

聞えよがしの嫌味に、倉の戸の陰で凶悪な気配がゆらめいた。

「おまえにだけは言われたくないわ。岡崎の供侍見かけて一人で追いかけて、内緒話を立ち聞きして見つかって、なますに刻まれかけたところ舌先三寸で丸めこんだとか、うっかりに無謀の上塗りだろうが」

「ははは。わしは那智と違って拳固なんか使わなくたっていいの」

小次郎は、ぱらっと扇を開き、胸にあてた。

「〝まずは火をお下げくださいませ。頰がちりちりと焦げて話もままなりませぬ〟」

得々として語り出すのは昨夜の仕方話。朝餉のときに粗筋を聞いた――膳は那智が調えた――が、芳里にはなんのことやら。

「〝御進物の件、叔父御さまはお気の毒、岡崎さまも気の揉めることでございますな。ところで大江の若殿さまのことでございますが……、実は私、さる御方の命により千成さまが亡くなられた経緯を調べておりまして。いえ、侍所の探索とは別に。近頃、洛中を荒らす輩の横行ぶりに、頼うだ御方は大層、御不快で〃」

「さるって、どこのさるだ……」

呆れ顔の那智に、小次郎は、ぱん、と扇を宙で鳴らした。

「そこは相手に推量させるの。詳しいことは言わずにな。幸い先日、ちょっとした暗示も与えてあったし。影は輪郭が曖昧なほど大きく映るもの……自分で思うより、もっとずっと悪いところにハマりこんでると、ナス殿、うまいこと勘違いしてくれた。おいたの事実はしかるべき筋にとうに筒抜け、わしを斬っても余計悪くするだけと」

「進退窮まったと勘違いして、逆上した侍にぶった切られてたかもな」

「断じて行えば鬼神も之を避く、よ」

「また大げさな、もとい、大見得な……」

「あのな、いいか、よっく聞け。わしらの仕事は演じること、だが、本当は見手の頭の中を操ることだ」

正面に構えなおし、急に説教調になる。

「わしは派手な仕掛けも好きだがな。しかし鬼神が雷火を放って地をかち割ったの、遊女が菩薩に変じて白象に乗って西の空めがけぶっ飛んでいったのって謡本に書いてあったって、それをそのまま舞台でやるわけにゃいかんだろうが。よしんばできたとして、ああ、ありゃ上から紐で吊って飛ばしてるんだなーとか思われちゃ失敗だ」

「象は無理だな。馬はたまに出るが」

「だが、見手の頭の中でなら、花も咲けば竜も舞う」

ひらりと返した扇の上に、幻の花が散る。

「遠い昔に去んだ人間も、生き返って話をする」

死んだ人間も話をする……。

他人が自分の声を語ることを、死者は苦痛と思うだろうか。

「仕掛け自体はさほど重要じゃない。張り子の竜を見せるのでも構わんが――どうであれ、我ら仕手の役目は、見手に物語の雛型を与えること。すぐれた雛型は見手のここで――」小次郎は自分の頭を指した。「本物になる。死者も竜も神仏も、ここに住んでおるのさ」

そう言って、ちらと芳里を顧みる。

生者からは直に答えを聞ける。那智は忘れていないと言った。恨みも、記憶も。

芳里の中の死者たちは恨んでいると言うだろうか。本当の答えを得るのは彼岸へ赴く日。それまで、思い出に住む死者は、なにを語るのだろう。

「要するに、舞台と現の違い、虚実の差なんて、世人が思うほど大きくない。どちらにも背景があり、役回りがあって、筋書きがある。舞台は結末も含めて、あらかじめほぼ全てが決まっているが、現は、なにもかもが複雑で曖昧で混沌としている」

お説教を続ける小次郎は、ひらひらと翻す扇を顔の前にやった。

「だからこそ、己で筋書きをつけられる」

妖しい笑みを浮かべた口元をさりげなく隠す。

「芝居は作り事、その約束を皆が承知しているから、どんな荒唐無稽も舞台の上では真実だと簡単に信じる。現も同じ、あやふやだからこそ人はわかりやすい物語を求め、信じたがるもの。それをわきまえていれば、立ち位置に迷う者にふさわしい役回りをふって、現の上に物語を描いて見せ、望む流れをつくることができる」

片腕をのばし、黙りこんだ那智の額に、人差し指をつきつけた。

「結局、現もまた、この中にあるのよ」

指先でつかれた額に手をやり、那智は天をあおいだ。

「暴論は拝聴しましたがね、師匠。おまえが五体満足で歩いてる理由がわからんわ」

「暴論でなくて芸論だっての。それと師匠と呼ぶな。老けた気分になるだろ。ともかくだ、岡崎はわしの筋書きを信じた。自分は相当まずい立場にいるとな。溺れる者は藁(わら)をもつかむ……藁よりいいもの投げてやれば、釣り上げるのなんて簡単、簡単。――〝賭場のことであれば存じております〟」

くわしい事情はわからないが、相手の連中には目の前の役者が藪に見えたかも知れぬ。

下手につつけば、どんな大蛇が出るか。客の身分を問わず、どこにでも入りこむ申楽者は密偵として重宝されると聞く。諜者が芸人を装うのか、本職が密偵を兼ねるのか、しかし幕閣貴顕とも馴染み深い申楽座の役者に、真夜中、柳の木陰でそんなことを囁かれれば、さぞかし不安をあおられよう。やましいことがあればなおさらに。

「〝さまざまな者が出入りする賭場であれば、怪しからぬ者などまぎれこんで、方々の話に耳を澄まし、盗みに入る先を決めたというのもあり得るのでは？　私どもは、そうした輩が千成さまを手にかけ、御進物の品々を盗んだと見当をつけております。そうであれば、どなたの咎めということもありますまい〟」

逃げ道はこちらと示唆されれば、信用できないまでも流れるしかない。

「〝つきましては、ひとつお教え願いたいのですが――〟で、見事、例の決まった顔ぶれの名を聞き出してやったぞ。大原重晴(しげはる)、五条為数(ためかず)、吉田兼隆(かねたか)」

ぱちんと扇を閉じ、先端で空中に点々を打ってふんぞりかえる小次郎に、頭痛をおぼえたように那智は親指で眉間を押し揉んだ。

「人を見たら騙りと思え。なぜなら自分は泥棒だから。よくもまあ、その口上で信じる脳天気野郎がいたもんだ」

「そこは磨いた演技の賜物よ。まあ転んでもただでは起きることはないよな。ふっふっふ。やっぱりわしって天才……ナニそのため息」

「信光は興味もつと蜂の巣にも手をつっこむから、首根っこ押さえといてくれと、観世に入るとき親父どのに頼まれたが……」

「あんのジジイ――」小次郎が目を三角にした。「記憶間違ってんぞ。わしがいつ蜂の巣なんかに手出ししたってッ？」

つっかかるところが間違っている、と芳里は思ったが、自分の中の賢明さに従って口に出すのは慎んだ。

しかし、こいつ、こんなやつだったか？　なおもくだらない掛け合いを楽しんでいる――としか思えない――二人を眺めながら、芳里はこっそり首をひねった。吉野にいた時分、那智とはろくに言葉をかわしたこともない。ただし記憶には残った。昔はもっと人をよせつけない感じだった気がするが。

その頃の那智は、割れた氷の破片の切っ先。迂闊に触ると手を切りそうな。

新参の余所者への警戒心が強いというのではない。よせつけないのは吉野の同朋に対しても同じ。家族や幼なじみなど、ごく数人を除いてはまともに口も利かない。もの好きにも近づいて、煙たがられつつも、どうしてかそこそこ親しくなった芳次によれば、里でも相当のもてあまし者。気の乗らないことには見向きもせず、飽いたと言って武芸の稽古を怠けまくり、師範を怒らせ、同年代の仲間からは生意気だと総好かんを食らい、ちょっと灸をすえてやろうと闇討ちまで計画される始末。それをことごとく返り討ちにして平気な顔をしているから、ますます反感を買う。

少なくとも、他人とこんな遠慮のない口を利くようなやつではなかった。

片や相棒は、将軍家愛顧の観世座の子弟。どういうとりあわせなんだか。

おまえも手伝えと叱られ、小次郎も渋々帳簿を手にとるが、数字の羅列は目が回らしく、すぐにだらけはじめる。

「昼もまわったしメシにしようや」

草紙ごしに那智が睨んでも、なんか作って、と動じない。

「朝飯をたらふく食ったろうが。それにおまえ、家でも食ってきたんじゃないのか」

「そんなもん、とっくに胃の腑の藻屑よ。昨夜はほとんど寝てないし、今朝は早から今小路訪ねて、そなたの行方聞いて、こっちまですっ飛んできたんだから。走った分と寝てない分、食って補ってるわけで」

「どういう理屈だ。腹が減ったなら、そのへんの草でも食ってろ」

「わしは牛か。なあ、帳簿は足生えて逃げ出したりしねぇよ。だいたいこれだけあるんだから、そうすぐに見つかるわけ――」

「――あったぞ」

「え、嘘」

たちまち倦怠をふり捨て、那智に駆け寄った小次郎は、帳簿の間に鼻をつっこんだ。

「五条為数……。大江じゃなかったか。しかし、こりゃ日付からして山名とは別件だぜ」

「らしいな。進物が盗まれたのは一月ほど前だったな？」

「おうよ。ええと、これは去年の師走か。ま、なにかと物入りの時期ではある」

二人が額をよせあっていると表で案内を乞う声があり、籠を担いだ外仕事風の男が庭に入ってきた。芳里に気づいて会釈する。倉から小次郎が出てきた。

「ありゃ、又四郎。どうしてここに」

「ああ、そこにいたか。今小路で聞いたら、ここだと。それより、これを」

失礼、と芳里に断って背中の荷をおろした又四郎は、空と見えた籠から一冊の草紙をとり出した。小次郎が受けとって首を傾げる。

「葛城の謡本？」

「小さいのが持ってた」

「天鼓が？」

「例によって菖蒲を届けにいったら、なんだか困った顔で厨のあたりをちょろちょろしておってな。どうしたと聞いたら、それを出した。中を見てみろ」

小次郎が草紙を開きかけた。と、ぱさりと落ちたものがある。床に散ったのは七片の薄葉。那智が二片を、残りを小次郎が拾いあげ、各々矯めつ眇めつ眉根をよせた。

「なんじゃこりゃ」

「あの娘、茅根が渡していったらしい」

稚児の話を余さず聞きとるのは少々骨であったが、要点を抜き出すに、この七枚の紙はもともと赤い守り袋に入っていたという。紙束を見つけた茅根は驚いていたが、直後、呼ばれて厨へ行ってしまった。すぐに強張った顔で戻ってきた彼女は、ちょっと考え、守り袋に入っていた紙を葛城の草紙に挟み、小次郎が帰ってきたら渡すよう天鼓に言いつけて若い男と出かけた。出るところは俺も見た、と又四郎はつけ加えた。

「え、赤い守り袋?」

あっ、と小次郎が声をあげた。

「若菜の守り袋。笠月屋に行ったとき、死んだ女の持ち物を拾ったのか。……これ、出所は大江本人だろうな。やっぱり」手元の紙を見比べ、ううん、と唸る。「しかし……、わしは折紙を見たが、これはどれも御進物と違うぞ。大江が盗んだんじゃないのか?」

「一緒にいた男というのは?」

那智が又四郎に尋ねた。

「厨の女衆が万寿丸という名を聞いてるが」

「まんじゅまる?」小次郎が首をひねりかけ、すぐうなずいた。「ああ、従兄の幼名か……。だけど、どこへ連れ出したんだ」

「——東林寺」

ぶっきらぼうな声が割りこんだ。四人同時にふり返ると、また別の男が立っている。が、見た顔だ——吉野で。とっさに身構えた芳里を制して、那智が前に出た。

「どういうことだ、国見」

「そこの庵へ来いと、やつらが言伝をよこした。おまえにな」那智を睨む。「どうやら、おまえが動くのを待って仕掛けてきたようだ。後は、そっちでなんとかしろ」

芳里とは目も合わせず、姿を消した。

「やつら？　誰？　あれ、そなたらいつ仲良くなったの？」

小次郎のとんちんかんをつるりと無視し、那智は腕組みして考えこんでいたが、やがて顔をあげた。「よし、こうしよう」

小次郎の手から紙束をとりあげ、代わりに調べていた帳簿を渡し、全員を見回す。

「今から言うことをよく聞け。——」


この先だ、と朝直が雑木林の奥へ続く小道を指さした。鬱蒼とした木立にまぎれるように柴垣にかこまれた草庵が見える。柴戸の前まできて茅根は足をとめ、被衣の端を持ち上げた。如水庵と墨書きされた扁額がかかっている。

「おまえのことで親父と大喧嘩した後、しばらく家に帰らなかったって言ったろ。知りあいのところを転々としてさ。ここの庵主にも厄介になったんだよ。あ、ちなみに婆さんだからな」

「あら、尼さんでしたの」

先刻、館を訪ねてきた朝直は、少し出られないか、と言って被衣をさしだしてきた。そうして連れてこられたのが、市中からさほど遠くない、この如水庵である。

「実は飲屋もやってるんだ、ここ。味の評判はいまいちなんだが、遊山の客とか常連は結構いるんだよ。庵主は顔が広いし、あんな人の出入りの多い館より鈴が落ちついて暮らせる場所がないか、相談してみたんだ。そうしたら一度連れてこいってさ。……あれ、変だな」

柴戸をくぐった朝直が首を傾げた。草庵には板戸がたてられ、人気がない。

「留守なのか？――もうし、尼殿」

案内を乞う朝直の背に、茅根は重いため息をついた。

今の館に入って半年あまり、那智から太夫あたりに大まかな話は伝わっているかも知れないが、他は我が身の上を知らない。顔の傷を見れば根掘り葉掘り事情を聞きだそうという者もなし、茅根自身も喋らないが、京雀が噂話を好むことは、雀というより屍肉をついばむ烏の如し、だ。厨で立ち話の間中、物陰からのぞく気配は絶えず、こんな顔の娘になんの客だと、今頃、穿鑿のし放題だろう。だが、彼らのことはかまわない。

右頬に手をやる。朝直の申し出が親切心からというのはわかるし、彼の責めでもない。けれど、人の目に浮かぶ好奇の色や、水鏡をのぞくたびよみがえる痛み。つとめてなだめ、忘れようとしているのに、朝直と会うと自分を捨てた過去が臆面もなく訪ねてきたようで、傷が疼くのだ。今さら、なんの用なの？

それに、と胸の上で拳を握る。懐には赤絹の守り袋が入っている。

その守り袋をさがしている人がいると朝直は言った。知人の友人とその恋人が亡くなったので、二人がそろいで持っていた守り袋を一緒に供養してやろうという話が仲間うちで出た。ところが女の守り袋がない。知人が調べたが笠月屋で形見を拾った者はいなかった。が、そこで小次郎と茅根の名前があがった。たぶん下女の口からでも出たのだろう。

「それで、おまえに確かめてみてくれないかと頼まれたんだ」

知人というのは、この前の……と朝直は言葉を濁したが、要するに岡崎範茂のことだろう。死んだ友人は大江千成、女は若菜。いちいち言葉を包むほどのことではない。

ここへ来る道すがら、そんな話を聞かされて、薄暗い靄が胸に広がった。

あなた、守り袋の中身を知っているの？

しかし、率直に問う決心もつかぬ。悶々としていると、背後でざくりと足音がした。茅根ははっとふりむいた茅根を、菅笠を目深にかぶった男が陰鬱な様相で見おろした。

体を固くした。この男、岡崎の——。

「あ、黒川どの。御母堂はおられないのか。今朝、便りをいただいたのだが」

朝直の問いに、ああ、と黒川は顔を顰めた。

「近くに出ているだけだ。すぐに戻る」

「じゃあ、中で待たせてもらうか」

庵室の戸に朝直が手をかける。

「それより、例の守り袋はあったのか？」

黒川が急いで言った。朝直にうながされ、茅根は守り袋をとりだした。渡す寸前、ためらう——中身を調べられたら。

朝直の指先で、たてつけの悪い音をたてて板戸が横にすべった。薄日が庵室を照らしだす。中は土足で踏み荒らされ、ものがひっくり返って惨憺(さんたん)たるありさまだ。

黒川がつかみかかってきた。なにをする、と朝直が声を荒(あらら)げ、ひきはがす。茅根から守り袋をひったくり、飛び退いた黒川が叫んだ。

「約束のものだ」

左から三人、右から四人、人影が走り出てきた。いずれも太刀を帯びた捕方たちが、逃げ道をふさぐようにぐるりをかこむ。

大男の目付が糸巻きのようなものをぶらさげて現れた。否、鬼の糸巻きと見えたのは、十重二十重に縄をかけられ、猿轡をはめられた小柄な尼だ。尼は黒川の姿に目を剝き、うう、うう、と唸り声をあげた。黒川が守り袋をつかんだ手をつき出した。

「おかしなことは考えるなよ。俺と母が戻らねば、主が役所に知らせる手はずだ」

真板が歯を剝きだして笑う。

「それはまた我が身の危うさもかえりみず、思いやり深い主人だな。まあいい、否はない。一、二の、三、で交換だ。それ——」
一、二の、三。
守り袋が放られる。前へ突き飛ばされた尼がよろめき、つんのめった。黒川が受け止める。守り袋は真板が受け止めた。腰の刀に手をかけた捕方を目付が制する。失せろ、と怒鳴られるまでもなく、尼を担ぎあげ黒川は走り去った。

包囲が狭まる。刀の柄を握りしめ、後ずさった朝直に押されて、茅根も一歩さがる。背中が庵の戸にあたった。

目付は守り袋の紐をほどき、とり出した紙を広げて一読した。表情に満足がともる。だが二度見して一転、疑念の色が浮かんだ。他の紙にも目を通す。捕方たちが首領の気色をうかがうように頭をめぐらせた。

茅根は朝直の袖をひっぱった。なんとか逃げなくては。守り袋の中身は小次郎の部屋にあった書き損じだ。内容がわかりにくいよう漢字が多用されている紙を詰めたが、じっくりあらためられればごまかし切れまい。

柴戸から菅笠姿の男が飛びこんできた。一瞬、黒川が戻ってきたのかと思った。包囲の最後尾にいた捕方がふり返る。

「なんだ、もう用は――」

ない、とまで言わせず、男は捕方を蹴倒した。進路の邪魔者を蹴散らし、茅根たちと目付らの間に割って入る。笠の陰の顔を見て、茅根は唖然とした。

肩越しによこした眼差しには責める色がある。

茅根は目を落とした。確かに無謀と難じられても仕方ない。なにかおかしいと気づいてはいた。だからこそ、天鼓に守り袋の中身を託したのに。

「なんでここにいるんだっ」

「それが牢破りの囚人を見つけて言うことか、職務怠慢め」

登場する幕を間違えた役者を見つけたように、太い指をつきつけて非難がましくわめく真板に、冷ややかに応じてから、那智は懐から抜き出した紙切れを目付にむけた。

「汝らの目当ては、これだな」

「貴様――」紙を凝視した真板が、手元の守り袋と紙束を地にたたきつけ、獰猛(どうもう)にうなった。「いくら俺でも漢字と仮名の区別ぐらいつくわ。そりゃ質札じゃなくて、どっかの餓鬼の手習いだろうがッ」

「お、間違えた」こっちは大事な方だった、と那智は丁寧にたたんで懐にしまい直したが、どうも仕草が芝居くさい。「そうじゃなくてこっちだ」

釣餌よろしく鼻先にぶらさげられた紙束に、今度こそ食いつかんばかりに目付が身を乗り出す。質札な、と那智がせせら笑った。

「なんで俺がそんなもの出すと思った?」

「なに――」

「守り袋に質札が入ってるなんて、普通、誰も考えんぞ」

見事に顎を落っことした真板の顔が、徐々に茹であがるように赤黒く染まった。

「糞ったれが、鎌かけやがったな」

確かに、先刻、茅根が守り袋の中から見つけたのは、質札だった。

知らないはずのことを知っていること、守り袋の質札が目当てだったことを自ら暴露してしまったと気づいた真板が歯ぎしりする。

「この野郎、どこまで知ってやがる」

「どこまでといって、大江千成が公家の身ながら仲間とともに盗人稼業にいそしんでいたこととか、盗んだお宝を質入れして大金を得ていたこととか、それを嗅ぎつけた俸禄の安いある目付が、お宝を横取りしようと企んだこととか、そんなところかな」

涼しい顔でとんでもないことを並べたてる那智に、捕方たちがざわつく。

「普通の盗人なら盗品を高利貸しに持っていくなどまずないが、良家の子弟がそうそう裏の盗人市に通じているはずもない。そこで大江たちは別の方法をとった。普段つきあいのない土倉に盗品を持っていき、金をもらう。後は品物をひきとりにこなければいい。この七枚――」質札の束をかかげ、ひらひらさせる。「借り主はどれも大江千成となっているが、貸し主は全て署名が違う。高倉屋、壬生屋、随心尼殿、錦小路屋、三嶋屋、幸徳院、妙珍尼殿……大江の家が懇意にしていた土倉の名はない」

茅根も多すぎる署名を見たとき、おかしいと感じた。つましい暮らしむきの家が、短いあいだに五軒も六軒も違う土倉に借金するなんて不自然だ。苦々しい記憶だが、実家でやりくりに悩む親たちを見てきての世知だ。

「土倉の亭主によると、たまにいるそうだ。妻や親、身内に知られず、なじみの土倉とは違う店で入用な分を作りたいという一見の客が。あまりありがたい客ではないが、品物と身元が確かであれば貸すこともあるし、事情も察して、深くはつっこまないとか」

「ちょっと待って。それなら質札は盗みの証拠でしょう。燃やすなりすればいいのに、どうしてわざわざとっておいたの」

疑問をはさんだ茅根に、那智がちらりと笑みを見せた。

「いいところに気づいた。確かに、この場合は盗みの証拠、だが本来、質札は借銭の証書だ。そして同時に質草の正当な所有者だという証明にもなる。ついでながら、この札の日付、去年、将軍後継について噂が立ちはじめた頃からのものだ」

「まさか、徳政で土倉の倉が開けられることを期待して？」

「そう。幕府から正式に徳政令が出れば、貸し借りは帳消しだ。借金は消えて、質草は手もとに戻り、場合によっては再度、換金もできる。だから盗品の質入れにもかかわらず、本名を使った。いずれ品物をひきとるつもりで。——万が一疑われたら、名前を使われただけとしらを切るつもりで。しかし欲をかいたが命とりよ。それとこいつは」

那智は七枚の中の一枚を引っぱりだした。

「質札じゃなく、あずかり状だ」

土倉の中には客の私産をあずかることを商売にしているものもある。

「どうやら大江は盗品を隠すのにも土倉を使っていたようだな。手元に置いておくのが嫌だったんだろう。質札さえ自分では持ち歩かず、女にあずけた。大事な秘密をあずけたつもりかも知れんがな。策士なのか阿呆なのか判断に迷うところだが……、お陰で、こいつらは男を殺して守り袋を奪ったものの、実は目当ての品は女が持っていたという、とんだヘマをするはめになった」

質札にしろ、あずかり状にしろ、こういった証書は贈与の品目を書きつけた折紙と同じで、それ自体が譲渡や融通の対象となる。なにかの事情で証書の持ち主が変わっても、そのこと自体は不自然ではない。ましてや徳政の時は、質草を引き出そうとする者たちが殺到して、どうしても混乱が生じる。譲渡を証明する裏書や誓約書の類を偽造するなりして、徳政のどさくさに乗じ、目付らが奪った質札で土倉を納得させて質草を手に入れることは、夢物語というほどありえない企てではない。

それに、あずかり状の品なら、徳政を待つまでもなく引き出せる。目付らの本命は、質札よりそのあずかり状だったかも知れない。

「でも、私が若菜の守り袋を持って帰ってしまったから——」茅根は呟いた。「岡崎の乳母の尼さまを人質にとって、黒川を使っておびきだしたのね」

那智が朝直をふり返り、水をむけた。

「誘いだされた理由がわかったか」

「誘いだされた？」

「この連中は大江の仲間までは知らなかった。そこで笠月屋で派手な捕物を演じ、適当に捕まえた人間を餌にして、誰が釣れるか試した。他にも証拠の質札を残している馬鹿がいれば、強請るなり、盗品を巻き上げるなり……質札を奪って徳政令を待つのでもいい。釣れたのはおまえだ、舟木朝直」

茅根は息を呑んだ。「万寿丸、あなた」

「そんなわけあるかッ」

朝直は語気荒く否定したが、目は落ちつきなく泳いでいる。

「確かに大江とは家を出ている時にここで知りあったが、今はつきあいもないし、盗人仲間なんて言いがかりもはなはだしい」

那智は肩をすくめた。「やつらに言え」

「よくもそう舌が回るな。さすが役者」真板が皮肉った。「そこまでわかっていながら、わざわざ質札を届けてくれるとは。おい、本物の馬鹿だな、こいつは」

捕方たちがおもねって笑う。

「男の守り袋の中身があてはずれだったせいで、ちと段取りが狂ったが、これで帳尻が合う。あとは貴様らの口をふさぐだけよ」

那智は鼻で笑った。「それはどうかな。今頃、侍所に土倉の帳簿と池野屋の倉から見つかった盗品がとどいているはずだ」

「なに――」

「証拠は質札だけじゃないってことだ。同じ記録が土倉の帳簿にも載っている。もちろん質入れされた盗品もある。侍所は京中の土倉に触れを出し、届け出のあった盗難被害とつきあわせて倉の中を調べるだろうな。土倉も警戒を強めて、あやしい取引を精査するはずだ。つまり、この質札は、もう紙屑だ」

「このガキ……ッ」

「不良貴族どもはしらを切り通すだろう。汝が二の足を踏んだように、侍所も貴族の捕縛はためらうかも知れん。そうなると全ての罪を着せる身代わりが必要だ。俺が役人なら汝こそふさわしいと考える。命だけでも拾いたければ、早々に尻尾を巻いて逃げ出すのが賢いぞ。それとも手配がまわる前に、イチかバチかに賭けるか？」

「黙れ、減らず口めが」真板が吼えた。「汝の無実はわかっていた。だから拷問も免じてやった。黙って消えれば捨てておいたものを」

「ほう、良心的だな。だが汝らこそどうしてここに来た」

「なんだと」

「誰の入れ知恵で、ここにいるかと聞いている。大江が盗人だとつきとめたとして、守り袋の中身など、汝にわかるわけがない。秘事を知り得るとすれば、若菜から守り袋の話を聞いていた笠月屋の中の誰かくらいのもの……」

「ごちゃごちゃうるさいッ」

怪訝な顔をした目付が答える前に、捕方の一人が痺れを切らし、太刀を抜いた。つられて全員が抜刀する。那智は腰の小太刀に手もかけず、並んだ白刃を一瞥した。

「刃物は嫌いだ。話しあう余地は？」

提案は嘲笑で報いられた。なし、か、と那智が呟いた直後、二人が斬りかかった。

那智の手が質札の束を投じた。大ぶりの紙吹雪が宙を舞う。

敵か、質札か。とっさの逡巡に勢いを削がれつつ左右からふりおろされた刃の間を、わずかに身を沈めて那智がすり抜ける。

三つの影が交差した、と見るや顎紐の切れた笠が飛び、二つの影が地面につっこんだ。那智は抜き身の小太刀を片手に立っている。それぞれ腿と脛をおさえて転げまわる手下に真板は眉を動かした。一瞬の動揺をはらんで、さらに三人が気合を吐いて斬りかかった。中の一人が茅根たちのほうへむかってくる。慌てて朝直が腰の刀を抜こうとするが、もたついているうちに右小手を切られてよろめいた。二撃目をみまおうとする男の膝を、他の二人を斬りふせた那智が後ろから払った。

腕や脚から血を流し、五人が動きを封じられた。いずれも浅手だが、残る二人は恐れをなして後ずさる。真板が舌打ちした。

「刀は嫌いだとか言わなかったか」

「嫌いだ」ことさら素気なく那智は答えた。「使えないと言った覚えはない」

「嫌味な野郎だ」

唾を吐き、長大な太刀を片手で軽々と構えて、真板は地を蹴った。

手首ごと持っていかれそうな斬撃を、那智は跳んでよけた。次々くりだされる太刀を巧みにかわして逃げまわっているかに見えたが、不意に大ぶりな太刀筋が生んだ隙にすべりこみ、相手の腕に撫でるように刃を走らせた。くぐもった声をもらした真板が反撃に転じる前に、すべるように後退し、間合いを空けている。

那智は相手の隙をつき、斬るというより軽くあてるという感じで、浅く、だが正確に切り裂いていく。腕や脚に血の染みを広げた真板の額に脂汗が流れ、次第に動きが鈍る。

大上段にふりかぶった真板の、がら空きの懐に飛びこんだ那智は、その利き腕を腋下から肩先にかけて切りあげた。巨体が傾ぐ。片膝をつき、顔を歪めた真板は、飛びのく那智めがけて咆哮とともに突きをはなった。苦しまぎれの闇雲な突きを、軽く身をひねってかわした那智は小太刀を持ちかえ、腕をつきだしたまま、半ば倒れかけながらも歯を食いしめて踏みこらえている真板の手の甲に、真上から刃を突きたてた。革の籠手を貫いた切っ先が手のひらに突き出、はじかれた太刀が地面に落ちて耳障りな音をたてる。真板が両手両膝をつき、那智は小太刀をひき抜いた。

「やめておけ。それ以上やると手が使えなくなるぞ」

なお血まみれの手で得物をさぐる真板に、那智は冷静に指摘して、その首筋にひたりと小太刀をあてた。

「質札のこと、誰に吹きこまれた」

「──そこまでに」

女の声が答えた。茅根の頰にひやりとした鋼の感触が押しあてられる。いつ忍びよったのか、女が後ろから短刀を突きつけている。

「でかした、藤枝」真板が快哉(かいさい)を叫んだ。

一秒が一刻にひきのばされたような沈黙が生じた。

藤枝とは笠月屋で若菜の骸を前に泣いていた娘ではなかったか。薄紙一枚に刃を感じながら、茅根は背後をうかがった。唐輪に結った黒髪が目の端に映るが、どうしても顔を思い出せない。藤枝、若菜、橘乃の目鼻立ちが重なりあって、ぼやける……。

頬に雨滴がはじけ、時間の感覚がよみがえった。茅根は震える声を押し出した。

「あなたが若菜を殺したのね」

鉢植えが喋るのを聞いた、とでもいうような戸惑った間があった。

「それがどうかして」

「仲が良かったんじゃなかったの」

「ええ。仲良くしていたわ。かわいそうに、親に売られて、店を出る手蔓だった情夫も死んで、どのみち死にたがっていたのよ。私は苦しまず逝けるよう手を貸しただけ」

「かわいそうだなんて思ってないくせに」

「もう黙って。うるさいわ」

刃で頬を撫でられれば黙るしかない。藤枝が茅根の肩をつかんだ。那智が慎重に真板からはなれる。両者は距離をとりながら場所を入れ替わるように動いた。藤枝は茅根を捕えたまま真板の横に並び、那智は朝直の傍へ移動して、前に出ようと焦る彼をおしとどめ、藤枝たちと対峙した。真板が怒りと苦痛でまだらに染まった顔を嘲笑に歪めた。

「さっきの問いに答えてやる。この女だよ。盗人の件で大江に見当つけてさぐっていた俺に近づいてきた。大江が若菜に乗りかえた、悔しいから男の秘密を教えてやる、うまくすればひと財産手に入る。それをくれてやるから男を殺せってな。女の嫉妬は怖いよな」

那智の無言を降参と解し、真板は勝ち誇る。

「とどめを刺さなんだのがまずかったな。おい、なにしてる、このお喋りを片づけろ」

怒鳴られた手下二人が藤枝をうかがう。ため息が茅根の耳にふれた。「本当にね」

茅根に聞こえたのは、そこまでだった。

「本当にね、とどめを刺さないなんて」

茅根の首筋に手刀をたたきこんだ藤枝は、茅根が昏倒するより速く、短刀を真板の盆(ぼん)の窪(くぼ)へ突きたてた。頭蓋(とうがい)の底を貫いた刃の切っ先が、朱の糸をひいて男の口から飛び出す。

「お喋りで使えぬ男よ」

糸の切れた傀儡と化して崩れ落ちた男を見下ろし、冷徹に呟いた藤枝は、那智に目を移し朱唇の両端をつりあげた。

「懐かしや、那智王。幾年ぶりか」

「六年ぶりだ。後ろから不意打ちする癖は相変わらずのようだな、実花」

にこりともせずに那智が応じると、氷の笑みが深くなり、艶然たる氷の花になった。

ごめんなさいね、と実花は謝った。

「あの時は、ひかえの間にいるのがあなたとは、わからなかったものだから」

「罪を着せるのは誰でもよかったが俺ではまずい。それで慌てて牢から出しにきたか」

「助けにいったのよ。あなたも道楽を切りあげる、いい潮時じゃなくて」

「追われる身となれば、戻るしかない。そう言いたいのか」

朝直は羽子(はね)つきの羽子のように飛びかう言葉を目で追っているが、事情をはかりかねて落ちつかないようだ。捕方たちは、なすすべもなくすくんでいる。

重い風が吹いている。地表近くをゆっくりと旋回するような吹き方で、時折、雨粒が混じる。立ち木の枝が騒ぎ、折れんばかりにしなった。

「――大江を利用したな」

笑みを浮かべたまま、実花は首を傾げた。

「大江たちを利用して、土倉を襲う算段をつけたな」

「土倉って、騒ぎになってる、あの……？」

朝直が当惑した声をあげる。かまわず那智は話を続けた。

「おまえは笠月屋の客を物色して、大江を釣りあげ、悪い遊びをそそのかした――察するに他の客から聞きだしたお宝の話を吹きこむかして、最初の盗みを指南したんじゃないのか？　換金の知恵もつけてやった。それがうまくいって味をしめた大江は、しむけられるままに仲間を巻きこんだ」

「この女が？　そんな話――」

聞いてない、と口走った朝直は、はっと口を噤んだ。那智が横目をやると下をむいた。歯を食いしばり、冷汗をしたたらせる。要するに父親への反発から悪い仲間に入ったが、父親が倒れて家に戻ることになった。大江たちとの縁は自ずと遠くなり……小次郎が聞きだした中に朝直の名がなかったのは、今現在、仲間ではないからだ。しかし目と鼻の先で旧友が殺され、その裏の顔を知るだけに、気になって首をつっこんだのが運のつき。一時、道を踏みはずした過去に、再び足をとられることになった。

「不良どもは易々と悪い遊びにのめりこんだが、おまえの目的は、その先だ」

笠月屋における実花の役割については、いくつか思いあたるふしがあるが、那智は他に話題をむけなかった。

「三嶋屋と随心尼――大江が若菜にあずけた質札の中に、襲われた土倉の署名があった。しかし良家の主人が質草持参で土倉に出向くことはあまりない。たいていはあずけに来るのも請け出しに来るのも使いの者だ」

盆石だろうと漬物石だろうと、主人の大事なら奉公人はつきあわねばならない。

「おまえ、その使いの者を都合してやったんじゃないのか」

「なぜ、そんなことを？」

「大江たちにとっては、いざというとき追及をかわすための予防策――某家の使いを称して盗品をあずけにきた者が、実はその家にいない人間だったら？〝盗品を持ちこんだのは一時期、我が館で働いていた男です。それゆえ家中に詳しく、素性を偽るのも巧みだったのでしょうが、当家は名を使われただけ。一切のかかわりはございません〟」

「うまい言い訳だこと。近頃は日雇い、臨時雇いが増えて、奉公人の入れ替わりも激しいから、そういう不良が交じっていても不思議じゃないわね」

「だが、その使いはおまえの手先で、土倉の内情をさぐる諜者だ。貸す額が大きければ、土倉もその場でポンとは出すまい。二度か三度は交渉を重ねるはずだ。普通の商家以上に守りの固い土倉でも、幾度か客として中に通され、だいたいの間取り、鍵の位置、家人、用心棒の数などわかれば、侵入は楽になる」

　実花は悪びれず、楽しげに頭をふった。

「まったく昔から妙なことに気がまわる。いつ私たちだとわかったの」

「確信はなかったさ。石見芳里が二度襲われるまでは」

　実花の笑みがかすかに歪む。

「土倉の規模からして最初の二件は小手調べ、本命は三件目、大身の随心尼だろう。だが池野屋は金目当てじゃなかったな――」

ただし二度目は侍所の監視を警戒して、適当に集めたならず者を手先に使った。

急に勢いを増した風が、ちぎりとった木の葉を天にまきあげた。

どっと雨が落ちてきた。たちまち全てが白い飛沫におおわれる。

「大江は自分が盗品を質入れした土倉が襲われていることに気づいたのか」

「薄々気づいていたみたいね」

「それを若菜にもらしたか」

「あら、乗りかえられたというのは嘘よ。大江とは仕事の話だけ」

「ひとつわからないのは」那智は土の上で激しい雨に打たれている質札に目をやった。

「大江の質札に、山名から奪った進物らしき記載がないのはなぜだ。岡崎は大江が奪ったと確信していたようだが。現物を手元に残しているとは考えにくい。札を破棄したのか、他の三人、大原、吉田、五条、その誰かが奪って、知らないと嘘をついたのか」

「さ、大江以外とは会ったこともないから」

「つまり、大江と若菜以外は、おまえと面識がないんだな。だから、この二人を黙らせる必要があった」

「あ――」

喋りすぎ、と実花は口をおさえたが、戯れた仕草は少しも深刻そうではない。一方、朝直はみるみる青ざめた――屈強な男を一撃で殺し、昨今の土倉襲撃にもかかわっているらしい得体の知れない女。そんな女の顔を知ってしまった自分はどうなるのだ。

「まあ、いずれにしても大江は探索の網にひっかかっていたし、もう使えないから。こっちでやるつもりだったんだけど」

人差し指で喉を切ってみせた実花は、真板の骸に足をかけて踏みにじった。

「これは余計者よ。うるさく嗅ぎまわる邪魔っけな犬め。お宝の話をちらつかせたらすぐ尻尾をふったんで、ついでだから代わりに大江を始末させて、泥をかぶってもらおうと思ったまで。あんな派手なやり方を選んだのは、那智の言ったとおり、欲の皮をつっぱったこれの思いつきだけどね」

「その時は大江以外のことは教えてやらなかったわけだ。犬の餌は少しずつまくほうが、望む方向へ誘導しやすいからな。昨夜あたり岡崎の名を教えてやって、考える暇を与えず、急き立てたんじゃないのか」

「知らないって言ってるでしょ」

実花は舌をつきだした。生まれ卑しからぬ娘にふさわしくないと、よく母親に怒られていた昔なじみの表情。が、知らないはずはない。岡崎のことも山名の進物の件も、すべて知っているはずだ。ただし、岡崎は実花の存在自体、知るまい。大江も目付も、誰が糸を引いているか、死ぬまで気づかなかっただろう。

しかし、と那智は眉根をよせた。

話を刻んで小出しにし、こちらが見せたい風景を見せることで——ある目的にむかって、それとは知らせず——人を誘導する。自らの描いた物語に人を誘いこむ小次郎の手法に少し似ているが、各人を碁石か将棋の駒のように望む位置に配し、並べなおし、刻々と変化する局面にあわせて少しずつ詰めていく、このやり方は……。

「こいつは？」

那智は朝直に顎をしゃくった。朝直はびくりと身を縮めた。

「そっちの坊は」実花は困った顔をした。「ついでのついでね」

道端の蟻あつかい。しかし千丈の堤も蟻の穴から崩れるのだ。穴を広げないためには踏みつぶしておかなければ。

「で、余計者全員、盗賊同士の仲間割れにでも見せかけて始末をつける気だったのか」

「はじめはそんなところだったけれど」

実花はひょいと肩をすくめた。

「今となっては瑣末なことよ。それより帰ってきてくれるでしょう、那智」

当然の返事を信じて疑わぬ眼差しを、無言で受けとめた那智の瞼の裏に、瞬きほどの刹那、陽光あふれる夏山の緑がきらめいた。濃い草の匂いと、はじける笑い声。七年前、少年の季節の終わり、吉野での最後の夏だ。現にたちかえれば、実花は雨で化粧の流れた頰を瑞々しく輝かせ、野山でじゃれていた昔と変わらない親しみをたたえている。

那智は実花の足元に目を落とした。真板の骸と並んで、茅根が倒れている。那智の視線を追って、実花は首を傾げた。

「まさか憐れんでいるわけではないでしょう。遅かれ早かれ打ち首になる男よ」

「憐れみはせぬ。確かに自業自得だ。自らの行いが招いた結末だが――」

真板を死なせたのは悔やまれる。質札があり、盗品が質入れされたことについて芳里の証言を得られるとしても、大江たちが盗みにかかわったと立証するのは手間だ。それよりも真板に揺さぶりをかけて、その口から、捕縛は誤り、と言わせられれば晴れて放免、それが最短距離と見積もっていた。これでは御破算だ。

もっとも牢で鳶の面を見た時から、そうすんなりとはいかないと予見はしていた。裏で糸をひいているのが彼らなら、死んだ公家も目付も、暗い色の糸にからまれて踊る傀儡でしかない。我が身にからみつく糸は、とうに断ち切ったものと思っていたのに。

長い沈黙に、実花の笑みに不審の影がさす。那智は冷えた息を吐いた。

夏の思い出につらなる記憶は苦く、辛い。同じ年の暮れ、住みなれた山里を敵が襲い、無邪気な日々は断ち切られた。翌年の春、二度目の襲撃の後、那智は故郷をはなれ、実花は里に残ったが、それからの六年という歳月は二人を遠いところへ押し流し、彼我の間にひらいた距離にはさまざまなものが入りこんでいる。なにも変わらぬはずがない。

懐かしい場所は過ぎ去った時の彼方にしかない。

「六年前、俺たちは同じ修羅場にいた」

実花は当惑したように眉を曇らせた。

「おまえは父親と姉を、俺は妻を失った。俺は足元に重なる身内と敵の骸を見て、この地獄を抜けたいと願ったが、姉の骸にすがって泣いていたおまえは、同じ地獄をつくりだすことを少しも厭わぬか」

真板の骸を指すと、実花はぽかんと口をあけた。

「目的をとげるまで、邪魔者全て殺しつくすつもりか。そうやって修羅の道を歩き続けるならば、俺とおまえは切れる縁だ。帰る気はない」

実花の顔から一切の色が消えた。

「――殺(や)れ」

短い命令に、無傷で残っていた捕方二人が、最前まで徒党を組んでいた仲間に、太刀をふるった。這いずって逃げようとしていた真板の手下たちが、悲鳴とともに朱の滴を飛び散らせて刃の下に沈む。

茅根の上に短刀をふりかざした実花めがけ、那智は小太刀を投じた。鼻先をかすめた刃に実花が怯む。那智は朝直の腰から刀を奪い、一足飛びに距離をつめ、実花の胸先を甘く薙(な)いだ。おくれて、泥水を蹴たてて飛び出した朝直が、茅根に覆いかぶさる。後ろへ跳んで逃れた実花は、着地と同時に腰を落として手近に転がる太刀をつかみ、ゆっくりと立ちあがると、朝直と茅根の前に立ちふさがる那智に切っ先をむけた。

全身を濡らす雨水にまじって、那智の頬を冷たい汗が伝う。かつて幾度となく手合せした相手、互いの実力はわかっている。重傷を負わせず、おさえこめるかどうか――。

捕方を斬殺した手下二人が、姫、と口々に叫んで、両脇から実花をおさえた。

「なにをする、はなせ」

「なりませぬ、それは」

三人はもみあい、男の一人が実花の手から太刀をもぎとる。

「退け――」

那智が低く命じると彼らはぎこちなくうなずき、暴れる実花をひっぱって姿を消した。

泥まみれの朝直が怯えた目で那智を見あげた。

「おまえは何者だ、あの女も」

那智は刀を逆手に持ちかえ、朝直の足の指すれすれに突きたてる。

「知る必要はない。おまえが知るべきは、おまえのこれからの身の処し方だ」

その時、かすかなうめきをあげて茅根が目を覚ました。口の中の泥を吐きだし、起きあがって茫然とあたりを見まわす。

「なにが、あったの……」

那智も朝直も答えなかった。

芳里が侍所の中庭で待っていると、聴取を終えた那智が部屋から出てきた。奥では森山が文机の上で頭を抱えこんでいる。

先刻、小次郎とともに侍所を訪れた芳里は、森山に面会し、恐れながら、と帳簿と我が倉から見つけた盗品を差し出した。

盗難届が確認され、役所の中はちょっとした騒ぎになった。

そこへ新たな凶報。役人たちが飛び出していき、しばらくして那智と若い侍、茅根とかいう顔に火傷の痕のある娘を連れて戻ってきた。五人とも一室に通され、なりゆきで一連の詮議をまかされた森山が席に着いたところで、小次郎がいきさつを話した。

良家の子弟が盗難にかかわっていることを、小次郎はあっさり明かした。さらに盗みの事実を知って、お宝を横取りしようと企んだ目付が大江という貴族を殺したこと。居合わせた能役者に罪を着せようとしたこと。不運かつ不当にも捕えられた我が朋輩は、牢中で殺されそうになってやむをえず逃亡し、無実を証すために事件をさぐっていて、偶然、池野屋の一件に行きついた、云々。事実を少々粉飾したり、都合よく端折(はしょ)ったりしながらも一切嘘はつかず、見事に辻褄のあった説明を披露する芸当に、芳里は呆れかえった。

東林寺の境内に多くの死体が転がったことについては、舟木という若い侍が、笠月屋での任務中、目付の不審な行動を目撃し、知りあいの娘の頼みもあってさぐっていたところ、盗賊同士の仲間割れに遭遇、目付以下数名が殺された、と証言した。目付の協力者とされる遊女が笠月屋から消えたことも、盗賊とのつながりの証拠とされた。どうやら件の目付の素行の悪さは以前から目立っていたようで、驚きの声はなかった。

絶妙なさじ加減で、小次郎は事実に基づいた物語をしめくくった。その上で、真相が表沙汰になれば世上もなにかと騒がしい、ここはひとつ連続盗難事件は死んだ目付の仕業として片付けるのが八方丸くおさまる策でしょう、と知恵をつけて言いくるめた。もちろん内々の仕置きは必要でしょうが、それは御裁量で。

森山もしっかり腑に落ちた、とまではいかないものの、ほぼ同心に傾いた。この際、死人に罪をかぶせて葬ってしまうのが、誰にとっても都合がよかったのだ。

禁足がとかれると、小次郎は急用ができたと言って消えた。那智は牢破りの事実があるので、もう少し話を聞くために留め置かれたが、それも終わった。

庭におりた那智が、声をかけようとした芳里に冷たい目をむけた。なにか言いたいことがあって待っていたはずだが、こうやって向きあうと今さらかわす言葉もないと気づく。

黙りあったまま正門へむかう。

奪ったもの。奪われたもの。奪いあって、結局、なにを手に入れたのか……。

「本当に知らなかったんだ――」

役所の前庭では、舟木が茅根になにやら言い訳している。那智が足をとめた。

「迎えが来てるぞ」

開け放たれた門のすぐ外に又四郎の姿がある。その陰で青い被衣が揺れた。人目をはばかりながらも気が気でない様子で、しきりに門内をうかがっている。

残されたもの……。

早苗（さなえ）、と芳里は呟いた。生まれたときから慣れ親しんだ、しっくりと舌に乗る名前。

「今朝方、おまえを訪ねて池野屋にきた。もう一人の妻女の家の敷居はまたぎかねるが、市中に宿をとっているというのでな。又四郎に頼んで連れてきてもらった」

又四郎がこちらを指さした。早苗が両手で口元をおさえ、泣きそうな顔になる。

池野屋が襲われた夜、芳里は早苗のもとに泊まり、難をまぬかれた。その後、女の足なら一日ほどの距離にある住まいへ知らせはやらなかったが、噂は風に乗ってとどくだろう。早苗としては池野屋を訪ねるべきか、大いに悩んだに違いない。

しかし、すぐに駆け寄る気にはなれなかった。

「知っていたのか。なぜ――」

「芳次に聞いた。兄者は生まれついて根っからの女ったらしだと。食うや食わずの暮らしなのに妻子までいると言っていた。しかも手あたり次第たらしこんでいるのに、一番手近なところで乳母の娘とくっついたとな」

芳次らしい物言いに苦笑する。

「随分な言われようだな。弟同士、兄貴の悪口に花を咲かせていたわけか」

「それと、子の年齢だ」

苦笑が強張った。

「芳次と話したのは七年前だ。とすれば、ひとり娘の年が五つというのは計算に合わん。前妻と離縁して、池野屋の総領と再縁したのかと思ったが……続いていたわけだ。皆が皆、納得ずくだったのか？」

「ああ――」

これ以上、苦いため息もあるまい。袖をまくり、腕の傷に触れる。

「多くの犠牲をはらって主家を再興の途につけたが、この腕では、もはや武士としては働けん。あれや子どもらに、まともな暮らしをさせてやるには……いや」

言い訳にすぎないな、と芳里は頭をふった。

「金で身を売ったようなものだ。そう割り切ることができればな……」

割り切るために、千鶴の婿として池野屋に入るとき、姓を変えた。それからは、池野屋にいる間は池野芳里、早苗のもとへ帰ったときは、石見を名乗った。

心を切り分け、欠片か片割れかはともかく、その一方だけを与える。それを、千鶴は
――早苗も、本当は、どう思っていたのか。
千鶴とのことは終わった。終わってしまった。もう心を割る必要もない。
悲しいような、後ろめたいような、安堵したような……如何とも形容しがたい、痛みのようなもの。幼い頃の思い出や苦労ばかりか、恥や醜態や、ささやかな喜びもわかちあってきた早苗なら、この痛みに似た思いも、わかちあってくれるだろうか。

「そうだ。芳次がどうなったか知らないか」

那智が目をそらした。

「翌日、あらためた骸の中に……。まとめて荼毘に付した」

事実を聞いて悲しみが新たになるかと思ったが、ただ虚しさが広がるばかり。

「そうか」

「――いや、戦場でのことだ。今さらなにを言っても詮無きこと。親しくしていたおまえに弔われたのなら、あいつも浮かばれただろう」

妻女のもとへむかう芳里の背を見送った那智の中で、夜の記憶がざわめいた。

――浮かばれた、だろうか。

あの夜。二度目の襲撃のあった夜。那智は供の者をひとり連れ、対岸の御座所を目指

して暗い山中を駆けていた。先年の師走、最初の襲撃のときはたまたま里にいなかったが、これほどすぐ二度目があるとは。御座所には師走の襲撃で命を落とした先代南主の母が住んでおり、その手元には神璽が安置されている。

頬をたたく小枝を払いのける。

石ころなんぞどうでもよい。

実花——実花子と、その姉の桂子(かつらこ)も御座所にいる。姉妹の母親が、この頃、病気がちの先主の母の世話をしていて、姉妹も手伝いとして住みこんでいるのだ。

桂子……。花を織りこんだ小袿(こうちき)の裳裾(もすそ)。こちらにむけた背に流れ落ちる、丈なす髪を思い浮かべ、きり、と唇を嚙む。

桂子とはまわりの強いた縁組で、うちとけた間柄ではない。幼い頃から知っているが、妹とは違い、ずっと御簾内にいるような娘だったから、あまり顔をあわせたこともなかった。そもそも彼女は先の襲撃で前夫を亡くした身だ。

山道の途中で立ち止まり、息を整えつつ、遅れがちな後続を待つ。

あれは、死者も死者を埋めた墓も雪の下で凍りつき、めでたさなど微塵もない初春が明けてすぐ——それから二月たっても桂子との仲は凍ったまま。なにを急いだか知らないが、再縁などはじめから無理だったのに。住まいも別で、ご機嫌伺いに出向いても気分が悪いとなしの礫(つぶて)。なぜかわからないが実花も機嫌を損ねて口をきかないし、桂子を高嶺の花とあおぐ者からは目の敵にされるしで、いささか那智も腐っていた。

それでも見捨てることはできない。

汗に濡れた額に、ほろほろと山桜の花びらがこぼれかかってくる。夜目にもまばゆい白い花びらを、那智は手のひらにうけた。こんなときに花とは……。

追いついてきた朋輩が肩で息をした。

夜風に舞う花が乱れた。

藪をついて出た松明。そして紅蓮の炎を躍らせた槍の穂先を、とっさに那智は鞘のまの太刀で防いだ。火花が散る。

槍の切っ先が刀の鍔にかかり、高くはねあげる。太刀は梢に消えた。

無手となった那智の前に、朋輩が飛び出した。槍を持つ敵に組みつく。お逃げください、と一声叫んで、味方と敵はもつれあって山の斜面を転がり落ちていった。

気にしている余裕はない。松明を投げ捨てた侍が斬りかかってくる。鋭い斬撃を右に左によけながら、那智はじりじりと後退した。得物はない。どうにか間合いをとろうとするが、相手はひたすらつっこんでくる。

木の幹がかかとを打ち、頭上でざっと花が散った。

山家を焼く火の明かりが、木の間を縫ってかすかに届き、彼我の顔を照らしだした。

——おまえ……。

困惑をたたえて呟き、小さくうめいて石見芳次は絶句した。

どうしてか芳里だけは襤褸着てても、色々な女が寄ってくる。むこうから親切にしてくるんだ。あれはあれで、芸は身を助くってやつなのかね……。

そんなくだらない話をして、笑いあった相手。

――おまえが、そうだったのか……。

那智を桜の根方に追い詰めながら、芳次はひどく動揺していた。

この場を生きて立ち去れるのは、どちらか一方だけ。あるいは二人とも生き延びる道もあるが、その決断は太刀を手にする芳次にかかっている。

桜の幹に背をあずけ、那智はずるずると腰を落とした。幹の中途から生えた細長い若枝が指を刺して、手のひらの下でたわむ。

芳次が歯を食いしばった。迷いをふり切るように大きくふりかぶる。ふりおろす寸前、はらんだためらい。その刹那、那智は枝を放した。鞭のようにしなった細枝が顔面をかすめ、うわ、と目をつむった芳次に、足払いをかける。

具足の重みも加勢して、受け身をとる間もなく芳次は倒れ、背を強打した。

桜の幹を蹴って、那智は飛びあがった。猫のように体を丸め、地面で喘ぐ芳次の胸に着地しざま思いきり踏みつける。肋骨の砕ける感触が伝わってくる。喉からあがる呻きも半ば、その指先に転がった太刀を奪いとり、首筋に押しあて一息にえぐった。

苦痛の音が途切れた。噴きあがった血が指を濡らし、手首を濡らし、頰を濡らす。その熱が少しずつ冷えていく。

ほろほろと花が散る。枝をはなれた花びらが地に落ちる、その音が聞こえる。魂が体の外に押し出されたように、剝きだしの感覚に、夜の静寂にひそむすべて——巣籠る鳥、獣の息づかい、夜露の滴り、のびる草木の軋みまで——が、沁みこんでくる。

複雑な弧を描いた花びらが、頰にはりついた。血糊を塗りたくった手にも、あとからあとから花が積もっていく。

はじめて殺した人間の上に、どれほどうずくまっていただろう。

木立のむこうで枯れた小枝が砕けた。砂利を踏む足音、一人、二人、……五人。ちゃりちゃりと鳴る武具が耳に障る。聞きなれない声が芳次の名を呼んだ。ならば、敵だ。

血を吸った太刀が手の中で身じろぎし、すうと切っ先があがった。木々の間から人影が姿をあらわし、そして——そして——あの後、どうしたのか。

急に門前が騒がしくなった。

「あっこら、勝手に——おい、止めろ」

誰か止めろ、と怒鳴る門番の足元をすり抜け、一直線に駆けてきた天鼓が、那智の袴にしがみついた。追いかけてきた小次郎が、息も絶え絶えに叱る。

「まったくモウちょろちょろと……知らないところで離れたらいかんと、いつも言っとろうが、この暴走ヒヨコめ」

ぷう、と天鼓が膨れた。

吉野にいた頃、先のことはなにも見えず、どう生きればよいのか、どう生きたいのかもわからなかった。これを進め、他にはないと指し示された道は、どう考えても行き止まりのように思えて。ただ、虚空に描く夢幻だけがよるべだった——今は？

膝に手をついて喘いでいた小次郎が、顎へ伝った汗を拭い、顔をあげる。最初の師に習った、はるか昔の遠い異国の物語……。書いた本人に会うとは思わなかった。

祈りを捧げる皇帝にとって、明日の勝敗はまだ見ぬ未来。しかし後代に生きる者は、その戦が勝利に終わったことを知っている。

先のことは常に闇に包まれている。人は闇に願いを描き、儚い望みを頼りに闇路を歩く。ならば未来は常に虚構だ。

天鼓が不思議そうに見上げた。那智は膝をつき、天鼓を抱きあげた。

過去はどこまでも長く影を落とす。けれど、現在とひきかえにするほどの重みはない。

さて帰るか、と小次郎が言った。門へむかおうとした那智は、視線を感じてふり返った。侍が縁側からこちらを見ている。

門のまわりに集った、この事件にかかわった者たちを新九郎が軒先から眺めていると、奥から這うようにして森山が出てきた。

「もう、どうまとめたらいいかわからん」

「報告書なら、あの能役者が話した通り書けばいいではないか」

職掌外のことなので、ずっと隣室にいたのだが、なかなか面白い話を聞くことができた。語り手が良かったのだろう。

「後のことも、どう処置したものか……」

ひとしきり泣き言をもらし、森山は仕事に戻っていった。

「……彼らを帰してよかったのですか？」

「かまわん。あの能役者は、嘘は言っていない。なにか話していないことはあるだろうが。咎めるには及ばない――が」もっと複雑な裏がありそうだ。「探索を続けろ」

後ろの部屋の戸の陰にひかえた者が、は、とかしこまった。

那智たちが追いついてくるのを待って、茅根は侍所の正門を出た。

門の前にいた又四郎が、じゃあ、と手をあげる。青い被衣姿の女が深々と一礼し、池野芳里とともに反対方向へ歩き出した。とりたてて別れの言葉もない。

それぞれの胸に錯雑とした思いはあれども、後はただ沈黙を守るのみ。

茅根は無言で朝直に頭をさげ、彼に背をむけて、先に立って館への帰途をたどる小次郎たちの後を追った。朝直の視線だけがついてくる。——過去から訪ねてくるものとは会いたくないのだと、わかってほしい。少なくとも、今は。

——とある屋敷の中。

立派なおしだしの武士はもてなしの茶菓に手もつけず、苛々と床をたたいた。

「ここの主人とは一面識もない。なにゆえ私を呼びつけたのか？　第一、なぜ当人が挨拶にも出てこんのだ。土倉の主は、かくも頭が高いか」

武士は山名家の重臣で、先日、義尋の接待をつとめた代人である。宴席ではとんだ恥をかき、なぜ盗まれた進物のかわりを早々に手当てしなかったと主にも叱責された。その屈辱が後をひいて機嫌の悪い代人に、応対する老爺はひたすら低頭した。

「あいにく主人は風邪の気味で臥せっておりまして、見苦しいありさまでお目にかかるのも御無礼かと——」

「で、用向きは？　早く申せ」

「それは、ご覧いただいた方がよいかと存じます」

いよいよ背を丸め、恐縮してみせながら、奥の襖を開く。

磨きこまれた床板のひんやりとした光をうけて、敷布の上に、堆朱の香盒、白磁の茶碗、花籠、蒔絵の硯箱などが整然と並んでいる。胡乱げに眺めやった代人は、すぐに嚙みつかんばかりの形相になってばたばたと駆けより、敷布の端に両手をついて顔を近づけた。

「これは、盗まれた御進物ではないか」

がば、と老爺はひれ伏した。

「お許しくださりませ。盗品とは知らずに引き受けたのでございます」平に平にご容赦を、と床に額をすりつける。「先ほど申しあげました通り、ここしばらく主人は臥せっておりまして品物を見てもおりません。受け入れを決めたのは私で主人に咎はございません」

突然の訴えに代人はあんぐりと口を開けた。

「私どもは去年の秋、ゆえあって出家した前の主人から店を引き継ぎ、年の暮れに屋号をかけかえたばかり。持ちこんだ輩は、まだ商売に不慣れで脇が甘いと思ったのでしょう。その通りだったわけですが。先日、市中の土倉に盗品が持ちこまれているのではという話を小耳にはさみました。話の主は……ご容赦を。内輪の話と思し召しください。念のため蔵の中をあらためましたところ、これらの御品を見つけ、いろいろ調べて間違いなく山名さま方から盗まれたものと……それで急ぎ、お知らせした次第でございます。盗品の買いうけが罪であることは重々承知しておりますが、先ほど申しました通り、これは主人のあずかり知らぬこと。あなたさまのお力で罰は私ひとりに留め、他へは累がおよばぬよう、お取り計らい願えませんでしょうか」

「い、いや、御老人――」

代人は乾いた唇を舐めて、先に確かめさせてくれ、とかすれた声で言った。

直に触れぬよう絹布を用意して、ひとつずつ品物をとりあげ、じっくりあらためる代人の手は、緊張のあまりかすかに震えている。

「花籠、香盒、硯箱……、全部そろっておるな。傷などついておるまいな」

「つぶさに鑑定させていただきました。どれも見事な御品でございます」

「よかった。これで当方の面目も立つ」

おそらく彼自身の面目と安泰をも思って、ほっと安堵の息をもらした代人は、不安げな老爺の視線に気づいて態度をやわらげた。

「確かに盗品を買うことは罪である。しかし、それは盗品と知って買いとった場合だ。持ちこまれた品が盗品と見抜けなかったのは誉められたことではないが、こうして隠さず申し出た以上、罰するにはおよぶまい」

「では――」

「うむ。まあ、こちらとしてもあまり外聞の良い話ではないのでな。表沙汰にせずにすむならば、それに越したことはない」本音を吐露し、えへん、と咳払いする。「ところで、これを質入れした盗人めの正体は見当がついておるのか？」

「はあ、常のごとく記録はとってありますが……」

老爺は帳簿の表紙を見せた。代人が合点する。

「どんな名を使ったにせよ、本名を明かすわけないな。いかほど用立ててやったのだ」

「急ぎ入用と言っておりましたので、とりあえず」

耳打ちした額に、代人は目を剝いた。

「なに、そんなにか」

腕組みして考えこんだ代人は、存外情味のある人柄らしい。盗品を質に入れ、まんまと大金をせしめた盗人は二度と現れまい。この上、品物は本来の持ち主に返すとなれば、金を貸した土倉ばかりが丸損ではないかと気をつかう。老爺は首を横にふった。

「もとはと言えば我らの不明ゆえのしくじりでございます。処罰をまぬかれ、内密におさめいただければ、それで」

「そうか。そう言ってくれるなら。だが、悪いようにはせぬぞ。そなたたちの衷心には必ず報いるからな。よし、では館から人を呼んで、ただちに運ばせよう」

館へ一筆書き、自分は残って間違いがないよう監督することにして、使いが戻るまでの暇に主人を見舞いたいと代人は言い出した。

「せめて一言、礼を言っておきたい」

「では、まず硯のご用意を――」

ぽんぽん、と手を打ち、音もなくあらわれた大柄な家人に支度を言いつける。

「奥へは私が知らせてまいりますので」

代人の背が隣室へ消える。がらくたを見る目つきで進物を一瞥し、老爺は館の奥へむかった。一足ごとに屈んでいた腰が伸び、背が伸び、白髪、痩身ではあるものの足どりはしっかりと隙のないものになる。

いくつか手違いがあったが、あの代人に取り入って山名の懐にもぐりこむことができれば、この一局は勝ちだ。

庭先に人影が立った。老爺は足を止め、左頰に傷のある男を見おろした。

「高尾か。首尾は」

「乳母と息子は岡崎家に入りました」

「当主の様子は」

「震えあがっております。己の罪を明かしてまで真相の究明を訴え出ることはないと思いますが、障りとなるなら――」

「いや、まだよい」

「池野屋はどうするつもりです」

「これ以上の手出しは無用」

高尾の目の底に挑むような光が生じた。

「桂子どのの仇、生かしておくのですか」

「政所の手のものが市中をうろつき始めた。池野屋をさぐりにきた甥から、伊勢守に直接報告があがったのであろう。侮ると痛い目をみる相手だ。この上また池野屋を襲えば、こちらから探索の糸を投げてやるようなもの。気持ちはわかるが私怨を晴らすのが目的ではない。それを忘れるな。余の者にも、しばらく慎重を期すよう伝えよ。さがれ」

承知、と呟いて高尾はひきさがった。不満だろうが、こらえてもらうしかない。

老爺は手元の帳簿に目を落とした。記載では、山名の進物を質入れしたのは、大江千成となっている。だが間違いだ。

大江をふくめ五人の不良仲間のうちに、進物を盗んだ者はいない。

これに限っては我らが直接、盗んだ。山名に近づくための策だ。

四人の遊び仲間は大江が盗んだと思っている。ことが露見すれば世間もそう見るだろう。死んだ男は弁明できない。まあ、御進物の話を遊女の藤枝にもらしたのは大江だから、まるきり罪がないとは言えないが。

木を隠すなら森、盗みを隠すなら盗み。ついでに死人に口なし。

些細な懸念は、大江の愛人、若菜の守り袋に隠された質札のことだった。その中には山名の進物を質入れした札はない。大江は盗んでいないのだから当然だ。勘のいい役人なら疑念を抱くかもしれない。証拠がないことが、この一件においては大江が無実という証拠になりかねない。守り袋は回収せねばならないが、持ち主が邪魔だ。

それに若菜は藤枝――実花の顔を知っている。生かしておく理由はなかった。

殺害自体は簡単だった。ところが途切れた泣き声に朋輩の遊女が思いのほか早く駆けつけてきたため、懐中をさぐる余裕がなくなった。脇の戸から隣室――若菜の辛気臭い泣き声のせいで、むこう三部屋両隣は無人だった――へ抜けた実花は、さらに廊下に出、後から来たふりを装って、若菜の部屋の前で安否を問う橘乃に合流した。

老爺は苦虫を嚙み潰した。後のことは守り袋をめぐってのドタバタだ。が、質札は破棄された。残る証拠は、この帳簿だけ。

部分ごとの成否を検討する。ある程度の資金はおさえたし、これ以上の危険を冒すことはない。始末すべき邪魔者は始末した。蜘蛛の巣――諜報の網を編む糸を何筋か切られたのは痛かった。特に幕府高官らが出入りする笠月屋から手を引かねばならないのは、いかにも惜しい。が、すぐに取り戻せる程度の失点だ。

問題は、と老爺は足を止めた。主人の部屋の前に来た。中から、ぱちり、ぱちり、と音がする。子どもの笑い声があがった。

声をかけると、音が止んだ。

からりと明かり障子を開けたのは、六、七歳ほどの童だ。

奥の碁盤の前で、白々とした影が揺らめいた。

「何用か」

「山名の代人がお目通りを願っております」

「通せ」

老爺は咳払いした。摘みあげた白石を盤面に置こうとしていた主人が手を止めた。

「例の件は、いかがいたしましょう」

老爺の後ろに小袖姿の娘が立ちあらわれた。化粧っけもなく、髪をひっつめた地味な装いで、雨に濡れた冷えの色が、まだ唇に残っている。

問題は、この計略を編んだ主人が、考慮に入れていなかった要素が割りこんできたことだ。舞い戻った、と言うべきか。敵対するとなると厄介だが。

「那智王は、そなたたちを見逃したのだな」

主人の問いに、実花が無言でうなずく。

「では、まだ完全に敵に回ったというわけではない」


こつん、と小さな飛礫(つぶて)がはじける音で、那智は目を覚ました。館に帰りつき、太夫に事情を説明して陳謝するという一幕もあったが、ひとまず久々に平穏な夜である。

館住まいで個室をもらえる者はほとんどいないので、就寝の刻限になると皆で筵を敷き並べ、雑魚寝(ざこね)する。ひとつの座敷に結構な人数がぎゅう詰めで寝るのだが、寝相のおとなしいものばかりではない。いびき、歯ぎしりの合唱に、延々続く意味不明の寝言。隣の寝床に蹴りを入れたり、寝ぼけ眼で小用に立って誰かを踏んづけたり。生半の根性で熟睡できるものではないが、慣れてしまえば滅多なことでは目を覚まさない。

耳を澄ましていると、また、こつん——。那智は枕もとの小太刀を手繰りよせ、定位置である端近の寝床から起きあがった。が、袖をつかまれた。同じ寝床にいる小さなかたまりが必死に袖をひっぱっている。

「大丈夫だ。すぐ戻るから、本当に」

渋々手をはなした天鼓の頭に手をおき、寝てろ、と囁いて座敷を忍び出た。

空は梅雨の小休止らしく、雲間にはふくらみはじめた月が浮かんでいる。近くの土塀の上にわだかまっていた影が、那智の姿を見て立ち上がり、塀伝いに走りだした。

どこまでも走る影を追って館を出、誘われるままにたどりついたのは近隣の廃屋だった。長らく無人であるらしく、館そのものは伸び放題の草の中に崩れ落ち、鬱蒼とした庭木が淀んだ池に影を落として、荒れはてた庭を一層陰々滅々としたものにしている。

闇の奥から声がした。

「お許しくだされませ。実花には少し罰をあたえておきました。御身を牢にいれた上、他の娘をかばったのを見て刃をむけるとは、若い娘の妬みはどうしようもありませぬ」

那智の口が冷ややかな嘲笑に歪んだ。

「そなたらとて北朝の輩を妬み、その天下を奪おうとしているではないか。その妬みゆえに孫娘を傾城屋に送りこみ、幕閣連中をさぐらせても一向に平気らしいな」

沈黙が答えた。

「笠月屋での仕掛けは随分と手際がまずかったではないか。いや待てよ……」心得違いをしていた。「観世自体も標的だったのか」

笠月屋の裏で貴族を殺すのが目付の思いつきでも、そこに別の企図を乗せた者がいる。将軍家の愛顧をうける中楽座なら体面にも気を使う。たとえ冤罪でも一座から捕縛者を出したとなれば、汚名をすすごうと必死になるだろう。

目付が那智を捕縛した理由は穴だらけだ。牢につないでおく根拠など、すぐに崩れる。ただし釈放には少々手をまわすことが必要だ。実花が真板とつながっていたのなら、都合のよいときに牢から出すお膳立てをしてやれる。そうやって親切めかして接近し、身内で役者になりたい者がいるとでも理屈をつけて、諜者を観世座に送りこめば――。

「中楽好きの将軍に接近できる。ところが間抜けにも罠にはまったのが俺だったために、その線は捨てるしかなかったというわけか」

四方、八方、全方位に、複雑にはりめぐらされた蜘蛛の巣。もがく虫たちをからめとって揺らめく銀の糸――。

「どのみち御身がいては、諜者など送りこむまでもありませんな」

雲が流れて月の光が増し、鳶天狗の面が浮かびあがった。

「六年前、吉野の里が襲われ、我が息子や孫をはじめ多くの者が落命し、生き残った我らも離散の憂き目を見申した。方々へ落ちのびられた皇胤方も一人二人と儚くなられ、御身も旅の途中で行方知れずと聞いて案じておりましたが……。観世座とは灯台下暗し、なかなか良い隠れ場所でございましたな、二宮」

どたり、と音がした。ふりむくと、ひそかにつけてきたらしい小次郎が、物陰から転げ出て、腰を落として顔をひきつらせている。この馬鹿、と罵って那智は抜刀した。

二条の剣閃が走り、宙で交差して火花が散る。

鳶の刃が小次郎の眉間を断ち割る寸前、間に入り、斬撃を受けとめた那智は、鋭く踏みこみ刃をふった。ぱん、と乾いた音をたてて異形の面が縦に割けた。下から現れたのは、険しい皺が刻みこまれた悪尉の形相。

「御気性、衰えておりませぬな」にたり、と老人にしては粘着質の笑みを浮かべ、齢にも似ぬ素早さで飛び退る。「今宵は実花の不始末をお詫びにあがったまで。いずれ近いうちに、また、お目にかかりましょう」

老人の姿が闇にとけ失せる。那智は小太刀をかまえて闇を睨んでいたが、しばらくして刃をおろし、ため息をついた。

「おい、いつまでくっついてるんだ」

蛸の吸盤よろしく背中にはりついているものを、はなれろ、と無情に払いのける。ふぎゃ、と草の上にひっくりかえった小次郎が頭をさすりながら抗議した。

「あたた、なにも払い落とさんでも」

「うるさい。おまえときたら、なんにでも首突っこみたがるくせに、この程度のことで腰抜かすんじゃねえよ」

「この程度、かあ？」

「だいたい、なんでここにいるんだ」

「ちびに寝込み襲われたの。ひさしぶりに枕高くしてたのに、頭の上でぴよぴよ鳴かれたんじゃ……。ま、糸の切れた凧親父がやっと帰ったと思ったら、その夜またこっそり出ていこうなんて天鼓も心配になるわな」

むう、と押し黙った那智は、足元から真っ二つに割れた鳶の面を拾いあげた。小次郎が恐る恐るたずねた。

「あの爺さん、そなたを二宮とか呼んだが、いつぞや吉野で首をとられた二人の南方の若宮というのは、影武者だったのか」

「いや。俺は殺された連中の後釜よ。あの二人以外にも吉野には南朝皇胤とされる者が何人かいた。吉野の中でさえ大っぴらのことではなかったが、在庫は多いほうが安心ってわけだ。そのうちのどれが本物か、馬の骨か、わかったもんじゃないがな」

「自分で言うかねえ」

「俺としては馬の骨のほうが願ったり叶ったりよ。奴ら、新しく担ぎあげる皇胤を欲しがっているようだが、常に首を狙われるのが役目の南主なんぞ、糞喰らえだ」

「うひゃあ、柄の悪い宮さんもいたもんだ」

「余計なお世話だ」苛々と面を投げ捨て、那智は小次郎を睨みつける。「それより、おまえ、このこと他で喋るなよ」

「そんな嚙みつかなくたって、身内を売るような真似はせんよ」

なにを言わずもがなのこと、と返されて、那智は毒気を抜かれた態になる。

「見てりゃわかるって。そなたの後生大事は天鼓だけじゃないか。そんな奴が北だの南だのってこだわるとも思えん。それにしても連中ときたら、あっちこっちに潜りこんで、京の都でなにやらかす腹づもりなのかねえ」

「知るか。どのみち厄介事だ」

「身も蓋もないなあ。ま、いいさ」

苦笑いした小次郎は、露をおく草の間から、那智が投げ捨てた鳶の面をとりあげた。裂け目をあわせて裏をかえせば、顔の形にくりぬかれたくぼみに濡れたような黒漆がほどこされ、その上に夜目にも鮮やかな朱で一筆、化生、とある。

那智が踵をかえした。

「わわ、置いていくな」

慌てて小次郎が後を追う。館への道をひきかえしていく二つの影を、雲間からのぞく月が妖しい目のように見下ろしていた。

主要参考文献

『岩波講座能・狂言Ⅰ　能楽の歴史』表章／天野文雄・著（岩波書店）
『岩波講座能・狂言Ⅱ　能楽の伝書と芸論』表章／竹本幹夫・著（岩波書店）
『岩波講座能・狂言Ⅲ　能の作者と作品』横道萬里雄／西野春雄／羽田昶・著（岩波書店）
『ものと人間の文化史137-Ⅱ　桜Ⅱ』有岡利幸・著（法政大学出版）
『「作庭記」の世界　平安朝の庭園美』森蘊・著（日本放送出版協会）
『「能を読む」④　信光と世阿弥以後　異類とスペクタクル』梅原猛／観世清和・監修（角川学芸出版）
『室町人の精神　日本の歴史⑫』桜井英治・著（講談社）
『東山文化　その背景と基層』横井清・著（平凡社）
『庭園の中世史　足利義政と東山山荘　歴史文化ライブラリー209』飛田範夫・著（吉川弘文館）
『中世の借金事情　歴史文化ライブラリー265』井原今朝男・著（吉川弘文館）
『足軽の誕生　室町時代の光と影』早島大祐・著（朝日新聞出版）
『闇の歴史、後南朝　後醍醐流の抵抗と終焉』森茂暁・著（角川学芸出版）
『奪われた「三種の神器」　皇位継承の中世史』渡邊大門・著（講談社）

『鬼女の顔』おことわり

本作品には、特定の立場や職業の人々をさす呼称として、「端女」「河原者」といった現代では差別的、不適切と思われる表現が随所に登場します。また「物狂い」など、精神障害を負った人々に対して差別的と解釈されるおそれのある表現も散見されます。

しかしながら、本作品は、障害者、職業、社会的階層や身分に対する差別や偏見があからさまに存在した中世室町時代を舞台としており、発生する事件もそのような不合理が土壌となっております。主人公となる芸能者たち自身、権力者の後ろ盾を得ながらも社会的には下層に位置づけられ、差別される機会も少なくありませんが、そうした複雑な立場から人間や社会を観察し、悲劇や不条理を切り取ってドラマとして表現することが己が職業的使命であるとする姿勢をとっています。そして、その後ろ姿を通して社会に蔓延(はびこ)る不合理への懐疑を喚起させること、また混迷する時代において様々な境遇の人々が見せる葛藤を描くことが本作品の重要なテーマのひとつとなっております。

以上のことに鑑みて、前述した表現が差別を助長する意図では使われておらず、またそのおそれも考えにくいこと、さらには今日的な事件が社会的背景を抜きには語れないのと同様に、時代的な背景を曖昧にするのはかえって好ましくないと考えたことから、そのまま採用するに至りました。読者の皆さまのご理解を賜りたいと存じます。

編集部より

鬼女の顔　解説

国立歴史民俗博物館・総合研究大学院大学名誉教授　井原今朝男(いはらけさお)

本書は、室町時代の京都を舞台にした歴史推理小説である。戦国・織豊期(しょくほうき)の信長・秀吉・家康が好きな歴女や幕末・明治維新の新選組などに慣れ親しんだ読者には、室町時代という時代背景をもったエンターテインメントは、ほとんど未体験ゾーンに属するのではなかろうか。これがまた新鮮な面白さに誘い込んでくれることまちがいない。時代特有の用語や時代背景が分かりにくいと思われがちだが、すこし我慢して読み進めるうちに、著者特有の文章表現の巧みさと幅広い知識をもちいたわかりやすい説明が、其処かしこに登場して、自然と理解がすすむ。

1

第一話「鬼女の顔」は五条界隈に借り住まいの能面打ち師が、生きたまま野辺送りにされた小袖姿の女をみつけ面倒を見始める。鬼女の面を発注したのは将軍家に出入りする能楽座の観世大夫。その弟小次郎や能役者の那智が、女の身元を探っていく。この時代、諸国の守護大名は京宅での居住を義務つけられたので、将軍にならって京風庭園をつくり作庭・造園が一大ブームとなった。第二話「桜供養」は、力をなくした貴族の庭の糸桜や名木を庭師の河原者集団が強奪しようとする。将軍家御庭者の頭・善阿弥の嫡孫・又四郎の制止によって難をのがれたものの、貴族の娘が嵯峨野に誘拐される事件が発生。小次郎や植木屋に入り込んだ元南朝武士、河原者又四郎らが解決にあたる。

　本書の登場人物は、将軍家や貴族の家に出入りする能楽者や庭師・河原者の集団、土倉の商人など洛中洛外の町衆といわれた庶民である。これこそ、本書の最大の魅力である。日本中世史学という歴史学界でも、室町時代の庶民生活史が明らかにされるようになったのは、戦後も一九六〇～七〇年代以降のことである。

　戦前の国史学では、公家・寺社・武家史料の解読による歴史が「官学」とされ、皇国史観の東京帝国大学教授平泉澄は「百姓に歴史がありますか、豚に歴史がありますか」と、毎日同じ生業活動をくりかえす民衆の歴史を否定した。能楽や枯山水の庭園はすべて寺院の僧侶によるものとされ、能楽の観世座も元は大和四座のひとつで興福寺の座が源流とされた（能勢朝次『能楽源流考』岩波書店　一九三八）。しかし、国民主権の日本国憲法が生まれ、寄生地主制解体・農地改革・自作農創設という国民的課題のため農業史・社会経済史・土地制度史研究が急成長し、室町時代の惣村や町衆による土一揆・徳政一揆などが解明された。七〇〜八〇年代には、芸能史・部落史・女性史・建築史などの部門史が発達した。京都の寺辺や門前に定期市がたち、行商人や猿楽・大道芸人・傀儡子・白拍子・遊女・河原者・非人など被差別の民衆を含む多様な芸能民や商業民が集住した活気ある庶民生活の歴史像が掘り起こされた（林屋辰三郎『中世芸能史の研究』岩波書店　一九六〇、横井清『中世民衆の生活文化』東京大学出版会　一九七五、脇田晴子『日本中世被差別民の研究』岩波書店　二〇〇二）。

本書に登場する河原者又四郎や能役者の小次郎・那智らの人物像は、著者の作り上げたフィクションであるが、「今は法名の善阿弥陀仏を名乗っている又四郎の祖父は、身分出自を問わず一芸をもって将軍に仕える同朋衆の一人」（本書・九四頁）と描写される。本書の著者は、戦後歴史学の研究成果に対する緻密な調査にもとづいて推理小説の人物描写を創り上げていることがわかる。

2

室町時代の首都・洛中洛外は、武力や嚇しによる実力主義の社会で、強盗・火付・刃傷・殺人が横行し治安が悪かった。第三話「去にし時よりの訪人」では、洛中の花街・傾城屋での殺害事件。目と鼻の先にあった土倉・池野屋で遠出の娘婿一人を除いて家族皆殺し。土倉ばかりが襲撃される事件が連続する。京中の検察権を握る侍所と、土倉を監督する政所の捜索や、那智・小次郎・又四郎らが謎を追跡するなかで、事件の背後に南朝遺臣と家再興をめざす赤松旧臣党との神器争奪戦の過去が明かされ、土倉襲撃事件の陰謀が浮かび出る。

最後に土倉の池野屋で一人生き残った娘婿・芳里が義父から土倉の作法を伝授される。「どんな高利をかけても利子の増加には限度がある……これは古来の原則だ」（本書・二二五頁）、「借り手の同意なしに質草を流すことはできない。質流れには別途放状が必要になる。放状がなければたとえ返済期限をすぎても質草はあくまで借り手のもの」（二二六頁）等々。ここで、室町時代の金融業の商業慣行が平易に説明される。本書での徳政令や土倉の実態描写は、徳政令を借金棒引きとする旧来の歴史像とは異なって、あたらしい徳政や土倉の歴史像が採用されている。

明治・大正・昭和の近代人は、売買したものを無償で取り戻す徳政令は社会常識に反する理不尽なものと批判した。七〇〜八〇年代の中世社会史ブームでは中世人にとって徳政令は商売物が本来の持ち主にもどされる「もどり現象」で善政と理解する側面を解明した。最近の研究では、室町時代の売買と質流れ世界は、近現代の売買の商業慣行とは大きな相違点があったことが解明されはじめた（井原今朝男『日本中世債務史の研究』（東京大学出版会　二〇一一）。それによると、古来の律令法から室町時代まで稲や銭の利息は四八〇日間のみで本稲の二倍、元銭の半倍までに制限され、複利計算は禁止、高利の取得は「違勅罪」とされた（利倍法・挙銭半倍法）。田畠宅地を質入する不動産質も禁止。一三世紀半ばになって鎌倉市中で「無尽銭」と号して「衣裳・物具」を質物に置く借銭が大流行した。幕府は盗品を質物に換金する犯罪と紙一重だと規制し、入質の日付、質主の名・住所の帳簿作成を義務づけた（追加法三〇五条）。「質屋」の呼称は乾元二年（一三〇三）に初見され（東大寺文書）、質屋と土倉は無尽銭という借金とともに鎌倉末期から南北朝期に急増した。朝廷は、公家法で「質取主は質物を質置主以外にたやすく売るを得ず」と質草の売買を規制した。武家法でも建長五年（一二五三）「たとい年月をへると雖も、負物を償い彼の身代を請出の時はこれを返与すべし」と定めた（追加法二八七条）。古代から室町時代には、容易に質流れを認めない在地社会の慣習法が生きており、売買と質流れの世界とは明確に区別されていた。

他方、室町時代に入ると、債務を返済しないのは恥とする新しい社会意識が登場する。武家法では無利子の借銭の借物は十年で時効となったが、幕府は「返弁せざるは仁政に背く」として、永享二年（一四三〇）以後は元銭の二〜三倍の弁償を命じて、債権者の権利を保護しはじめた。本書には、池野屋芳里が再開した土倉の門前に「元金の一割と引き換えに質草を返却する」と告知した商業慣行が登場する。これとまったく同じ事件が文明十二年（一四八〇）九月十六日に起きた。「京中の上下同心して、各土倉の質物は十分一の用脚を出して各々これを取る、日を追ってこれを増す、五分一・三分一、或いは半分の用途を出して質を取り出すと云々」（『長興宿祢記』）とみえている。京中で徳政一揆をやめ、質主は半額から一割の有料で質草を買い戻し、質屋も同心してこれに応じた。債務者と債権者の権利が互いに両立する社会慣行が登場しはじめていた。質物は期限がきても流れないという古来の社会常識と、質物は期限がきたら質流れで債権者のものになるという新しい社会常識とが拮抗しはじめた。時代が進むにつれて、質草を半永久に保管・維持する土倉が不要になって、質屋の名前に変化するのもそのためである。現代もグローバル経済の下でIT決済による債券投資の自由が謳歌され、債務者の権利を無視した債権優越の原理が蔓延している。他方で、金融経済の健全性と格差是正・社会正義のために利息制限やデリバティブ投資への規制や課税を当然とする二一世紀の新しい社会常識が登場している。現代社会と室町時代の庶民生活は、社会常識の転換期という意味で類似しているのかもしれない。本書の面白さの遠因ではなかろうか。

本書は二〇一九年四月に小社より刊行された『去にし時よりの訪人』を改題し、加筆・修正のうえ文庫化したものです。

双葉文庫

は-39-01

鬼女の顔

2022年4月17日　第1刷発行

【著者】
蓮生あまね

【発行者】
箕浦克史
【発行所】
株式会社双葉社
〒162-8540 東京都新宿区東五軒町3番28号
［電話］03-5261-4818（営業部）　03-5261-4831（編集部）
www.futabasha.co.jp（双葉社の書籍・コミックが買えます）
【印刷所】
大日本印刷株式会社
【製本所】
大日本印刷株式会社
【カバー印刷】
株式会社久栄社
【DTP】
株式会社ビーワークス
【フォーマット・デザイン】
日下潤一

ISBN978-4-575-52564-9 C0193
Printed in Japan